LE JOUR OÙ

Du même auteur

Combien de temps, récit autobiographique, 2011.
Fidèle au poste, roman, Éditions Michel Lafon, 2016.
Au nom de quoi, roman, 2016.
Quand on n'a que l'humour…, roman, Éditions Michel Lafon, 2017, repris sous le titre *Les Silences* au Livre de poche, 2018.
Les Secrets, roman, Éditions Michel Lafon, 2018.
Sans elle/Avec elle, roman coécrit avec Solène Bakowski, Éditions Michel Lafon, 2018.

Amélie Antoine

LE JOUR OÙ

roman

XO
EDITIONS

ISBN : 978-2-37448-217-0

À Nicolas,
pour avoir donné
un sens
à l'absurde

« C’est la nuit qu’il est beau de croire à la lumière. »

Edmond Rostand

PROLOGUE

Samedi 2 mars 2019

Tiago n'a jamais aimé plus que ça les parcs d'attractions. Du haut de ses vingt ans, il n'a même pas le souvenir d'avoir un jour supplié ses parents de l'y emmener. Les autotamponneuses, les machines à pince pour attraper des peluches au sourire démesuré, les barbes à papa qui collent aux doigts, non, ça n'a jamais été son truc.

Les grands huit qui filent à la vitesse de l'éclair dans des hurlements de terreur heureuse encore moins, d'ailleurs. Mais voilà. Aujourd'hui, sa bande de copains avait envie de passer la journée à enchaîner les manèges et, comme dirait Quentin, des billets gratuits, ça ne se refuse pas. Ils sont donc là, tous les quatre, à davantage enchaîner les files d'attente interminables que les attractions, et plus l'après-midi s'écoule, plus Tiago a la nausée à la vue des montagnes russes toutes plus impressionnantes et sadiques les unes que les autres. Il n'a pas peur, non. Du moins, il ne l'avouera jamais à ses trois acolytes, il passerait pour une mauviette, sinon…

Ça fait déjà près de trois quarts d'heure qu'ils patientent pour la « Terreur du dragon », la toute nouvelle attraction du parc, qui a ouvert il y a un mois à peine : des montagnes russes inversées, où les voitures sont attachées aux rails par le sommet et où les jambes des passagers pendent dans le vide. Des boucles et des loopings à plus de soixante mètres de hauteur, des descentes quasi perpendiculaires au sol… Le pied mortel, s'exclame Samir à intervalles réguliers en observant le monstre d'acier blanc qui sert de circuit. S'il était tout à fait sincère, Tiago admettrait qu'il n'a pas la moindre envie de mettre ne serait-ce qu'un orteil dans cette attraction qui lui tord déjà l'estomac – il prie d'ailleurs intérieurement pour qu'il y ait une panne, une fermeture exceptionnelle du manège, n'importe quoi pour ne pas avoir à subir cette torture. Mais face à ses trois amis qui trépignent d'impatience, il ne dit rien. Ce n'est qu'un mauvais moment à passer, après tout. Rien de plus.

Et puis…

Et puis, à quelques pas de la petite troupe, il y a cette fille qu'il a repérée dès qu'ils ont commencé à faire la queue. Une grande brune aux cheveux longs, habillée d'un jean gris et d'un bomber noir un peu brillant. Ça se voit qu'elle a froid, malgré l'immense écharpe rouge qu'elle porte plusieurs fois enroulée autour du cou. Il ne saurait dire de quelle couleur sont ses yeux, mais il a déjà appris, en tendant à peine l'oreille, qu'elle s'appelle Margaux. Elle mâchonne négligemment un chewing-gum tout en discutant avec son amie, sans même jeter un coup d'œil ou frémir lorsque le train du grand huit passe à proximité. Elle paraît aussi détendue que si elle faisait la queue au supermarché, et Tiago ne peut s'empêcher d'admirer cette désinvolture.

Entre lui et les deux amies, il n'y a qu'un homme d'une quarantaine d'années aux cheveux poivre et sel, accompagné d'un petit garçon à lunettes qui sautille soit pour se réchauffer soit parce que l'attente lui semble longue. Depuis un quart d'heure, Tiago cherche comment aborder cette fille qui l'impressionne déjà alors qu'il ne la connaît même pas. Il n'a jamais été très doué pour trouver les mots qui font mouche, et ce n'est évidemment pas en compagnie de ses copains qu'il se sent le plus à l'aise pour draguer... Pourtant, le destin finit par lui sourire car le poignet de Margaux s'accroche à la rambarde métallique, et quand elle tire pour se dégager, un de ses nombreux bracelets cède et une ribambelle de perles déferle au sol. Aussitôt, il s'agenouille pour rattraper le plus possible de boules colorées au creux de sa main. Elle fait de même et, quand il se relève pour lui rendre son butin, elle lui sourit spontanément, reconnaissante.

– Merci, c'est adorable... Je crois qu'elles sont toutes là, je vais pouvoir le réparer...

Le temps semble, un instant, suspendu. Un peu comme dans ces films romantiques un peu mièvres, mais Tiago ne trouve plus ça mièvre du tout, d'un seul coup. Le mot « adorable » ricoche dans sa tête, et le son de ces trois syllabes lui paraît incroyablement doux et agréable. À côté de lui, il perçoit les ricanements un brin moqueurs de Quentin, Samir et Alexis, mais ils sont comme étouffés, insignifiants. Quels sont les mots qu'il prononce – ou plutôt, bredouille ? Aucune idée. Ça n'a pas la moindre importance car tout ce qu'il voit, c'est que Margaux reste immobile tandis que la file progresse de quelques pas. Elle reste immobile et lui sourit, les joues un peu rosies.

Quelque chose se passe.

Quelque chose qu'on n'explique pas, qu'on ne saurait mettre en mots, mais que pourtant on sent, au plus profond de soi.

Quelque chose se passe.

Et puis son amie l'attrape par le bras pour lui faire signe de venir, et Margaux recule, comme à contrecœur. L'homme aux cheveux grisonnants et le petit garçon avancent, c'est bientôt à notre tour, tonton, dépêche-toi, tu crois qu'on pourra être tout devant ? Tiago se racle la gorge, fait mine d'ignorer les regards narquois de ses trois amis. À chaque passage des voitures du grand huit dans un grondement d'acier, il sent que le temps lui est compté, que cette fille pourrait disparaître et qu'il pourrait ne plus jamais la revoir ensuite. Une fois le tour de manège achevé, elle et sa copine pourraient s'évanouir dans la foule et il ne resterait plus rien, pas même quelques perles en souvenir au creux de sa main...

— Je m'appelle Tiago..., murmure-t-il, à défaut de trouver quelque chose de plus inspiré.

Le petit garçon à lunettes se retourne vers lui, curieux. Margaux hoche la tête comme pour lui signifier de poursuivre, mais il ne sait pas quoi ajouter qui ne serait pas complètement stupide. Il voudrait lui dire combien il trouve joli que son rouge à lèvres cerise soit assorti à la couleur de son écharpe, il voudrait lui dire qu'il adore déjà son rire qu'il a entendu éclater plusieurs fois durant ces trois quarts d'heure d'attente, il voudrait lui dire « Reste », tout simplement, mais il ne voit pas comment ouvrir la bouche et faire en sorte que des syllabes parviennent à exprimer tout ce qu'il ressent, là, maintenant, face à elle.

Margaux ne perd pas son sourire, continue de patienter. L'homme entre eux deux les observe d'un air amusé, sans doute qu'il est passé par là quand il était plus jeune et qu'il trouve leur embarras attendrissant. À quelques mètres de là, les navettes du grand huit s'immobilisent, les cris ravis des passagers s'arrêtent, c'est terminé, tout le monde descend, près d'une heure de queue pour à peine une minute trente d'adrénaline, aux suivants. Le responsable de l'attraction vient ouvrir la barrière pour faire entrer les nouveaux heureux ; cette fois, ça va être à eux. Margaux finit par se détourner pour aller s'installer, l'oncle et son neveu s'avancent à leur tour, et l'employé en uniforme bleu vif aux couleurs du parc referme la barrière.

Tiago a l'impression de se liquéfier. Il n'a jamais eu autant envie de monter dans un manège de toute sa vie, il en oublie la peur et la nausée, vous êtes sûr qu'il ne reste pas une place libre, même une seule ? L'employé fait non de la tête, vous passerez au prochain tour, désolé, mais il n'y en a plus pour longtemps maintenant ! Tiago voudrait lui expliquer, mais vous ne comprenez pas, si je n'y vais pas en même temps qu'elle, je ne la reverrai jamais... Combien y a-t-il de chances pour qu'elle l'attende à la sortie des montagnes russes ? Aucune. Combien y a-t-il de chances pour qu'il la retrouve, ensuite, dans ce parc immense ? Zéro.

L'homme aux cheveux poivre et sel se retourne en entendant Tiago héler le responsable de l'attraction. Il jette un coup d'œil en direction des deux jeunes filles, qui sont déjà harnachées et prêtes à s'envoler. Il regarde Tiago, paraît deviner la détresse du garçon.

— On peut te laisser nos places et y aller au tour suivant, si tu veux, lance-t-il d'un air compréhensif.

Abasourdi, Tiago hoche la tête avec vigueur. Sans attendre l'approbation de l'employé, il saute par-dessus la barrière et fait signe à Samir de le suivre pour aller s'installer dans les deux dernières places vides. Quand il arrive à la hauteur de l'homme providentiel, il chuchote un « Merci » plein de gratitude, et l'autre lui adresse un clin d'œil bienveillant.

Le grand huit démarre, Tiago se cramponne aux bras en acier recouverts de mousse, le cœur battant la chamade. Une minute trente de supplice, une minute trente pour trouver le courage de demander son numéro de téléphone à Margaux à la sortie. La navette s'élance, commence à gravir l'immense pente et il retient son souffle.

En bas, Quentin et Alexis observent le manège qui enchaîne les loopings à pleine vitesse puis qui subitement s'immobilise à quelques mètres d'un virage, à trente mètres de hauteur, juste au-dessus d'un petit lac artificiel. Dans sa cabine, l'employé s'affaire, visiblement inquiet. Les minutes s'étirent, soudain interminables. Quentin et Alexis sortent leur portable pour tenter de filmer la scène.

— Tu arrives à zoomer sur Samir et Tiago ? Je suis sûr qu'ils doivent faire dans leur froc !

— Et encore, ils ont de la chance : ils ne sont pas bloqués la tête à l'envers... tu imagines ?

Les deux pouffent de rire, songent déjà à l'anecdote qu'ils vont raconter à tout le monde en rentrant ce soir.

Un quart d'heure plus tard, un technicien arrive. La navette refuse de redémarrer, une grue est alors installée pour évacuer les passagers. Peu à peu, les visiteurs du parc s'agglutinent pour assister au sauvetage inédit, et Quentin, lui, songe qu'ils ne pourront même pas demander à être remboursés puisqu'ils avaient des billets gratuits.

La nacelle de la grue monte, mais d'un seul coup, sans que personne s'y attende, le train repart vivement. Les passagers hurlent, et tous ceux qui assistent à la scène perçoivent la différence entre les habituels hurlements de joie et les cris désormais effrayés.

Quand les wagons viennent percuter le bras de la grue avec violence, le silence s'abat brutalement sur le parc. Lourd, épais, grave. Quelques instants de plomb, avant que les hurlements ne reprennent, accompagnés de pleurs, cette fois-ci.

« Est-ce que ça te dirait qu'on aille manger une gaufre... ? »

C'est ce que Tiago avait prévu de demander à Margaux en sortant du manège, sans doute en bafouillant un peu trop et en n'osant pas tout à fait la regarder dans les yeux.

Peut-être l'aurait-elle aussitôt suivi, soudain gauche elle aussi. Ou peut-être lui aurait-elle répondu d'un ton narquois que juste après un grand huit, son estomac ne risquait pas de supporter la moindre nourriture.

Peut-être que cet échange aurait été le tout début d'une grande histoire d'amour. Ou peut-être qu'ils ne se seraient plus revus après cette journée.

Personne ne le saura jamais.

Quand Margaux et son amie descendent enfin du manège, hagardes toutes les deux et le cœur au bord des lèvres, elles n'ont qu'une hâte : quitter cet endroit et ne plus jamais y remettre les pieds. Le mascara de la jeune fille a coulé, laissant de longs sillons noirs sur ses pommettes.

Quand, une demi-heure plus tard, les secours emmènent en silence le corps de Tiago recouvert d'un drap sur une civière, l'homme aux cheveux grisonnants est sous le choc. Il sent la bile lui remonter dans la gorge comme une boule de flipper et il serre un peu plus fort la main de son neveu, complètement désemparé.

1

Jeudi 7 mars 2019
284 jours après *le-jour-où*

Bientôt une semaine depuis l'accident. Le mot « accident » ricoche régulièrement sur les parois du crâne de Benjamin ; accident accident accident. Comme si ces trois syllabes anodines pouvaient ne serait-ce qu'approcher la réalité de ce qui s'est produit dans ce parc d'attractions… Il a hésité. Longuement. A fixé des heures durant le plafond de sa chambre, peinant à trouver le sommeil, des images du carnage s'imposant à lui avec la violence de coups de tonnerre. Devait-il assister à l'enterrement de ce garçon ? En avait-il le droit, ou sa présence serait-elle déplacée ? Aurait-il à présenter ses condoléances à sa famille ? Serait-il capable d'affronter ça ?

Les questions n'ont fait que tournoyer dans sa tête du matin au soir, du soir au matin. Aux moments les plus inattendus, il revoit le visage souriant de Tiago – il connaît son prénom, désormais –, il le réentend lui murmurer un merci plein de gratitude avant d'aller s'installer dans le grand huit, à la place que Benjamin aurait dû occuper. Parfois, quand l'image lui semble trop vive ou qu'elle apparaît trop brusquement, il est obligé de s'agripper à ce qui lui tombe sous la main tellement il a le sentiment de perdre l'équilibre. Le rebord d'un mur, dans la rue. L'évier, dans sa cuisine. La main de son neveu Axel, le jour du drame. Il n'a même pas été capable de réconforter le petit garçon de dix ans, n'a même pas pensé à lui cacher les yeux, s'est seulement montré *pitoyable.*

Et pitoyable, c'est exactement comme il se sent à présent, dans ce cimetière balayé par des bourrasques de vent glacial. À une dizaine de mètres de lui, il voit les proches de Tiago, immobiles autour d'un cercueil flambant neuf. En même temps, un cercueil est toujours flambant neuf, songe Benjamin avec ironie. On n'a jamais vu des cercueils d'occasion, tenez, je l'avais acheté pour mon enterrement, mais tout compte fait, j'ai ressuscité ! Il secoue la tête, consterné par les pensées absurdes et incongrues qui lui traversent l'esprit tandis que des parents enterrent leur fils de vingt ans mort dans un accident de manège. De la façon la plus stupide qui soit, se dit encore Benjamin, qui décidément peine à interrompre le flux de ses pensées.

Devrait-il s'approcher, essayer de leur parler ? Leur avouer que c'est entièrement sa faute si leur enfant s'est retrouvé dans le grand huit, ce jour-là, pile au *mauvais moment* ? À quoi bon... ? Ça ne servirait sans doute qu'à leur ajouter une enclume de chagrin supplémentaire sur la poitrine, sans pour autant l'apaiser lui.

Il s'adosse contre l'un des grands platanes du cimetière et aperçoit l'autre garçon, celui qui accompagnait Tiago dans l'attraction. Lui s'en est mieux tiré, il n'a que des béquilles et une minerve... Benjamin cherche des yeux la jeune fille brune que Tiago voulait à tout prix rejoindre ; il repense à la façon dont le garçon la regardait, comme s'il venait de trouver un trésor des plus précieux, comme si, rien qu'en la croisant, toute sa vie venait d'être irréversiblement bouleversée. Elle n'est pas là aujourd'hui, mais est-ce si étonnant, ils ne se connaissaient même pas, après tout...

Benjamin a regardé plusieurs fois les différentes séquences des JT consacrées à cette « effroyable tragédie », comme les journalistes savent si bien dire, d'un ton dramatique et faussement concerné. Il a acheté les journaux locaux, les a lus en détail, espérant peut-être trouver une explication logique, rationnelle, quelque chose qui pourrait lui faire croire qu'il n'est pas *responsable* de ce qui est arrivé. Il a même imprimé le communiqué officiel que la direction du parc a rédigé et mis à la une de son site internet, le relisant matin après matin, devant sa tasse de café fumante. « Il n'est pas question, semble-t-il, d'une erreur humaine ; des analyses sont en cours, afin de déterminer le défaut technique à l'origine de ce malencontreux incident, qui a coûté la vie à une personne et occasionné des blessures chez une dizaine d'autres passagers du grand huit. »

Un « malencontreux incident ». Les parents se sont-ils étranglés de chagrin ou de colère, en tombant sur ces deux mots ? Vont-ils porter plainte contre le parc ou au contraire se replier sur eux-mêmes et leur douleur, sans chercher à tout prix à trouver des responsables à la mort de leur fils ? Benjamin laisse les questions fuser sans cesse, des questions qui n'appellent de toute façon pas de réponses véritables.

De loin, il voit le cercueil descendre lentement dans un trou encadré de béton. Le père et la mère se tiennent là, immobiles, les épaules affaissées et le visage baissé vers le sol. Des roseaux balayés par le vent, qui se cramponnent l'un à l'autre pour s'empêcher mutuellement de plier. De *rompre*.

Petit à petit, ceux qui sont venus enterrer leur ami, leur neveu, leur petit-fils, leur voisin, leur ancien élève peut-être repartent chacun de leur côté, en silence. Les parents sont les derniers à remonter l'allée caillouteuse bordée de marbre et de lettres dorées.

Quand il n'y a plus personne, Benjamin hésite à s'approcher de la tombe où des employés des pompes funèbres s'affairent encore. Quelques instants s'écoulent, étrangement paisibles, puis il pousse un profond soupir ; mieux vaut partir, à présent. Il n'a plus rien à faire là, dans ce cimetière quasi désert.

À quelques mètres de lui, une jeune femme est agenouillée devant une pierre tombale, occupée à ramasser des feuilles mortes et à retirer des plantes rabougries qui n'ont pas supporté l'hiver. Benjamin l'observe, songeur. Se demande si elle vient se recueillir sur la tombe d'un de ses parents ou grands-parents, d'une amie…

Dans la rue qui jouxte le cimetière, une voiture passe à vive allure, dans un fracas d'acier qui doit être celui d'une plaque d'égout mal scellée. Benjamin sursaute malgré lui, le bruit le ramenant instantanément, instinctivement, à celui du manège qui s'encastre avec brutalité dans ce bras métallique censé secourir plutôt que tuer. Ses jambes deviennent de coton et il s'adosse de nouveau au platane contre lequel il a assisté aux funérailles de Tiago. Se force à respirer le plus lentement possible pour empêcher son cœur de faire des bonds douloureux dans sa poitrine.

La jeune femme passe devant lui, tenant à la main un sac-poubelle noir à moitié rempli des plantes qu'elle compte sans doute jeter dans la grande benne grise à l'entrée du cimetière. Les joues rosies par l'effort et le froid, elle adresse à Benjamin un sourire poli et un « Bonjour » plus murmuré que véritablement prononcé, comme si le silence était obligatoirement de mise dans cet endroit. Pourtant, ce n'est pas une bibliothèque, personne ne risque d'être dérangé par des bruits de conversation, se dit Benjamin en répondant par un signe de tête contrit.

Contrairement à ce qu'il escomptait, la jeune femme s'agenouille devant une autre tombe, à quelques pas de lui à peine. Elle ramasse de nouveau les feuilles mortes ainsi qu'un bouquet sous Cellophane dont il ne reste plus que des tiges marron et de la condensation. Benjamin ne bouge pas encore, il n'est pas tout à fait certain que ses jambes puissent le porter, ni que la crise d'angoisse soit suffisamment dissipée pour qu'il parvienne à sortir du cimetière comme le ferait quelqu'un de *normal*. Du coin de l'œil, il regarde la jeune femme vêtue d'un long manteau bleu marine avec deux rangées de boutons argentés. S'étonne qu'elle n'ait pas une tenue plus appropriée à l'entretien d'un cimetière. Au vu de la taille du sac-poubelle qui la suit, il lui paraît soudain évident qu'elle travaille ici, même s'il ignorait que des personnes étaient payées pour s'occuper des tombes. Sans lui prêter la moindre attention, elle s'essuie le front avant d'extirper de la poche de son manteau un tube de baume qu'elle applique ensuite lentement sur ses lèvres. D'un air distrait, elle se relève et manque de perdre l'équilibre, se rattrapant de justesse à la pierre tombale en marbre noir.

Croisant le regard de Benjamin, elle esquisse un nouveau sourire, un brin embarrassé cette fois-ci, comme si elle était gênée d'avoir failli se tordre la cheville devant lui. Ses lèvres sont légèrement blanchies par le baume, et Benjamin se fait la réflexion qu'elle en met sans doute un peu trop.

Elle reprend le sac-poubelle par les anses en plastique bleu, se détourne et se dirige à présent vers la sortie du cimetière. Quand elle est hors de sa vue, Benjamin comprend qu'il est en fait peu probable qu'elle travaille ici, ça n'aurait aucun sens.

Songeur, il sort son tabac de son jean et se roule avec dextérité une cigarette. Tire une première bouffée, recrache la fumée en repensant au visage de la jeune femme.

Des cheveux longs bouclés, brun foncé, noués en une queue-de-cheval haute.

Des pommettes saillantes, des yeux caramel. Pas de maquillage, peut-être juste des cernes camouflés avant de sortir.

Une voix un peu rocailleuse, si tant est qu'il puisse vraiment en juger avec le seul mot qu'elle ait prononcé.

Des lèvres blanchies par trop de Labello.

À présent, son cœur est apaisé. Il sent qu'il parvient de nouveau à respirer calmement, sans heurt. Il va pouvoir repartir, rentrer chez lui et avancer tant bien que mal dans la traduction qu'il doit rendre à son client d'ici demain soir.

Des lèvres blanchies par trop de Labello.

Ça lui rappelle les vieilles photos de sa sœur et lui au ski, le seul hiver où ils y sont allés, enfants. Alice s'était cassé la jambe dès le troisième jour et plus personne n'avait jamais eu envie de retourner à la neige ensuite. « Ce genre de catastrophe n'arrive pas quand on part en vacances à la mer ! » avait seriné leur mère comme un mantra. Après ça, ils s'étaient contentés de la plage de Saint-Jean-de-Monts chaque été. Fini le baume à lèvres et la crème solaire en plein hiver.

Benjamin sourit, ému sans vraiment savoir pourquoi.

Il revoit le sourire gêné de la jeune femme.

Ses lèvres blanchies.

Est-ce qu'il peut suffire d'un détail aussi insignifiant pour se sentir chavirer ?

2

Samedi 9 mars 2019
286 jours après *le-jour-où*

La *Danse hongroise n° 5* de Brahms résonne dans l'appartement plongé dans l'obscurité. Il est bientôt 4 heures du matin, et Benjamin commence à perdre tout espoir de s'endormir d'ici au lever du soleil. Cette musique aux accents tziganes est loin d'être la plus appropriée pour assoupir qui que ce soit – le rythme des violons lui donnerait plutôt envie de virevolter – mais, de toute façon, il a déjà écouté en boucle le *Prélude en do majeur* de Bach, et même le piano hypnotisant n'est pas parvenu à l'apaiser et à l'empêcher de tourner et se retourner dans son lit…

Depuis une semaine, ses nuits sont hachées et si dures à traverser qu'il en vient à craindre la tombée du jour. Les insomnies sont redoutables ; lui qui a toujours eu un sommeil de bébé a du mal à tenir la cadence et à travailler aussi efficacement que d'habitude. Et quand il réussit enfin à fermer l'œil, c'est pour faire des cauchemars atroces et se réveiller en sursaut, le cœur battant et la peau trempée d'une sueur froide et désagréable. Il rêve qu'il est dans un grand huit qui démarre sans que la barrière de protection ait eu le temps de se verrouiller et qu'il est prêt à être éjecté dès la première descente vertigineuse. Il rêve qu'il n'a pas pu monter dans le wagon, contrairement à Axel qui s'installe juste à côté de Tiago. Benjamin insiste pour qu'il change de place, mais son neveu n'en fait qu'à sa tête. Il rêve de tôles arrachées, de jambes sanguinolentes, de corps inertes, de hurlements glaçants. Alors vaut-il mieux dormir, au fond ? Au moins, la musique classique l'apaise un peu ; il parvient à se concentrer sur les violons ou le piano et à chasser un temps les images qui l'obsèdent.

Samedi dernier, il a ramené Axel chez sa sœur et son beau-frère, juste après l'accident. Durant tout le trajet, le petit garçon est resté silencieux, et Benjamin a eu beau essayer de le faire sourire ou même simplement parler de choses et d'autres, il n'y est pas parvenu. Sans doute n'est-il plus très convaincant dans le rôle de l'oncle protecteur. Les jours suivants, Benjamin n'a pas eu la force de retourner le voir, de l'emmener se balader quelque part, mais il a malgré tout rassemblé son courage et téléphoné à Alice pour avoir des nouvelles.

— Je l'ai accompagné chez un psychologue, il dit que tout va bien. Les enfants sont très résilients, et Axel ne paraît pas plus traumatisé que ça par ce qu'il a vu. Il en parle librement, tu sais. Je crois que les gamins n'ont pas la même vision de la mort que les adultes, ils ont peut-être moins conscience du drame, je ne sais pas... En tout cas, il dort bien, se comporte comme d'habitude, donc ne t'en fais pas pour lui !

— Super... Je suis rassuré, alors, a murmuré Benjamin.

— Et toi, ça va ? a ensuite demandé sa sœur d'un ton soucieux.

— Très bien, oui. Bien sûr que ça va, a-t-il répondu en se forçant à paraître un minimum jovial.

Il a raccroché très vite, par peur de ne pas parvenir à jouer la comédie et à duper sa sœur au-delà de quelques phrases. S'est demandé ce qui clochait chez lui pour se sentir à ce point bouleversé – traumatisé ? –

par l'accident de manège, quand un môme de dix ans ne paraissait pas en faire cas plus que ça. Est-ce qu'il était *faible* ?

Avant-hier, il est allé chez le médecin pour lui poser la question. Le vieux bonhomme moustachu qui le connaît depuis ses seize ans a souri, amusé.

— Ça n'a rien à voir avec de la faiblesse, enfin… Ce serait même plus étonnant de ne rien ressentir face à la mort de quelqu'un, violente qui plus est ! Ça va passer, il faut juste laisser le temps à ton cerveau de digérer ce qu'il a vu. Et pour t'aider à récupérer un peu, je vais te prescrire un anxiolytique léger à prendre avant de dormir, d'accord ?

Le médecin a rédigé une ordonnance à la va-vite, dans des pattes de mouche que seul un pharmacien serait ensuite capable de déchiffrer. Benjamin l'a remercié tout en reprenant sa carte Vitale. Les deux hommes se sont serré la main et il n'a pu s'empêcher de se sentir un peu stupide d'être venu en consultation juste pour quelques nuits d'insomnie.

— Allez, courage ! Et surtout, si ça ne va pas mieux, tu reviens me voir, hein ? Je te prescrirai un somnifère, pas d'inquiétude… Mais je suis certain que tout va rentrer dans l'ordre en moins de temps qu'il n'en faut pour le dire !

Benjamin a hoché la tête, penaud comme un gamin qui aurait rapporté une mauvaise note de l'école. À la pharmacie, il a empoché la boîte d'Atarax, plus embarrassé que s'il s'était agi d'un tube de crème antihémorroïdes.

Il a voulu en prendre un le soir même, mais a longuement hésité, craignant, étrangement, que le cachet n'ait aucun effet sur l'angoisse qui lui comprimait la poitrine au point d'avoir la désagréable sensation d'étouffer. Il a finalement reposé la plaquette de comprimés sur sa table de chevet, méfiant.

Et il n'a pas fermé l'œil de la nuit, bien sûr.

Hier soir, quand il a croisé son voisin de palier, un gamin d'une vingtaine d'années aux yeux perpétuellement injectés de sang, il lui a demandé s'il pouvait le dépanner d'un joint. Ce sont exactement les mots qui sont sortis de sa bouche, un peu à brûle-pourpoint : « Tu pourrais me dépanner d'un joint, par hasard ? » Comme s'il avait l'habitude de fumer, comme s'il était malencontreusement à court d'herbe ou que son dealer attitré était en vacances. N'importe quoi. À trente-huit ans, il n'a pas vu un pétard depuis bien longtemps, mais c'est sorti tout seul. Après tout, fumer pourrait peut-être l'aider à se détendre et à tomber dans les bras de Morphée sans faire de cauchemars horribles...

C'est comme ça qu'il s'est retrouvé à effriter un morceau de résine et à se rouler un joint tout seul dans son salon. C'est comme ça qu'il s'est retrouvé une demi-heure plus tard à faire un *bad trip* comme il n'en avait plus fait depuis le lycée : nausée, tremblements, angoisse décuplée, envie d'ouvrir sa fenêtre pour crier à l'aide.

Lui est revenue en mémoire cette fois où il avait fumé juste avant un cours d'anglais... Quand M. Chaval, avec son regard de myope grossi par les verres épais de ses lunettes, lui avait posé une question, il n'avait même pas compris un seul de ses mots. « *Are you alright, Benjamin, do you need to go out for a while, maybe?* » avait poursuivi l'enseignant, inquiet devant son regard amorphe. « *Benne-dja-mine* ». Les trois syllabes l'avaient brusquement fait éclater de rire, sans qu'il sache le moins du monde pourquoi il trouvait ça hilarant. Toute la classe s'était retournée vers lui, et lorsqu'il s'était enfin calmé, il avait été pris de tremblements incontrôlables et avait murmuré à un M. Chaval décomposé qu'il allait mourir, c'était certain, il allait mourir.

Cette nuit, il n'en a pas mené plus large qu'il y a vingt ans. (Vingt ans ? Comme le temps passe vite...) Et il n'y avait même pas de M. Chaval pour lui venir en aide. Plus de deux heures pour redescendre après ça, et avoir de nouveau un minimum l'impression d'être normal, non sans s'être dit que plus jamais il ne toucherait à un joint. Plus jamais.

Le *Concerto pour violon n° 1* de Max Bruch démarre et Benjamin sourit. Allongé dans son lit, les bras le long du corps, il sent les notes s'infiltrer dans tout son être et le transporter. Depuis toujours, il n'y a que la musique classique qui lui donne cette sensation grandiose, l'impression de se dissoudre en elle comme s'il n'existait plus, ou plutôt comme s'il ne faisait plus qu'un avec les instruments. C'est son instituteur de CE2 qui lui a fait découvrir le *Concerto pour deux violons* de Vivaldi ; il se souvient encore de l'émotion qui l'a saisi en classe, alors que la plupart de ses camarades bavardaient ou rêvassaient en regardant par la fenêtre. « Si vous ressentez la musique au lieu de simplement l'écouter, elle vous accompagnera toute votre vie », avait expliqué le maître avec passion.

Le soir même, Benjamin avait commencé à écouter les plus grands compositeurs sur son Walkman, dans la pénombre de sa chambre. Et la musique ne l'avait plus jamais quitté, même si personne dans sa famille n'avait compris pourquoi il était subjugué à ce point.

Le violon commence à jouer l'*adagio*, permettant à Benjamin de respirer encore plus amplement, même si un étrange chagrin continue de le submerger. Cette fois, l'image qui s'impose brusquement à son esprit n'est pas celle d'un corps déchiqueté ou d'un manège fracassé.

C'est le visage d'une jeune femme aux cheveux sombres bouclés et au sourire mélancolique.

La fille du cimetière, c'est ainsi qu'il l'appelle dans sa tête, puisqu'il n'a aucune idée de son prénom.

La fille du cimetière, aux lèvres blanches, songe-t-il, attendri par les hautbois qui se mettent à chanter à son oreille.

3

Lundi 11 mars 2019
288 jours après *le-jour-où*

C'est un peu par hasard qu'à midi, ses pas l'ont guidé de nouveau jusqu'au cimetière. Il ne l'a en rien prémédité, il avait simplement envie d'une pause avant de faire une overdose de sa nouvelle traduction – un jeu vidéo de foot qui l'ennuie prodigieusement. Bon, c'est vrai que si ses pas l'ont guidé au point de prendre un RER puis un bus pour retrouver les larges allées silencieuses bordées de platanes, peut-être que le hasard n'est pas tout à fait de mise. Mais peu importe, après tout : il n'a de comptes à rendre à personne, il n'est pas obligé d'avouer à quiconque qu'il nourrit le secret espoir de revoir la jeune femme aperçue la semaine précédente et à laquelle il n'a cessé de penser depuis, malgré l'anxiété qui s'accroche à lui comme du mazout sur un goéland. Il n'est pas non plus obligé d'avouer à quiconque qu'il s'est déjà rendu au cimetière la veille, et qu'il est resté tout l'après-midi assis sur un banc à tenter de lire *Mr. Mercedes* – un des rares Stephen King qu'il n'avait pas encore empruntés à la bibliothèque –, déçu qu'elle n'apparaisse pas comme par magie avec son arrosoir et son sac-poubelle.

Quand il arrive, le cimetière est désert, contrairement à la veille où il a vu déambuler une petite vingtaine de personnes. Il repère son banc, sourit intérieurement en songeant qu'il a déjà ses petites habitudes, au point de s'être approprié un banc métallique inconfortable au possible.

Elle n'est pas là.

Pas encore, rectifie-t-il aussitôt. Sa sœur Alice, grande adepte devant l'Éternel des livres de développement personnel de toutes sortes, lui avait offert pour Noël un bouquin sur les lois de l'attraction – et il était d'ailleurs parvenu à se montrer ravi en arrachant le papier cadeau. Pense positif et tu attireras le positif. Sois pessimiste et il n'arrivera rien de bon. Si le bonheur ne tenait qu'à ça, ça se saurait, s'était dit Benjamin. Mais au cas où, il essayait malgré tout de changer l'inflexion de la petite voix dans sa tête lorsqu'elle lui semblait trop défaitiste.

La jeune femme n'est donc pas *encore* là.

Il s'assoit, remonte le col de sa veste en cuir pour protéger sa nuque du courant d'air glacial. Sort ensuite son roman de sa poche intérieure, regrette de ne pas avoir pris de Twix mais tombe sur une sucette au Coca-Cola qu'il avait emportée pour Axel au parc d'attractions. C'est mieux que rien, il a besoin de sucre.

Une heure après, il ne reste plus que le bâtonnet en plastique qu'il mâchonne distraitement tout en suivant l'enquête que mène Bill Hodges pour retrouver un déséquilibré qui a tué huit personnes sans le moindre état d'âme.

C'est au moment où il commence à se dire qu'il ferait mieux de rentrer s'il ne veut pas se retrouver à travailler une bonne partie de la soirée qu'il l'aperçoit. *Enfin.* Il a reconnu son manteau bleu nuit à gros boutons, il sent son cœur tambouriner dans sa poitrine comme s'il avait quinze ans. Si Alice était là, il l'embrasserait sur les deux joues et lui promettrait de ne plus jamais se moquer de ses théories farfelues sur le bien-être et le bonheur.

Il ne bouge pas, fait semblant de lire un nouveau chapitre, pousse la comédie jusqu'à tourner les pages de temps à autre sans pour autant en avoir déchiffré le moindre mot. Bill Hodges va devoir se débrouiller un petit moment sans Benjamin.

La jeune femme aux boucles brunes arrose les plantes desséchées des tombes de la rangée F, se rapprochant ainsi de l'endroit où il est installé. Benjamin l'observe discrètement, prend soudain conscience qu'il n'a pas du tout réfléchi à ce qu'il ferait s'il la rencontrait de nouveau. Lorsque son arrosoir en fer-blanc cabossé est vide, elle vient le remplir au robinet qui est juste à côté de « son » banc. Benjamin n'a pas le temps de trouver comment l'aborder qu'elle est déjà repartie à quelques mètres de là.

Il étire ses jambes, se dit qu'il se roulerait bien une cigarette, mais repousse aussitôt cette idée, convaincu que ça ne donnerait pas de lui une image positive. Qui vient fumer des clopes dans un cimetière ? Non, ça ferait franchement mauvais genre.

La jeune femme est agenouillée près d'une pierre tombale en marbre anthracite, elle arrache des mauvaises herbes qui sont parvenues à pousser sur les côtés malgré le béton. Benjamin en profite pour la détailler du regard. Elle porte des baskets blanches à scratchs, le genre que tout le monde s'arrache depuis quelques années, mais, élément étonnant, elle a croisé les deux scratchs du haut. Elle est emmitouflée dans un grand foulard en tissu bleu roi, et Benjamin pense distinguer des petits lamas beiges en motifs. Un peu excentrique. Chaque fois qu'une mauvaise herbe cède, la manche de son manteau se relève légèrement, et un bracelet de perles de rocaille turquoise apparaît à son poignet gauche.

Tous ces détails insignifiants lui mettent du baume au cœur sans qu'il sache pourquoi. Il a l'impression étrange d'être connecté à elle, de la connaître un peu, juste parce qu'il a remarqué ces petites choses qu'un autre passant n'aurait même pas aperçues.

Quelques minutes plus tard, la jeune femme vient s'asseoir à l'autre extrémité du banc. Elle répond poliment au signe de tête de Benjamin, mais ne paraît pas le reconnaître ; il ne peut s'empêcher de se sentir déçu. Elle fouille dans les poches de son manteau pour en sortir un paquet de cigarettes, en allume une en abritant de la main la flamme de son briquet.

Benjamin ne trouve plus que ça fait mauvais genre, tout compte fait.

Il passe en revue les choses qu'il pourrait lui dire pour débuter une conversation, de « Il fait frisquet, aujourd'hui ! » à « Vous auriez une cigarette pour moi ? », en passant par le plus controversé : « Ce banc fait drôlement mal aux fesses, vous ne trouvez pas ? »

Finalement, c'est autre chose qui sort, un peu par précipitation, parce que chaque bouffée qu'elle recrache annonce le moment où elle va se lever pour partir et où il sera *trop tard*.

— Vous travaillez ici ? demande-t-il sans même oser la regarder.

Il va passer pour un rustre, c'est sûr. Et puis, sa question est stupide, n'importe qui saurait que ce n'est pas une employée du cimetière ! Il a tout foiré. Et comme en plus il perd déjà ses moyens, ces insupportables lois de l'attraction vont réduire à néant ses chances d'éveiller l'intérêt de la jeune femme.

— Non… Pourquoi vous pensez ça ? répond-elle, visiblement étonnée.

— Oh, pour rien… C'était une question comme ça… Parce que je vous ai déjà aperçue la semaine dernière, en train de nettoyer les tombes, alors je me suis dit que… Mais c'était idiot, je m'en rends compte…

Il s'embourbe, se maudit de mentionner qu'il l'a déjà repérée auparavant ; si ça se trouve, elle va le prendre pour un cinglé ou un pervers.

Elle écrase son mégot sur le côté du banc. Le plonge dans l'arrosoir pour être certaine qu'il soit bien éteint, puis le jette dans son sac-poubelle.

— J'aime bien prendre soin des tombes qui paraissent ne pas recevoir beaucoup de visites. Vous trouvez ça bizarre, je suis sûre ? souffle-t-elle doucement.

Bizarre ? Carrément saugrenu, aurait envie de souligner Benjamin, même si son cœur attendri bat la chamade.

— Non, il n'y a rien de bizarre là-dedans… Vous savez, je suis venu à l'enterrement de quelqu'un que je ne connaissais même pas, jeudi dernier, alors je suis mal placé pour vous trouver étrange.

Elle sourit comme pour elle-même. Ses cheveux bouclés sont noués en queue-de-cheval, et Benjamin note qu'elle a dû se coiffer à la va-vite ; il y a des bosses partout. Elle regarde au loin, l'air un peu perdu. Il aimerait bien qu'elle réponde quelque chose, juste pour entendre à nouveau sa voix. Une voix chaude joliment éraillée, apaisante, qui lui rappelle celle de l'animatrice d'une émission qu'il écoute souvent sur Radio Classique.

Il a posé son roman sur ses genoux et elle jette un coup d'œil à la couverture.

— Stephen King ? La lecture parfaite dans un cimetière…, commente-t-elle sans qu'il sache si elle fait de l'humour ou s'il s'agit d'une critique.

— Oui, enfin, je ne le lis pas qu'au cimetière, répond-il à défaut d'autre chose.

Visiblement, aujourd'hui sera le jour où il aura le moins de repartie de toute sa vie. Affligeant. Il se donnerait des gifles s'il pouvait. Mais il aurait l'air encore plus étrange, donc autant éviter de la faire définitivement fuir.

— Je me doute… Je l'ai lu quand il est sorti ; la scène d'ouverture est magistrale. Rien que les premières pages suffisent à en faire un grand livre, je trouve.

Benjamin hoche la tête, bien embarrassé car il a lu le début du roman la veille, à moitié distrait parce qu'il guettait en vain son arrivée au cimetière. Autant dire qu'il s'en souvient à peine.

Elle se lève, s'apprête à partir, déjà.

Il reste assis, panique à l'idée de ne plus jamais la revoir.

— Je m'appelle Benjamin, lance-t-il avec l'énergie du désespoir.

— Moi, c'est Rebecca, précise-t-elle avec un sourire un peu triste. Passez une bonne journée !

Elle ramasse son sac-poubelle, se détourne soudain. Elle marche en direction de la sortie, et dans la tête de Benjamin, une petite voix murmure : « Non, non, non… »

— Attendez ! s'entend-il crier d'un ton presque apeuré. Attendez !

Rebecca se retourne, le fixe d'un air interrogateur. Sans doute se demande-t-elle si elle a oublié quelque chose sur le banc.

Benjamin se lève, la rejoint. Arrivé à sa hauteur, il se mord la lèvre inférieure, se cramponne à son livre comme à une bouée de sauvetage. Il baisse la tête, comme si une idée fantastique allait jaillir du sol tel un geyser. Il voit ses doigts fins et remarque l'annulaire vide : elle n'a pas d'alliance. Mais cela ne veut sans doute pas dire grand-chose, en réalité.

— Je… J'aimerais vous revoir. Enfin, je veux dire, si vous êtes d'accord… Ne croyez pas que j'aie l'habitude de traîner dans les cimetières pour aborder des filles ; c'est la première fois que ça m'arrive…

Il s'enlise, et elle vient à son secours, charitable :

— En même temps, un tueur en série qui dénicherait ses proies dans un cimetière dirait exactement la même chose que vous, non ?

Ah ! pas si charitable que ça, songe Benjamin, dépité.

— Je plaisante ! précise-t-elle en voyant son visage livide.

Ses épaules s'affaissent, il est soulagé. Cette fois, il ose plonger ses yeux dans les siens, et lui répéter très sérieusement :

— J'aimerais vraiment vous revoir.

Elle acquiesce, contre toute attente.

— Si vous voulez…

Et elle lui laisse son numéro de téléphone, avant de partir pour de bon.

Alors, c'est vrai, elle n'a pas paru déborder d'enthousiasme, loin de là, mais elle n'a pas dit non, se rassure Benjamin. Certes, elle a pu lui donner un faux numéro pour se débarrasser de lui sans qu'il se sente mal à l'aise devant un refus frontal. C'est possible, ça. Probable, même.

Il sera vite fixé.

S'il ose l'appeler, bien sûr.

Mais avant ça, il faut qu'il relise attentivement le début de *Mr. Mercedes*. Pour avoir un sujet de conversation, la prochaine fois.

S'il y a une prochaine fois.

Le visage d'Alice s'impose à son esprit : « Il y aura une prochaine fois si tu te convaincs qu'il y en aura une ! »

En sortant à son tour du cimetière, il jette ce qui reste du bâton mordillé de sa sucette et manque la grande benne de quelques centimètres. Soulagé que personne n'ait assisté à ce tir raté, il se baisse pour ramasser le bâtonnet.

La fille du cimetière s'appelle Rebecca. À moins, évidemment, qu'en plus du probable faux numéro, elle lui ait donné un prénom bidon.

Rebecca.

La mélodie mélancolique de la *Rhapsodie pour violoncelle et piano* de Rebecca Clarke résonne aussitôt en lui, et il se prend à la fredonner doucement.

Re-be-cca.

Existe-t-il trois syllabes s'agençant plus harmonieusement que celles-ci ?

4

Mercredi 13 mars 2019
290 jours après *le-jour-où*

Rebecca s'installe dans un des deux fauteuils en face du bureau de la psychiatre ; elle choisit toujours celui de gauche, par habitude sans doute. Sur celui de droite, elle dépose le sac à main en cuir noir avachi qu'elle trimballe depuis ses vingt-cinq ans – cadeau de Louis –, et son manteau en laine bleu marine.

Chaque fois, c'est le début de la séance qu'elle appréhende le plus. Parce qu'il faut commencer à parler et qu'elle ne sait jamais à l'avance ce qui va sortir de sa bouche. Sophie de Leyret la dévisage avec ses yeux perçants, un sourire bienveillant aux lèvres.

— Alors, comment vous sentez-vous, aujourd'hui ? demande-t-elle avec douceur, comme s'il suffisait de s'exprimer un peu trop abruptement pour que Rebecca s'enfuie à toutes jambes.

Toujours la même question.

— Pas terrible.

Toujours la même réponse. Même si les mots peuvent varier. La gamme peut aller de « Ça ne va pas du tout » à « Ça pourrait aller mieux », en passant par « Je ne sais pas pourquoi je viens ici, à quoi bon ? ».

La psychiatre hoche la tête, espère que Rebecca va poursuivre d'elle-même. Elle lui octroie quelques instants avant de se résoudre à guider la séance.

— Vous avez déménagé depuis un peu plus d'un mois, à présent. Avez-vous le sentiment que ce changement est bénéfique ? propose-t-elle, son carnet à la main, prête à consigner toutes sortes d'observations sur les mots que Rebecca va se risquer à prononcer.

— Je pense que c'est moins pire qu'avant, oui. Ça ne m'aide pas à aller mieux, mais ce n'était de toute façon pas le but…

Sophie de Leyret baisse la tête, griffonne quelques phrases à la va-vite. Ses cheveux au carré teints en acajou hachurent son visage encore lisse pour son âge. Rebecca sait qu'elle a cinquante-six ans, comme sa mère.

— C'est moins pesant de m'être coupée de tout. De cette région où je suis née et où j'avais jusqu'alors passé toute ma vie. De mon entourage qui finissait par m'étouffer. De mes parents, surtout… C'est mieux comme ça.

— Vous pensez que la fuite peut vous aider ?

Les yeux gris de la psychiatre se font inquisiteurs ; elle connaît les mots à employer pour faire réagir Rebecca.

— Je n'ai pas fui. Je suis *partie*, rétorque-t-elle, la mâchoire crispée.

— Quelle est la différence, d'après vous ?

— Quand on prend la fuite, on a l'espoir de tout laisser derrière soi. De réussir à oublier en étant ailleurs. Moi, je n'ai pas d'espoir. Et je n'ai pas l'intention d'oublier quoi que ce soit.

— Pourquoi tout quitter du jour au lendemain, dans ce cas ?

— Je vous l'ai déjà dit. Peut-être devriez-vous relire les notes que vous avez prises lors des dernières séances ?

Le ton de Rebecca se fait cassant malgré elle. Elle a conscience que la psychiatre cherche à l'amener quelque part où elle n'a aucune envie d'aller. Sophie de Leyret acquiesce, bat en retraite, accepte de prendre une autre direction.

— Voulez-vous me parler de vos journées ?

« Bof », aimerait bien répondre Rebecca. Mais depuis des mois qu'elle vient dans ce cabinet à la décoration quasiment absente, elle sait que parfois elle ne tient debout que parce qu'elle a rendez-vous tous les quinze jours, trois semaines au maximum. Comme des lampadaires allumés à intervalles réguliers sur une route de campagne plongée dans l'obscurité la plus totale.

Alors elle se force.

— Je dors un peu, parfois. Grâce aux cachets, j'imagine. J'essaye d'écrire, mais pour l'instant, il n'y a rien d'extraordinaire qui sort de mon cerveau. Je prends des notes sur un cahier. Ou sur des bouts de papier, quand quelque chose me vient alors que je suis à l'extérieur. J'ai des versos de tickets de caisse remplis de pattes de mouche que je n'arrive parfois même pas à relire…

— Quand vous êtes « à l'extérieur », vous dites. Vous sortez un peu, donc ? rebondit aussitôt la psychiatre.

— Il faut bien que je m'aère, oui. Je n'ai jamais été un ermite, j'ai besoin de marcher, de laisser mon esprit divaguer. C'est ce qui fait venir l'inspiration. Toutes les fois où je me suis retrouvée bloquée dans l'intrigue d'un roman, me promener durant des heures – ou faire de la course à pied – m'a aidée à démêler les choses…

Sophie de Leyret replace une mèche de cheveux derrière son oreille, attentive. Rebecca se sent obligée de préciser :

— Là, ce n'est pas que je cherche la moindre inspiration, évidemment. Mais marcher m'aide à me souvenir de choses, à faire remonter des images…

— Vous flânez dans les rues de la capitale, alors ? Est-ce que vous visitez les différents quartiers ?

Rebecca secoue la tête, soudain atterrée.

— Je ne me suis pas installée en Région parisienne pour faire du tourisme. Je voulais seulement de l'anonymat. Ne plus connaître personne, et que plus personne ne me connaisse… Alors, peu importe où je marche, en réalité. Si vous tenez tant à le savoir, j'ai pris l'habitude de me rendre au cimetière qui est à quelques rues de mon appartement. Je n'ai pas trouvé d'endroit plus calme à des kilomètres à la ronde, commente-t-elle d'un ton narquois, consciente que l'humour noir n'est pas ce que la psychiatre préfère.

Pour autant, le visage de Sophie de Leyret reste impassible ; elle ne paraît pas considérer que le lieu de promenade de sa patiente est inquiétant ou étrange. Rebecca s'enhardit ; le silence chaleureux de la psychiatre finit toujours par lui donner envie d'en dire davantage. Elle aime ne pas se sentir pressée de questions ou d'attentes, et c'est sans doute pour cette raison qu'elle continue à aller la voir, encore maintenant.

— Vous avez déjà remarqué le nombre de tombes laissées à l'abandon ou mal entretenues ? Les mauvaises herbes qui se frayent un chemin sur le marbre, les bouquets de fleurs flétris, les plantes en bouillie ou complètement racornies, les inscriptions dorées où la boue et la poussière sont comme incrustées… C'est d'une tristesse, d'imaginer tous ces gens qui sont morts et dont plus personne ne prend soin…

— Ce n'est pas parce que les vivants ne s'occupent pas de l'entretien d'une tombe qu'ils sont indifférents au proche qu'ils ont perdu, vous savez. Chacun fait son deuil à sa manière, on n'est pas obligé de se recueillir dans un cimetière pour penser à celui qui est parti, murmure la psychiatre en observant les bras croisés et le visage soudain fermé de Rebecca.

— Je le sais parfaitement. Mais voilà, il se trouve que je n'ai rien de particulier à faire et que ça me fait du bien d'entretenir ces tombes. Ça donne un but à ma promenade, si vous voulez.

— Vous dites que ça vous « fait du bien » ? souligne la psychiatre en se renfonçant dans son fauteuil.

— Oui, enfin, façon de parler. Il n'y a rien d'anormal à passer un peu de temps dans un cimetière, je suis sûre que tout un tas de gens y vont sans même se préoccuper de savoir si c'est bizarre ou non... Par exemple, l'autre jour, j'ai rencontré un homme qui lisait un roman sur un banc. Eh bien, apparemment, lui aussi apprécie le côté paisible du lieu. Et personne ne va le montrer du doigt en criant au cinglé !

— Qui a dit que vous étiez cinglée ? Pas moi, en tout cas, rétorque Sophie de Leyret d'un ton amusé. Quand vous dites que vous avez « rencontré » cette personne, est-ce que cela signifie que vous lui avez parlé ? demande-t-elle, sa curiosité visiblement piquée.

Rebecca hausse les épaules, se retient de lever les yeux au ciel. La psychiatre est en permanence en train de scruter et d'analyser le moindre de ses mots.

— J'ai dit « rencontré » comme j'aurais pu dire « croisé »...

— Mais vous lui avez parlé ou non ? insiste-t-elle encore, pas prête à lâcher prise.

Pire qu'un chien qui ronge son os, songe Rebecca.

— On a échangé des banalités pendant à peine trois minutes, oui. Rien de transcendant, même si je sais très bien où vous voulez en venir : je ne connais personne à Paris, je passe mes journées avec mes carnets et mes bouquins, et donc, il serait bon que je me lie à d'autres êtres humains pour ne pas me refermer totalement sur moi-même et vivre en autarcie, déclare Rebecca d'un ton où perce l'exaspération.

Sophie de Leyret sourit.

— C'est exactement ça. Je ne l'aurais pas dit avec ces mots, mais vous avez raison.

Rebecca sait que les paroles qu'elle va prononcer ne vont pas plaire à la psychiatre, mais elle ajoute malgré tout :

— Je vous ai pourtant dit que je n'étais pas seule, puisqu'il y a Solal. Il est la principale raison pour laquelle j'ai choisi de déménager.

Sophie de Leyret se mordille la lèvre inférieure ; visiblement, Rebecca l'a mouchée. La jeune femme savoure cette infime victoire, impassible. Les secondes s'égrènent sans que la psychiatre reprenne la parole. Rebecca finit par rebondir :

— Bref, vous voilà rassurée, j'espère : j'ai fait la connaissance d'un type aussi paumé que moi, qui traîne dans les cimetières au lieu de bouquiner tranquillement chez lui ou dans un parc.

— Et comment s'appelle-t-il ?

— Comment voudriez-vous que je le sache ? s'offusque aussitôt Rebecca en fronçant les sourcils. De toute façon, je pense que le gong des cinquante minutes ne va pas tarder à retentir… La suite au prochain épisode ?

— Avec plaisir, acquiesce la psychiatre en sortant un agenda recouvert de cuir noir.

Rebecca note la date de sa prochaine séance directement sur son téléphone, puis se lève pour remettre son manteau. Sophie de Leyret fait le tour du bureau pour la raccompagner.

Au moment où Rebecca passe le pas de la porte, elle ne peut s'empêcher de souffler d'un ton agacé :

— Il s'appelle Benjamin, je crois.

— À bientôt, rétorque la psychiatre d'un air narquois. Prenez soin de vous.

5

Vendredi 15 mars 2019
292 jours après *le-jour-où*

Ce soir, Selim a rejoint Benjamin chez lui pour prendre un verre. Ils étaient censés se retrouver dans leur café habituel, à mi-chemin entre leurs deux appartements, mais Benjamin a prétexté un coup de bourre dans sa dernière traduction. Il n'a pas voulu avouer à son meilleur ami qu'en réalité, la simple idée de se rendre dans un bar bondé et bruyant lui donnait des sueurs froides. Inexplicable pour quelqu'un qui a toujours aimé sortir et s'amuser après des journées de travail en solitaire… Depuis l'accident, Benjamin se reconnaît de moins en moins. C'est comme si tout le terrorisait. Jour après jour, il a l'étrange sentiment que son espace se réduit comme peau de chagrin : il ne se sent à peu près bien que chez lui, comme si son appartement était le seul endroit où il soit à l'abri. À l'abri de quoi ? Il ne saurait pas vraiment dire. D'une énième crise d'angoisse, sans doute. Chaque fois qu'il doit sortir, pour aller faire quelques courses par exemple, il a cette sensation de poids qui lui comprime la cage thoracique, qui lui noue l'estomac. Cette impression qu'un danger est imminent, qu'une catastrophe va se produire, là, juste devant ses yeux, et qu'il ne pourra rien faire pour l'éviter. Il n'y a guère que marcher dans ce cimetière qui lui apporte un infime apaisement, et encore, pour ça, il lui faut affronter le RER…

Benjamin regarde Selim se verser un grand verre de 3 Monts. Il devrait être capable de se confier à son ami, depuis le temps qu'ils se connaissent. Ils ont fait les mêmes études de traduction, il y a déjà près de quinze ans. Lui s'est rapidement reconverti, a fondé sa start-up qui organise des visites insolites de la capitale. Benjamin a trouvé chaussure à son pied dans la traduction de jeux vidéo, lui qui apprécie la solitude et la possibilité de gérer lui-même son emploi du temps, sans être sous l'autorité de qui que ce soit. Quinze ans d'une amitié solide. Et pourtant, Benjamin n'a même pas mentionné l'accident du grand huit à Selim. Ce n'est pas qu'il ne veuille pas ou qu'il n'ait pas confiance en lui, c'est plutôt que les mots ne parviennent pas à sortir de sa bouche. Ils restent coincés dans sa gorge et ils enflent comme un œdème de Quincke invisible.

En revanche, Benjamin n'a aucun mal à évoquer sa rencontre avec Rebecca, même si Selim le dévisage d'un air circonspect tout en écoutant son récit.

— Ce sourire bête au coin des lèvres ne me dit rien qui vaille, mon pote..., commente-t-il une fois que Benjamin a terminé de parler.

— Pourquoi tu dis ça ?

— Parce que tu sembles amoureux d'une fille que tu ne connais même pas ! Si ça se trouve, elle ne vaut pas mieux que Coralie...

Benjamin se renfrogne aussitôt ; il n'a aucune envie de parler ni même d'entendre le prénom de celle avec qui il est resté près de six ans et qui l'a trahi comme personne ne l'avait encore jamais fait. Qui l'a trompé durant plus de deux ans sans même qu'il s'en aperçoive. Qui faisait venir son amant chez eux dès qu'il avait le dos tourné. Qui, à la fin, s'amusait à laisser délibérément traîner des preuves de son infidélité pour qu'enfin Benjamin comprenne et parte de lui-même, trop lâche qu'elle était pour mettre un terme à leur relation. Benjamin se souvient encore des tickets de carte bleue pour des restaurants, les soirs où elle prétendait ne pas avoir bougé de l'appartement. De son téléphone qui, du jour au lendemain, était constamment en silencieux et qui ne la quittait plus, même quand elle allait prendre une douche ou qu'elle se mettait au lit. Les rares fois où elle le sortait de sa poche, c'était pour le poser juste à côté d'elle, l'écran opportunément retourné pour que Benjamin ne se rende pas compte des dizaines de textos qu'elle recevait. Le sourire qu'elle avait quand elle pianotait pour répondre à un message, hein, non, c'est personne, rien d'important ! Quand il avait fini par confronter Coralie à ses mensonges, le cœur déjà brisé, elle avait à peine nié, et surtout n'avait même pas cherché à s'excuser. Encore moins à le retenir. Elle avait été d'une indifférence froide qui l'avait purement et simplement anéanti. Il avait eu l'impression d'être un vulgaire déchet, de ne plus avoir la moindre valeur en tant qu'être humain. Un sentiment indescriptible. Après leur séparation un an auparavant, il lui avait fallu des mois et des mois pour remonter la pente et pour se convaincre que ce que Coralie lui avait fait subir ne disait rien de lui, que ce n'est pas parce qu'elle l'avait traité comme un moins que rien qu'il en était un. Selim avait été présent tout le temps, inquiet de voir son ami à ce point démoli. Il l'avait aidé à surmonter cette épreuve, n'avait jamais soupiré quand Benjamin se prenait à ressasser son histoire et à chercher à tout prix une explication là où il n'y avait de toute façon pas grand-chose à comprendre. Il avait été tellement certain de faire sa vie avec Coralie, il était fou amoureux et rêvait de fonder une famille avec elle… Quel abruti il avait été… Encore aujourd'hui, quand il repense à elle, un sentiment cuisant de honte et d'humiliation monte aussitôt en lui.

Les sourcils froncés, Benjamin se lève pour sortir du four une pizza aux trois fromages. Selim a tort ; Rebecca n'a rien à voir avec Coralie. Déjà, physiquement, elles ne se ressemblent en rien. Coralie était – l'est toujours, d'ailleurs – petite, avait des cheveux blond vénitien coupés court et le visage constellé de discrètes taches de rousseur. Rien à voir, se répète Benjamin, plus contrarié par la remarque de son ami qu'il ne le voudrait. Et puis, même si en effet il ne connaît pas – encore ? – Rebecca, il sent au fond de lui qu'elle n'est en rien comparable à Coralie. Il le *sent*. Et ça, c'est inexplicable. Selim peut bien sourire d'un air narquois, peu lui importe.

— Tu te trompes. Coralie, c'est du passé. Et cette fille-là est différente, tente-t-il malgré tout de faire comprendre à son ami.

— N'empêche que l'expérience a prouvé que tu n'étais pas le plus doué pour choisir la bonne nana, alors permets-moi de me méfier. En plus, une rencontre dans un cimetière, je ne trouve pas que ce soit particulièrement de très bon augure ! Qu'est-ce que tu foutais là-bas, d'ailleurs ?

Benjamin hausse les épaules, ennuyé.

— Je passais par là, c'est tout, élude-t-il rapidement.

— Mmm… Et donc, tu as réussi à obtenir son numéro, et puis quoi ? Tu la revois quand, au juste ? demande Selim la bouche pleine.

— Je ne l'ai pas encore appelée, répond Benjamin avec embarras.

Selim lève les yeux au ciel.

— Mais qu'est-ce que tu racontes ? Tu as son numéro depuis quatre jours et tu ne l'as même pas contactée ? C'est quoi ton problème, mec ?

Benjamin se sent rougir malgré lui, et son ami éclate de rire.

— À quoi ça sert de lui avoir demandé son numéro et de fantasmer sur elle comme ça, si c'est pour ne pas oser lui téléphoner ? Je te savais empoté, mais à ce point, ce n'est pas possible !

Benjamin aurait envie de préciser qu'il ne « fantasme » pas sur Rebecca, que l'attirance qu'il ressent pour cette femme va bien au-delà du physique, mais il se retient, conscient que ça ne ferait qu'attiser davantage les commentaires moqueurs de son ami.

— C'est juste que je prends mon temps. Je ne veux pas qu'elle pense que je suis à fond, tu vois. Donc je laisse délibérément passer quelques jours avant de la contacter. T'y connais rien à la séduction, toi, tu es marié depuis plus de dix ans..., rétorque Benjamin d'un ton faussement désinvolte.

— Ouais, c'est ça... D'ailleurs le type-marié-depuis-plus-de-dix-ans, comme tu dis, va devoir filer, car il a promis à sa femme enceinte de ne pas rentrer tard. Mais je compte sur toi pour me raconter des trucs un peu plus croustillants la prochaine fois qu'on se voit, OK ?

Benjamin hoche la tête en faisant signe à son ami de déguerpir. Quand la porte d'entrée se referme sur lui, il ne peut s'empêcher de se sentir vaguement mélancolique à l'idée que Selim, lui, soit heureux en ménage depuis si longtemps et sur le point d'accueillir son premier enfant. Le dernier de ses amis à ne pas encore être père et à toujours être partant pour une soirée ou un concert. Benjamin sait que ce temps-là sera bientôt révolu, quoi qu'en dise Selim. Son ami suivra le même chemin que tous les autres, se repliant sur le bonheur familial.

Et il ne restera plus que lui. Solitaire et célibataire. Trop timide pour appeler une femme qui a pourtant accepté de lui laisser ses coordonnées. Déjà effrayé à l'idée de ne pas être *assez* pour elle, de ne jamais être assez pour qui que ce soit.

6

Dimanche 17 mars 2019
294 jours après *le-jour-où*

Lorsque Rebecca lui a donné son numéro, Benjamin l'a noté sur un ticket de carte bleue déniché dans la poche arrière de son jean. Il aurait pu l'enregistrer directement dans son smartphone, mais ça lui avait semblé trop d'un coup : créer un contact, ajouter le prénom « Rebecca », taper le numéro, alors qu'il ne la connaissait pas du tout, en réalité. Le griffonner sur un bout de papier lui avait paru moins intrusif, plus désinvolte.

Bien sûr, après, il avait eu peur de perdre le ticket, alors dès qu'il était rentré chez lui, il l'avait accroché à la porte de son réfrigérateur.

Une semaine qu'il trône là.

Il faut qu'il se lance. L'appeler et lui parler lui paraissent insurmontables : si elle décrochait, il se mettrait à bégayer et ne parviendrait pas à aligner deux mots. Et si elle ne décrochait pas, jamais il ne serait capable de laisser un message sur son répondeur, pour ensuite attendre désespérément qu'elle le rappelle peut-être un jour…

Un texto, c'est la meilleure solution, bien qu'il doive aussi patienter pour une éventuelle réponse. Un texto, ce n'est pas envahissant. Un texto, c'est nonchalant. Il suffit simplement de trouver quoi écrire, c'est tout.

Depuis une demi-heure qu'il s'acharne, il va bien finir par y arriver.

Il recommence pour la énième fois.

Salut !

Non, il ne peut pas écrire « Salut ! » comme s'ils se connaissaient depuis toujours, ça ne rime à rien. Et puis le point d'exclamation donne un côté trop jovial, presque idiot.

Coucou

N'importe quoi. Il n'a pas douze ans… Est-ce que ça se fait, de commencer un texto par « Coucou » quand on a trente-huit ans ?

Il voulait éviter le « Bonjour », qui lui paraît sec et distant, presque administratif, mais il ne trouve rien de plus satisfaisant. « Chère Rebecca », ça ferait trop pompeux, aucun doute là-dessus.

Bonjour

Et en rajoutant un point d'exclamation ? Ça mettrait une petite note enthousiaste, qui ne serait peut-être pas de trop…

Bonjour !

Voilà, là, c'est bien. Benjamin se convainc de ne plus effacer cette introduction qui a nécessité tant de réflexion.

Que dire, à présent ? Lui rappeler qui il est, puisqu'elle n'a pas son numéro.

C'est Benjamin, on s'est rencontrés au cimetière lundi midi dernier…

Il fronce les sourcils. « Lundi midi dernier », ça fait trop précis, ça donne l'impression qu'il est à fond et ne pense qu'à elle depuis une semaine. Mauvaise idée, même si c'est un peu vrai. Il risque de la faire détaler virtuellement à toutes jambes.

C'est Benjamin, on s'est rencontrés au cimetière il y a quelques jours…

Voilà qui est mieux. « Il y a quelques jours », ça laisse à penser qu'il ne sait même plus lui-même de quel jour il s'agissait. Ne pas paraître empressé.

Il claque des doigts, ravi d'avoir une nouvelle idée plus que lumineuse :

Je viens de retomber sur le ticket où j'avais noté votre numéro.

C'est parfait, ça, Selim serait fier de lui. Il donne l'apparence d'un mec cool, détaché, insouciant. Tout à fait lui. Du moins, tout à fait l'image qu'il voudrait donner à cette femme.

Et en même temps... Est-ce qu'en écrivant cette phrase, il ne risque pas de passer pour un je-m'en-foutiste complet ? Le genre de type qui collectionne les 06 comme d'autres collectionnent les fèves, et qui considère que les femmes sont toutes interchangeables ?

Benjamin efface la phrase d'un geste presque rageur ; les textos, ce n'est pas plus son truc que les messages sur répondeur, en réalité. Selim aurait réglé ça en trois coups de cuillère à pot ; il aurait mieux fait de le laisser rédiger un message à sa place vendredi soir !

Benjamin va se préparer un déca – ses insomnies l'épuisent tellement qu'il préfère éviter d'ingurgiter trop de caféine dans la journée. Quand il se rassoit sur son canapé, il ferme quelques instants les yeux, comme s'il était Rocky qui se prépare mentalement à monter sur le ring et à terrasser son adversaire.

Tu n'es pas plus bête qu'un autre, alors écris ce fichu texto pour pouvoir passer à autre chose... Ce n'est pas comme si tu devais prononcer un discours de remerciements pour les César !

La petite voix dans sa tête n'est jamais très réconfortante, Benjamin étant particulièrement doué pour l'autodénigrement.

Il pousse un profond soupir, avant de reprendre son téléphone sur l'accoudoir du sofa.

Déjà, relirc sa prose.

Bonjour !

C'est Benjamin, on s'est rencontrés au cimetière il y a quelques jours…

Nickel. Ça, on ne touche plus. À moins que… Non. On ne touche plus ! ordonne sa petite voix avec agacement.

Il inspire profondément. Pianote d'un trait, en retenant son souffle comme s'il plongeait sous l'eau.

J'aimerais vous revoir. Vous inviter à prendre un verre, à déjeuner, à dîner… Qu'on aille juste se balader quelque part… Peu importe.

Si le cœur vous en dit, bien sûr.

Sans plus réfléchir, il clique aussitôt sur « Envoyer », pour être débarrassé de ce supplice et de ses doutes. Repose son téléphone sur la table basse, bien loin, comme s'il s'agissait d'un objet démoniaque.

« Si le cœur vous en dit », c'est quand même une expression sacrément vieillotte. Il aurait mieux fait de se relire, pour qui va-t-elle le prendre ? Un plouc. Un ringard.

Stop. Le message est parti. C'est terminé. Il faut arrêter de se faire des nœuds au cerveau, ça ne sert désormais plus à rien.

Il n'y a plus qu'à attendre. Sans faire les cent pas dans l'appartement ni vérifier l'écran du smartphone toutes les dix secondes.

Deux heures plus tard, alors que Benjamin a déjà fait une croix depuis longtemps sur Rebecca et qu'il a relu une bonne centaine de fois le texto qu'il lui a envoyé en le trouvant chaque fois plus pathétique, son téléphone émet enfin le bip caractéristique de la réception d'un message.

Non, sa main ne tremble pas quand il déverrouille son écran. Son cœur ne bat pas sourdement dans sa poitrine, pas du tout. De toute façon, à tous les coups, c'est un message pour une vente privée à la noix ou pour lui demander d'aller relever son compteur de gaz afin d'ajuster son échéancier.

Un verre, pourquoi pas. Samedi prochain ?

Direct et lapidaire. Froid ? Indifférent ?

Qu'est-ce qu'il doit en conclure ?

Les lois de l'attraction, songe Benjamin. Il doit juste en conclure qu'elle a dit oui.

Elle a dit oui.

7

Samedi 23 mars 2019
300 jours après *le-jour-où*

Quand il avait proposé à Rebecca de la retrouver dans un café à quelques rues du parc Montsouris – à deux pas de son appartement, soit dit en passant –, il savait que ce ne serait en rien évident pour lui d'affronter un endroit probablement bondé un samedi en fin d'après-midi. Mais Benjamin s'était dit qu'il arriverait à prendre sur lui et qu'il était hors de question de se laisser handicaper par ces satanées crises de panique et ce sentiment flou d'anxiété latente : ça ne lui ressemblait tellement pas, d'être dans un tel état. Et puis, les grandes allées verdoyantes du parc seraient à proximité, laissant la possibilité de quitter le café pour proposer une balade à la jeune femme…

Malheureusement, à présent qu'il est installé à une petite table au fond de ce bar un peu branchouille, il en vient à penser qu'il a peut-être présumé de ses forces. Ou que le choix du lieu n'était peut-être pas le plus approprié, malgré les bons avis sur Yelp. La musique est très – trop – forte, l'espace entre les tables est minuscule ; il faut marcher en crabe pour s'y frayer un chemin, et ils vont devoir hausser la voix s'ils espèrent pouvoir discuter… Ça rendra les éventuels silences moins gênants, tente de se rassurer Benjamin, toujours attentif à voir le verre à moitié plein pour ne pas attirer le mauvais œil.

Ils se sont donné rendez-vous à 18 heures. Il est arrivé à 17 h 45 avec les mains un peu moites. Elle est arrivée à 18 h 10 avec les mains dans les poches de son long manteau de laine. Il n'aura donc eu que dix minutes pour se convaincre qu'elle ne viendrait jamais, dix minutes pour avoir envie de sortir en courant – en crabe – de ce bar trop bien noté.

Quand elle l'aperçoit, elle s'empresse de le rejoindre à sa table. Il hésite sur la conduite à tenir : doit-il se lever pour lui faire la bise ? Le temps qu'il réfléchisse à la question, elle a déjà murmuré un « Bonjour ! » et pris place en face de lui.

Le serveur arrive aussitôt, agacé qu'une table soit mobilisée depuis près d'une demi-heure sans la moindre consommation, Benjamin ayant voulu attendre Rebecca pour commander quelque chose.

— Qu'est-ce que je vous sers ? demande l'employé d'un ton pressé, sans même chercher à croiser leur regard.

Rebecca hausse les sourcils à l'intention de Benjamin, semble attendre qu'il fasse son choix en premier. Il se redresse sur sa chaise et annonce d'un ton étrangement conquérant :

— Un Coca, s'il vous plaît.

Le serveur hoche la tête tout en regardant par la fenêtre, complètement désintéressé de ses clients.

— Heu… Vous avez du sans caféine ? précise alors Benjamin, en se faisant aussitôt la réflexion que cette demande n'est pas vraiment digne d'un mec cool.

En plus, pour être honnête, il aurait bien commandé une bière, mais il s'est dit qu'il voulait passer pour quelqu'un de sérieux… Mais de là à demander un Coca sans caféine… Pourquoi pas un lait-fraise !

Le serveur secoue la tête, blasé.

— Non, on n'a pas ça, monsieur, on a du Coca normal et du Coca Zero, vous voulez quoi ?

— Un Coca normal, ce sera parfait, maugrée Benjamin.

— Et un verre de vin blanc, s'il vous plaît. Vous avez du moelleux, du sauternes, par exemple ? demande Rebecca.

Benjamin la dévisage, confus, et se dit qu'elle, au moins, ne s'embarrasse pas de ce qu'il pourrait penser. Il devrait en faire autant, au lieu de constamment se juger comme ça…

Une demi-heure après, ils ont eu le temps de commencer à se tutoyer et d'évoquer les principales banalités d'usage. La météo particulièrement clémente pour la saison, la faute au réchauffement climatique. Leurs quartiers respectifs : le 14e arrondissement de Paris pour lui et Montrouge pour elle. Leurs métiers : il lui explique en quoi consiste la traduction de jeux vidéo, parfois proche du doublage, car les jeux se font de plus en plus en 3D ; elle lui raconte que jusqu'à l'année dernière, elle enseignait l'histoire-géographie en collège, mais qu'elle a pris une année sabbatique pour tenter de se consacrer à l'écriture de romans jeunesse. Elle paraît très humble et minimise beaucoup son activité, un peu comme si tout n'était dû qu'à la chance et non au talent. Il est impressionné, évidemment. Tente de ne pas le montrer, mais se promet, en rentrant, de taper sur Google le pseudonyme sous lequel elle publie ses livres.

Arrive un moment, malgré tout, où la conversation se fait moins facile, moins fluide, où les silences un peu gênés se multiplient. Silences qui laissent le champ libre pour que l'anxiété que Benjamin tente en permanence de maîtriser revienne à la charge. Il essaye d'ignorer l'angoisse sourde qui recommence à lui tordre l'estomac ; la musique, les bruits de conversation, les rires un peu trop stridents de la tablée d'à côté, les verres qui claquent, les serveurs qui le frôlent souvent en passant, toute cette fébrilité ambiante qui soudain l'oppresse et lui donne envie de retourner se terrer au calme, chez lui. Il se sent constamment sur le qui-vive, comme si une bombe allait lui exploser en pleine figure. Et il a beau se répéter que la bombe, c'est lui, et qu'il n'y a pas le moindre danger, la peur irrationnelle s'agrippe à lui malgré tout. Ça lui demande de plus en plus d'efforts pour ne pas paraître stressé face à Rebecca.

— Et sinon, il t'arrive souvent d'assister à l'enterrement de personnes que tu ne connais pas ? demande Rebecca, comme si elle se rappelait soudain les paroles de Benjamin lors de leur échange au cimetière.

Désarçonné, il manque d'avaler de travers sa gorgée de Coca, et la jeune femme ajoute, un sourire un peu triste aux lèvres :

— Ça fait très *Harold et Maude*, non ?

— Oh, non… Ce n'est pas du tout une habitude. Quand j'ai dit que j'étais venu assister aux funérailles d'un inconnu, ça ne voulait pas dire que c'était quelqu'un choisi au hasard… Je ne le connaissais pas personnellement, mais je savais qui il était…, bredouille Benjamin, conscient que Rebecca ne va rien comprendre à ses explications.

À la table d'à côté, un jeune d'une vingtaine d'années, au bouc savamment entretenu, renverse brusquement son verre de bière. S'ensuivent des exclamations, des rires exagérés de sa bande d'amis, et Benjamin se crispe un peu plus. L'estomac noué, il a conscience que ses réactions, bien qu'intérieures, sont disproportionnées. Qu'est-ce qui lui arrive, bon sang ?

Il tente de reprendre le fil de la conversation, et face aux grands yeux perplexes de Rebecca, il se décide à être sincère et à ne pas chercher à jouer un rôle. Tant pis si elle choisit de s'enfuir ou de ne plus jamais le revoir…

Il lui raconte la file d'attente du grand huit où il a choisi de céder sa place à Tiago afin qu'il passe en même temps que la fille pour laquelle il venait visiblement d'avoir un coup de cœur. Il lui raconte l'accident, les têtes levées qui ont assisté au drame, le corps inerte sur la civière, la nausée, l'impuissance, l'impression d'être paralysé et de ne plus avoir assez de forces pour emmener son neveu loin de ce parc d'attractions. Il lui raconte la vie en apnée depuis ; les crises d'angoisse, l'anxiété diffuse mais permanente, les insomnies et les cauchemars. Et il lui raconte, surtout, la culpabilité lancinante qui lui colle au cœur, à la tête, à la peau. Les mots sortent si facilement qu'on croirait qu'ils n'attendaient que ça. Lorsqu'il a terminé, Benjamin se sent à la fois bizarrement soulagé d'avoir ainsi vidé son sac et honteux de s'être livré sans fard à une femme qu'il espérait par-dessus tout séduire et impressionner…

Silencieuse, Rebecca joue avec son verre de vin blanc en caressant doucement le haut avec son index, comme si elle voulait produire un son. Les épaules de Benjamin s'affaissent ; il a tout gâché. Mais qu'est-ce qui lui est passé par la tête pour lui raconter tout ça de but en blanc ?

Enfin, elle prend la parole, les yeux toujours baissés vers son verre. Elle parle lentement, comme si elle réfléchissait en même temps aux mots précis à employer.

— Tu te sens coupable, d'accord. Je crois qu'à ta place, n'importe qui se sentirait aussi mal que toi. On a déjà dû te dire et te répéter que tu n'y étais pour rien, mais c'est inutile, tu continues de te rendre responsable. J'ai tort ? demande-t-elle en levant les yeux vers lui et en le dévisageant avec intensité.

Il fait non de la tête. Il ne s'est certes pas confié à qui que ce soit, mais c'est justement parce qu'il n'avait aucune envie qu'on le réconforte et qu'on lui affirme qu'il n'avait pas à s'estimer coupable.

— Moi, je vais te dire autre chose. Ta culpabilité, il va falloir que tu vives avec. Que tu la traînes avec toi le temps qu'il faudra. Que tu l'apprivoises sans trop la nourrir. Que tu composes avec elle sans lui accorder trop de place, sinon elle te rongera. Que tu l'acceptes tout en la tenant à distance. Tu sais quoi ? demande-t-elle encore, le visage soudain fermé.

Benjamin hausse les sourcils pour l'inviter à continuer.

— Tu n'es pas Dieu. Ce n'est pas toi qui as tué ce garçon, alors ne te crois pas plus important que tu ne l'es. Tu n'es rien de plus qu'un être humain qui se débat dans cette vie parfois très ironique et très injuste. Tu n'es pas Dieu, répète-t-elle en détachant chacun des mots.

Elle repose son verre vide, observe Benjamin d'un air qui lui paraît dur, sévère, presque froid. Il ne saurait dire si les paroles inattendues qu'elle vient de prononcer l'enfoncent davantage ou lui font un peu de bien. Il se sent aussi démuni qu'un enfant qu'on viendrait de réprimander.

Soudain, elle prend son manteau et se lève.

— Il faut que j'y aille, lance-t-elle sans plus de précisions.

Elle fouille dans son sac à main et en sort un petit porte-monnaie turquoise.

— Non, laisse, je vais payer les verres…, murmure aussitôt Benjamin.

Elle sourit pour elle-même.

— Je n'ai pas besoin qu'on m'invite, c'est gentil. Je n'aime pas me sentir redevable, ajoute-t-elle en déposant un billet de cinq euros sur la table.

Benjamin n'insiste pas. De toute manière, il ne la reverra jamais. Il aurait mieux fait de tourner sept fois la langue dans sa bouche avant de lui raconter à quel point il était névrosé. Pitoyable. Il ne va même pas lui demander si elle veut le revoir ; il connaît déjà la réponse. Rien qu'à la façon dont elle détale brusquement, il comprend qu'elle se sent mal à l'aise…

– Bonne soirée, alors, lui souhaite-t-il malgré tout, une pointe de déception dans la voix.

– Merci, toi aussi, répond-elle en boutonnant son manteau.

Elle noue son foulard avec ces étranges petits lamas autour de son cou, et Benjamin la regarde en songeant qu'elle est décidément très belle, même si elle ne semble faire aucun effort particulier pour l'être. Aucune trace de maquillage sur son visage ; ni rouge à lèvres, ni fard à paupières, ni khôl. Il aimerait lui dire combien il la trouve jolie, mais c'est trop tard, à présent.

Elle attrape son sac à main. Le met en bandoulière. Replace derrière son oreille une mèche de cheveux bouclés échappée de sa queue-de-cheval.

– J'ai compris que les bars bondés, ce n'était pas trop ton truc en ce moment. La prochaine fois, on ferait peut-être mieux de prévoir une balade au parc Montsouris, par exemple ?

Benjamin manque de défaillir. Cette fille est imprévisible. Complètement imprévisible.

Il parvient de justesse à émettre un pauvre « Oui » avant qu'elle prenne le large. Il a la gorge sèche et le cœur affolé.

Affolé, mais heureux.

8

Mercredi 27 mars 2019
304 jours après *le-jour-où*

— Je ne comprends pas : si vous n'aviez pas envie de le revoir, pourquoi avoir accepté de lui donner votre numéro de téléphone ? lance la psychiatre en haussant les sourcils d'un air perplexe.

Rebecca sent qu'une fois encore, la conversation ne va pas prendre la direction qu'elle souhaite ; elle ne sait déjà même pas comment elle se retrouve de nouveau à parler de ce Benjamin, alors qu'il est à mille lieues de ses préoccupations…

— Il m'a prise au dépourvu, je ne m'attendais pas à ce qu'il me le demande alors qu'on avait à peine échangé quelques paroles… Je n'ai pas osé dire non, déclare la jeune femme, vaguement embarrassée.

— Vous auriez pu lui donner un faux numéro, argue Sophie de Leyret, circonspecte.

— Je n'aime pas mentir, assène Rebecca du tac au tac.

Elle pourrait expliquer à la psychiatre que la façon dont Benjamin a posé les yeux sur elle, ce jour-là au cimetière, lui a simplement donné envie, ne serait-ce qu'un instant, de lâcher prise. Elle ne saurait même pas décrire la scène avec des mots, c'est juste que quand cet homme la regarde, elle a le sentiment d'être prise en considération, d'être au centre de son attention. Et c'est très déstabilisant, sans qu'elle sache pourquoi.

— Vous auriez pu ne jamais répondre à son texto, lance à nouveau la psychiatre, d'un ton faussement désinvolte. Vous allez me dire que vous y avez répondu par simple politesse ? Que vous avez accepté de le revoir pour ne pas lui faire de peine ? sourit-elle avec malice.

Rebecca hausse les épaules. Sophie de Leyret n'y est pas du tout, et elle ne comprend même pas pourquoi la séance tourne autour de quelque chose qui n'a aucun intérêt particulier, hormis celui de sortir un peu de l'ordinaire.

— J'ai longuement hésité avant de répondre à son message et d'accepter d'aller boire un verre avec lui. Et puis je me suis dit que je n'avais rien à perdre, après tout. Que la vie était courte. Vous le savez, vous, depuis des mois que je viens vous voir, que je n'ai rien à perdre, non ?

La psychiatre hoche la tête avec lenteur, semble peser les mots que Rebecca vient de prononcer. Il y a peut-être même un peu de tristesse dans ses yeux, mais la jeune femme n'en est pas tout à fait sûre ; après tout, elle n'est qu'une patiente parmi des dizaines d'autres. Sans doute rien de plus. Sophie de Leyret ne doit penser à elle qu'une heure tous les quinze jours, jamais en dehors de ces créneaux. Elle n'est qu'une patiente.

— Vous n'avez rien à perdre, oui, c'est ce que vous répétez en permanence. Mais quand on n'a plus rien à perdre, on a aussi tout à gagner, vous ne croyez pas ? Quand un verre est vide, il ne peut qu'être rempli à nouveau…

— Épargnez-moi vos aphorismes bidons, s'il vous plaît. Si je voulais entendre ce genre de salades, j'irais au rayon « développement personnel » de la Fnac, et ça coûterait moins cher à la Sécurité sociale, en plus…

La psychiatre encaisse sans broncher ; elle est habituée au caractère entier de sa patiente.

— Est-ce que vous avez envie de me raconter comment s'est passé ce rendez-vous, ou préférez-vous parler d'autre chose ? demande-t-elle avec douceur.

— Ce n'était pas un « rendez-vous », rétorque aussitôt Rebecca, en mimant des guillemets avec ses doigts en crochets.

Sophie de Leyret note quelque chose dans son cahier. Rebecca dirait qu'elle n'a eu le temps de griffonner qu'un seul mot... « Psychorigide » ? Ou se pourrait-il qu'elle fasse sa liste de courses et qu'elle ait écrit « shampoing » ou « fromage » ?

Quand le regard de la psychiatre revient à elle, Rebecca se prend à lui raconter l'histoire de Benjamin. La culpabilité qu'il ressent, le garçon qui est mort sous ses yeux, les crises d'angoisse qui ne le quittent plus. Elle ne sait même pas pourquoi elle parle de tout ça, alors que les problèmes de cet homme ne la concernent en rien, qu'elle en a déjà suffisamment elle-même pour ne pas se soucier de quelqu'un d'autre. Sophie de Leyret l'écoute avec attention, ne reprend la parole que lorsque Rebecca a achevé son récit.

— Il semble en effet très affecté par ce qu'il a vu, il est sans doute possible qu'il soit en train de développer une sorte de stress post-traumatique. Comment avez-vous réagi face à ce qu'il a accepté de vous confier ?

— Je... Je suis partie.

À cet instant-là, Rebecca ne se sent pas fière.

— Pourquoi ? s'intéresse la psychiatre.

— Je ne sais pas. Parce qu'il m'a raconté ce qu'il avait vécu, parce qu'il s'est livré alors qu'on se connaît à peine, et j'ai eu l'impression qu'il espérait quelque chose de moi... Que je lui vienne en aide, que je lui tende la main...

— Que vous le *sauviez* ? tente Sophie de Leyret tout doucement.

Rebecca hoche la tête, mélancolique.

— Oui. Et je le sais bien, moi, qu'on ne sauve jamais personne. Même si c'est ce qu'on souhaiterait plus que tout au monde, on ne peut jamais sauver qui que ce soit…

— Alors vous êtes partie, comme ça, sans rien dire ? interroge la psychiatre.

— Je crois, oui. Mais je lui ai proposé qu'on se revoie…, plaide Rebecca, soudain consciente que son attitude n'a pas dû sembler très généreuse.

— Vraiment ? Et pourquoi donc ? Simplement parce que vous avez eu de la compassion pour lui ?

Rebecca ne parvient pas à déterminer s'il y a de l'ironie dans les paroles de Sophie de Leyret ; sans doute pas, mais elle n'en est pas certaine. Pourquoi a-t-elle proposé à Benjamin de le revoir ? Juste parce qu'elle se sentait mal à l'aise de déguerpir comme ça, cinq minutes après qu'il s'était ouvert à elle ?

— Peut-être simplement parce que j'ai envie de le revoir, s'entend-elle répondre, elle-même abasourdie des mots qu'elle prononce.

La psychiatre recule dans son fauteuil, affiche un sourire qui paraît un peu trop victorieux, mais garde le silence. Elle laisse la phrase de Rebecca flotter dans la pièce, résonner, s'imprégner dans les murs, comme si les mots prononcés avaient quoi que ce soit d'*essentiel*. La jeune femme déteste lorsqu'elle réagit ainsi.

— Non, vous ne comprenez pas. Vous vous trompez, assène-t-elle immédiatement.

— Ah bon ? Comment puis-je me tromper alors que je n'ai rien dit ? semble se moquer la psychiatre.

— C'est juste que… Toute cette histoire n'a pas la moindre importance, et vous en faites tout un plat !

— Comme vous voulez. On peut parler d'autre chose, c'est vous qui guidez la séance, pas moi. Malgré tout… Si ça n'avait aucune importance, vous n'auriez pas abordé le sujet, il me semble.

Rebecca pousse un soupir d'agacement. Saute du coq à l'âne avec empressement.

— Ma mère me téléphone tous les jours depuis mon emménagement à Montrouge, lance-t-elle un peu comme elle lancerait une canne à pêche, en espérant que la psychiatre morde à l'hameçon.

— Et ça vous ennuie ?

— Pas tant que ça. Je sais qu'elle s'inquiète pour moi, qu'elle a besoin d'entendre ma voix pour se rassurer… Mais chaque fois, elle insiste pour connaître mon adresse. Elle ne comprend pas que je ne veuille pas leur dire où je vis, que je ne veuille pas risquer qu'ils débarquent à l'improviste…

Sophie de Leyret regarde par la fenêtre, songeuse. Dehors, le vent souffle avec vigueur, les nuages gris défilent à vive allure mais ne laissent pourtant aucune trouée dans le ciel de coton.

— Ne pensez-vous pas qu'il puisse y avoir une chance que ce déménagement se transforme en nouveau départ ? Que vous parveniez à retrouver une part de tout ce que vous avez perdu ? murmure-t-elle d'un ton hésitant.

— Que voulez-vous dire ? Ce que j'ai perdu est perdu pour toujours, vous le savez parfaitement. Je ne suis partie que pour accomplir ce que je me suis promis d'accomplir. Rien que pour ça.

— Oui, je le sais. Mais peut-être que, contre toute attente, vous pourriez vous retrouver, *vous*. Vous vous êtes perdue, mais vous pourriez vous retrouver.

— Ne dites pas n'importe quoi. Je n'existe plus. Tout ce qui compte, c'est Solal. Il est mon seul objectif, ma seule raison d'être encore un peu en vie.

Sophie de Leyret, presque à contrecœur, reprend son cahier pour y écrire quelques phrases.

— On en reparle dans quinze jours ? demande-t-elle ensuite, et Rebecca a l'impression d'entendre de la résignation dans sa voix.

9

Samedi 30 mars 2019
307 jours après *le-jour-où*

Après avoir pris son courage à deux mains, Benjamin avait osé téléphoner à Rebecca pour l'inviter à déjeuner chez lui. Météo France annonçait un temps « gris et maussade » pour ce samedi, et il craignait qu'une balade au parc Montsouris tourne vite court.

Quand il lui avait demandé, le cœur battant un peu trop vite, si elle accepterait qu'il leur prépare un déjeuner, il n'avait pu s'empêcher d'ajouter « En tout bien tout honneur, hein ! », se maudissant aussitôt d'avoir employé cette expression complètement *has been*. « En tout bien tout honneur » ? Chaque fois, cette femme lui faisait perdre tous ses moyens, et il ne savait pas comment y remédier.

Elle avait ri, cependant. S'il avait été à ses côtés, Selim aurait immédiatement chuchoté d'un ton entendu à l'oreille de son ami « Femme qui rit est à moitié dans ton lit ! », et Benjamin aurait détesté qu'il salisse ainsi ce qui était en train de se passer, si tant est qu'il se passe quoi que ce soit avec Rebecca. Taquine, elle avait répondu : « D'accord pour un déjeuner, puisque c'est en tout bien tout honneur ! », et il s'était demandé si cela signifiait qu'elle ne voyait en lui qu'un ami et rien de plus.

Vendredi soir, il a donc fait des courses pour préparer la recette de risotto au chorizo de son beau-frère qui, il y a quelque temps, avait ravi toute la famille. Certes, il n'a pas du tout l'habitude de cuisiner, et ses talents s'arrêtent aux crêpes et aux spaghettis à la carbonara, mais il est certain qu'en suivant méticuleusement les indications, il devrait parvenir à un résultat aussi goûteux que dans son souvenir.

Lorsque Rebecca sonne à l'Interphone, une délicieuse odeur de curcuma et de paprika flotte dans l'appartement. Tout est prêt, il n'aura plus qu'à réchauffer le risotto au moment voulu. Il n'est pas peu fier de lui, il doit bien se l'avouer.

Rebecca dépose son manteau sur l'accoudoir du canapé. Les bras croisés, elle regarde autour d'elle, se fait sans doute une idée de Benjamin rien qu'à la façon dont est décoré son intérieur. Elle s'attarde sur les quelques photos de famille accrochées au mur, penche la tête sur le côté pour déchiffrer le dos des livres présents dans sa bibliothèque. À l'aise, elle en attrape un et lit le titre à haute voix : *Le Succès par la pensée constructive*. Elle regarde Benjamin avec un petit sourire en coin, semble attendre qu'il commente. Un peu embarrassé, il marmonne :

— C'est un cadeau de ma sœur, Alice. Elle est très branchée développement personnel.

— L'auteur s'appelle Napoleon Hill, je ne sais pas si c'est de très bon augure, remarque-t-elle, toujours souriante.

— J'ai de toute façon des ambitions moins importantes que celle de conquérir le monde, rétorque Benjamin sur le ton de la plaisanterie. Réussir un risotto sera déjà amplement suffisant !

Il invite Rebecca à s'installer à table, lui sert un verre de vin. Le caviste à quelques rues de chez lui a tenté de lui vendre une bouteille de rouge, mais Benjamin a insisté pour qu'il lui conseille un vin blanc. C'est donc sur du nuits-saint-georges que son choix s'est porté ; il n'y connaît pas grand-chose, mais il espère ne pas décevoir Rebecca.

Elle goûte une première bouchée de risotto et il attend, suspendu à son verdict.

— Alors, ce n'est pas trop mauvais ? demande-t-il, inquiet.

— Tu es toujours en train de te dénigrer de cette manière ? demande-t-elle les sourcils froncés.

— C'est la première fois que j'en fais, j'ai juste peur que ce soit raté, murmure Benjamin, un peu blessé.

Elle sourit à nouveau, et la façon dont son regard se fait bienveillant remonte aussitôt le moral du jeune homme.

— Il est parfait, ton risotto. Arrête de te faire du mouron comme ça !

Benjamin le goûte à son tour, se retient de déclarer qu'il est pourtant un peu fade et qu'il aurait dû être plus généreux sur les épices. Rebecca ajoute d'un ton malicieux :

— Et puis tu sais, s'il était immangeable, je ne le dirais sans doute pas. Par politesse.

Benjamin repose sa fourchette, réfléchit une fraction de seconde à ce qu'il va rétorquer.

— Vraiment ? Je n'ai pas l'impression que tu sois du genre à ne pas dire ce que tu penses par politesse.

Rebecca paraît étonnée de cette pique, elle observe Benjamin tout en dégustant une gorgée de vin. Quand elle repose son verre, elle répond :

— Je vois que tu m'as vite cernée.

Tous les deux éclatent de rire. Benjamin a le sentiment que quelque chose vient de se passer, comme si un pont les avait soudain rapprochés. Un pont fragile, le genre qui tangue à chaque pas, mais un pont quand même.

À la fin du repas, son regard s'attarde sur la jeune femme. Elle porte un jean bleu foncé et un simple pull gris perle. Ses cheveux bouclés sont comme chaque fois relevés en une queue-de-cheval épaisse. Benjamin note qu'elle a les oreilles percées, mais pas de boucles d'oreilles. Pas de bague ni de collier non plus. Le seul bijou qu'elle porte, au poignet droit, est une fine gourmette argentée. Tout en débarrassant les deux assiettes, il essaye discrètement de déchiffrer ce qui est inscrit dessus. Il s'attend bien sûr à lire le prénom de la jeune femme, aussi est-il surpris lorsqu'il devine « Solal ». Sa gorge se noue aussitôt ; est-ce qu'elle pourrait être en couple, en réalité ? Est-ce qu'il pourrait faire fausse route depuis le début en pensant que si elle a accepté de le revoir, c'est qu'elle est célibataire ?

Soucieux, il va chercher dans le réfrigérateur les deux pâtisseries qu'il a achetées à la boulangerie le matin même. Solal, ce pourrait aussi être le prénom d'un enfant ; la gourmette ressemble aux modèles qu'on fait pour les bébés, il en a offert une du même genre pour le baptême d'Axel, il y a quelques années... Que doit-il en conclure ? Il va se rasseoir à table sans dire un mot, bataille avec le ruban rouge brillant qui ferme la petite boîte en carton.

— J'ai pris un trianon et une tartelette aux fraises, annonce-t-il d'une voix atone. Je ne savais pas ce que tu aimais...

— J'aime tout, répond-elle avec gentillesse. On peut les couper en deux et les partager, si tu veux ?

Benjamin hoche la tête, se lève pour aller chercher un couteau. Tout en se mordant la lèvre, il regarde Rebecca qui choisit de commencer par le gâteau au chocolat.

— Est-ce que tu as des enfants ? demande-t-il à brûle-pourpoint.

Sa cuillère reste suspendue en l'air une seconde, puis elle la repose, le regard baissé.

— Pourquoi tu me poses cette question ?

Benjamin voudrait lui dire qu'elle n'a pas toujours le droit de répondre à une question par une autre, que c'est trop facile d'éluder en permanence. Mais il se contente de la vérité :

— À cause de ta gourmette...

Le regard de Rebecca se porte sur son poignet. Du pouce, elle caresse avec délicatesse le prénom de Solal gravé sur la petite plaque en or blanc.

— J'ai un fils, oui, murmure-t-elle, presque pour elle-même.

Puis, son regard revient à Benjamin, et elle paraît comprendre à son visage préoccupé qu'il attend un peu plus de précisions.

— Son père et moi sommes séparés. Solal est en garde alternée, je ne le vois qu'une semaine sur deux...

Une tristesse infinie passe dans les yeux de la jeune femme, et Benjamin s'en veut d'avoir abordé le sujet avec si peu de tact, uniquement parce qu'il a paniqué et a imaginé quelques instants que Rebecca puisse être comparable à son ex, Coralie.

— Je suis désolé, bafouille-t-il, conscient d'avoir gâché le moment. Quel âge a-t-il ? s'intéresse-t-il, désireux de se rattraper.

— Il vient d'avoir cinq ans, répond Rebecca, sans pour autant faire davantage rebondir la conversation.

Benjamin cherche quoi dire pour que le léger froid qu'il a senti s'installer ne se transforme pas en ambiance polaire. Il lui demande si elle veut un café, ou un thé, et elle acquiesce, l'esprit visiblement ailleurs, puisqu'elle ne choisit même pas entre les deux breuvages.

Soudain, la mélodie d'un violon retentit dans l'appartement. Il lève la tête, cherche son téléphone du regard, et se souvient qu'il l'a laissé sur le plan de travail pour chronométrer la cuisson du riz.

L'écran affiche « Alice », et il choisit de renvoyer l'appel.

— C'était ma sœur, glisse-t-il en guise d'explication.

— Tu pouvais décrocher, ça ne m'aurait pas dérangée…

— Oh, non, avec elle, ça peut durer longtemps ! Et puis, elle m'appelle sans doute juste pour savoir si j'ai testé ses infusions, commente Benjamin.

Rebecca le regarde d'un air circonspect.

— Ta sœur fabrique des tisanes ?

— Non, je me suis mal exprimé. Elle m'a acheté des infusions à la mélisse et à la fleur d'oranger, pour mes insomnies… Ouais, je sais, ce n'est pas très glamour, ajoute-t-il avec un rire un peu forcé.

— Et alors, ça fonctionne ?

— Pas vraiment. D'autant que ça me donne envie d'aller aux toilettes deux heures après…

Rebecca sourit en secouant la tête, et Benjamin sent que la gêne d'il y a quelques minutes est passée.

— C'était quoi, ta sonnerie de téléphone ? demande la jeune femme.

— Le *Concerto pour violon* de Sibelius. Enfin, l'introduction. J'adore la musique classique depuis tout petit…

Devant l'air perplexe de Rebecca, Benjamin décide de lui faire écouter le concerto en question. Et il se laisse aussitôt emporter par sa passion, lui expliquant ce que la musique lui fait ressentir, lui proposant de découvrir ses morceaux préférés. Ravi de pouvoir parler d'un sujet qu'il maîtrise et qui le subjugue à la fois, il enchaîne sur Ludovico Einaudi, le compositeur qu'il admire depuis des années. Chacune de ses pièces pour piano le transporte et l'émeut d'une manière inouïe… Rebecca est attentive, se laisse guider, et au bout d'une demi-heure, Benjamin s'interrompt, inquiet de s'être peut-être montré trop enthousiaste, voire ennuyeux. La jeune femme le rassure :

— Pas du tout, c'est très intrigant de t'entendre parler avec autant d'engouement… Mais je dois t'avouer que je ne connais rien du tout à la musique classique !

— Qu'est-ce que tu écoutes, toi ? s'intéresse Benjamin, prêt à s'ouvrir à d'autres choses pour se rapprocher de Rebecca.

— Oh… Je pense qu'il ne s'est rien fait de mieux depuis Ace of Base, déclare-t-elle avec sérieux.

— Tu plaisantes ? demande Benjamin, incapable de déterminer si elle se moque de lui ou non.

— Pas du tout. Même si j'aime aussi beaucoup Lady Gaga.

Décontenancé, Benjamin ne sait plus quoi répondre. Le silence s'étire, s'alourdit. Rebecca l'observe, le visage impassible, puis se décide à reprendre la parole :

— Je suis prête à ce que tu me fasses aimer la musique classique, mais, en échange, il va falloir que tu t'acclimates à la *dance* des années 1990 et à la pop américaine. Marché conclu ?

Elle lui tend la main d'un air faussement solennel, et Benjamin accepte de la serrer en retour.

De toute façon, pour elle, il serait sans doute prêt à écouter en boucle Maître Gims ou Chantal Goya.

PASSÉ

10

Mardi 1er janvier 2013
1 972 jours avant *le-jour-où*

Ça va bientôt faire onze ans qu'ils sont ensemble. Onze ans… Et pourtant, Rebecca a l'impression que c'était hier qu'elle rencontrait Louis sur les bancs du lycée. Elle se rappelle encore les papillons dans le ventre et le sourire un peu idiot qui étirait ses lèvres de façon irrépressible chaque fois qu'elle le croisait dans un couloir ou devant les grilles du bâtiment terne. Elle était en seconde, lui en terminale. Elle était une des premières de sa classe, lui avait raté son bac et redoublait. Elle n'avait même pas encore seize ans, lui en avait presque dix-neuf. Pendant les semaines où ils s'étaient frôlés, souri, regardés, elle avait été certaine que tout se passait uniquement dans sa tête, qu'elle prenait ses désirs pour des réalités : comment un garçon aussi charismatique pourrait-il bien s'intéresser à elle, petite élève de seconde qui avait trois ans de moins que lui ? À cet âge-là, trois ans, c'est pratiquement une génération ! Un gouffre, un fossé *a priori* infranchissable…

Louis était un jeune homme solaire, rayonnant, dont l'aura fascinait presque toutes les filles, et qui rendait jaloux presque tous les garçons. Un côté je-m'en-foutiste, comme s'il n'appartenait pas vraiment à ce petit monde du lycée, comme s'il ne faisait que passer sans s'encombrer de considérations ou d'habitudes puériles. Il avait une voiture, il fumait, il portait en bandoulière une besace kaki probablement dénichée dans un surplus militaire, à l'époque où la mode était plutôt au sac à dos. Il semblait tellement en décalage avec les autres, tellement plus *vieux*, que lorsqu'il avait jeté son dévolu sur la timide Rebecca, elle-même n'avait pas compris ce qu'il pouvait bien lui trouver d'intéressant.

L'étoile qui s'abaissait à regarder un ver de terre.

La première fois qu'il lui avait adressé la parole, elle avait dû se retenir de se retourner pour vérifier que ce n'était pas à une autre qu'il voulait parler.

La première fois qu'il lui avait proposé de se retrouver après les cours, elle avait eu des bouffées de chaleur si fortes qu'elle avait craint que de la vapeur ne lui sorte par les oreilles.

Face à lui, elle ne faisait plus que rougir, trembler, et bégayer.

Lorsque Louis avait eu son bac, quelques mois plus tard, Rebecca avait été certaine que la fin du lycée signifierait automatiquement la fin de leur histoire. Qu'au mieux, elle résisterait le temps de l'été, mais qu'il ne fallait pas en espérer davantage. Sa mère lui avait répété que de toute façon, elle n'était pas à l'âge du grand amour, qu'elle avait encore mille rencontres à faire et tellement à découvrir.

Mais Louis n'avait pas tangué le moins du monde. À la rentrée de septembre, il venait l'attendre devant la grille du lycée à la fin de la journée. Quand Rebecca avait fini par lui avouer qu'elle était convaincue que tout ça ne durerait pas, il s'était contenté de lui caresser la joue avec douceur. Puis il avait murmuré à son oreille : « Tu n'as pas compris ; toi et moi, c'est pour la vie. » Elle s'était reculée pour le dévisager, avait observé son regard on ne peut plus sérieux, et elle avait *su.*

Elle avait su qu'il disait vrai.

Tout ça, c'était il y a près de onze ans, donc.

Pour l'anniversaire de leurs dix ans, en avril dernier, Louis lui avait fait la surprise de l'emmener une semaine dans la péninsule du Yucatán, au Mexique, pour visiter les sites mayas. Le troisième jour, quand ils étaient arrivés à bout de souffle en haut de la grande pyramide de Calakmul, Louis avait contemplé d'un air satisfait les cimes des arbres qui s'étendaient jusqu'à l'horizon, avant de reporter son regard sur Rebecca. Son visage s'était soudain fait sérieux, presque grave, et la jeune femme avait cru qu'il allait – enfin – la demander en mariage. Mais Louis avait tout autre chose en tête. Il lui avait pris les mains, s'était penché à son oreille comme s'il comptait lui confier un secret qu'aucun des touristes alentour ne devait entendre.

— Et si on faisait un enfant, maintenant ? avait-il chuchoté.

— Maintenant ? avait répété Rebecca, incrédule, en regardant les ruines de pierre autour d'elle.

Louis avait souri devant sa réaction.

— Ça fait dix ans qu'on est ensemble. C'est le moment, non ?

Ce n'était pas la première fois qu'il abordait le sujet avec elle, loin de là. Louis ne s'était jamais caché de son désir de fonder une famille, et si Rebecca s'était montrée enthousiaste, ils seraient sans aucun doute devenus parents il y a plusieurs années déjà. Mais la jeune femme n'était pas pressée.

Ce jour-là, à presque cinquante mètres de la terre ferme, elle avait eu envie de répondre à Louis qu'elle n'avait que vingt-cinq ans, qu'ils avaient encore tout le temps avant de penser à un bébé. Mais elle avait vu l'attente dans ses yeux, l'impatience, la *supplique*, presque. Alors...

— D'accord, avait-elle murmuré sans grande conviction.

— Tu n'as pas l'air ravie, avait-il observé.

— C'est juste que… je ne suis pas sûre d'être prête, avait-elle fini par oser confesser.

Les épaules de Louis s'étaient affaissées, son regard s'était durci, et Rebecca avait eu envie de rattraper les mots qui venaient de sortir de sa bouche. Mais Louis s'était très vite détourné pour poursuivre la visite.

— On attendra, alors. Tu me feras signe, avait-il lancé sans même la regarder.

Et s'ils n'avaient plus reparlé de ce projet, Rebecca était cependant consciente qu'il flottait entre eux deux, gonflant de plus en plus au fil du temps, risquant de les éloigner.

Elle avait laissé passer les mois, malgré tout, parce qu'il était hors de question de faire un enfant sans qu'elle le veuille au plus profond d'elle-même. Elle avait laissé l'idée infuser en elle, l'envie germer puis grandir peu à peu. Jusqu'au jour où elle s'était sentie prête. Où, en croisant une femme enceinte, elle s'était dit qu'elle aussi aimerait bien avoir un ventre rond rempli d'un petit être qui serait à la fois elle et Louis.

Elle avait attendu d'être sûre d'elle.

Et hier soir, au moment où le compte à rebours s'était achevé, quand minuit avait sonné, et que, autour d'eux, leurs amis, un peu éméchés, s'étaient souhaité la bonne année, elle s'était serrée contre Louis et lui avait confié :

— Maintenant, je suis prête.

Elle n'avait pas eu besoin d'ajouter quoi que ce soit ; il avait compris instantanément. Ses yeux s'étaient éclairés et il l'avait aussitôt soulevée du sol pour la faire tournoyer, au comble de la joie.

Ce matin, seule dans la salle de bains, elle contemple la plaquette vide de sa pilule. La jette à la poubelle en sachant qu'elle a pris la dernière. Le premier jour d'une nouvelle année. Le premier jour d'une nouvelle vie.

C'est le début d'une immense aventure, elle le sait.

La plus incroyable qui soit, sans doute.

Un enfant, songe-t-elle avec un attendrissement inédit.

Un enfant.

11

Lundi 23 septembre 2013
1 707 jours avant *le-jour-où*

Près de neuf mois se sont écoulés depuis leur décision d'avoir un enfant, et ce matin-là, Rebecca remonte son chemisier, laissant la sage-femme verser sur son ventre une giclée d'un produit glacial qui la fait aussitôt frissonner.

— Je vais procéder à l'examen et prendre toutes les mesures dont j'ai besoin, c'est d'accord ? Je vous expliquerai tout après. Est-ce que vous voulez connaître le sexe ?

Rebecca hoche la tête lentement, se mord l'intérieur des joues pour empêcher les sanglots de monter. Hors de question de montrer son désarroi à qui que ce soit. Il y a en elle cette sorte de pensée magique qui lui souffle que si personne ne s'aperçoit que les choses sont loin d'être roses, alors elle pourra conjurer le sort. Si personne ne sait, alors *ça* n'existe pas.

La sage-femme pose la sonde en bas du ventre de Rebecca. Peut-être va-t-elle lui annoncer que le cœur ne bat plus, que tout est fini, que tout s'arrête là... La jeune femme se hait d'avoir de telles idées, et en même temps, elle se sent si seule, depuis des mois. Si démunie, si *abandonnée* qu'elle est en permanence tiraillée entre une culpabilité monstrueuse et un désespoir qui ravage tout sur son passage. Car sans l'amour et le soutien de Louis, elle sait qu'elle n'aura pas la force de tout mener de front. Alors, même si elle trouve atroce que de telles pensées puissent émerger dans son esprit, Rebecca ne peut s'empêcher de songer que si la sage-femme devait lui annoncer qu'il y a un problème, qu'elle ne détecte pas le rythme cardiaque, ça résoudrait tout…

Le chuintement rapide et régulier si caractéristique envahit soudain la salle d'échographie, et Rebecca ferme les yeux. On dirait le bruit d'un cheval lancé au galop, *tacatac tacatac tacatac*. Le bébé est en vie. Elle n'avait pas senti de coups de pied depuis hier, mais il va bien. Une vague de soulagement déferle en elle, et en même temps, une onde de chagrin incommensurable parcourt tout son corps. En silence, les larmes dévalent ses joues, et elle s'efforce de respirer le plus calmement possible pour ne pas attirer l'attention de la sage-femme.

Comment, en moins de trois mois, tout a pu déraper de cette façon ? Comment tout a pu à ce point basculer sans qu'elle l'ait le moins du monde anticipé ? Elle repense à l'enthousiasme de Louis à l'idée d'avoir un enfant. Alors, pourquoi ?

Quand elle lui avait montré, tout heureuse, le test de grossesse positif, il avait sauté de joie. N'avait pas osé en croire ses yeux, tu es sûre que c'est bon, il ne peut pas y avoir d'erreur ? Elle avait dû l'empêcher d'aller à Leroy Merlin pour choisir des bidons de peinture afin de repeindre la chambre d'amis ; elle avait dû lui expliquer qu'ils avaient encore un peu de temps avant d'étudier quelle poussette serait la meilleure. Et puis… Et puis son excitation était petit à petit retombée, au fil des semaines. Rebecca avait des nausées à n'en plus finir, du matin au soir, et il se contentait de lui dire qu'elle n'était pas la première à endurer ce genre de désagréments, que ce n'était pas la peine d'en faire tout un plat. Cette petite remarque acerbe l'avait blessée, mais elle s'était persuadé que Louis était simplement fatigué, ou stressé. Que, de toute façon, il n'avait jamais été très empathique ou prévenant. Qu'il ne fallait pas y prêter plus attention que ça. Qu'elle aussi était sans doute plus sensible qu'en temps normal, avec les hormones qui grimpaient en flèche.

Jusqu'à un soir de juillet dernier où il s'était assis à côté d'elle sur le canapé et lui avait déclaré avec une étrange froideur qu'il se devait d'être honnête avec elle.

— Je fais tout ce que je peux pour me réjouir de cette grossesse, mais la vérité, c'est que je n'y parviens pas. En fait, je crois que je ne veux plus de cet enfant.

Rebecca avait eu le souffle coupé, comme si un trente-trois tonnes lancé à toute vitesse venait de lui rouler sur la poitrine. Elle s'était dit qu'elle avait dû mal entendre, ou qu'il s'agissait d'une plaisanterie de mauvais goût. De très mauvais goût.

— Je ne comprends pas... Tu paniques un peu, mais ce n'est pas grave... On le voulait, ce bébé. Et maintenant, il est là, il grandit... Ça va aller, avait-elle murmuré tout en posant la main sur son ventre encore plat.

— Je n'ai pas peur, Rebecca. Je n'ai pas peur du tout. C'est juste que je me rends compte que je ne veux plus de cet enfant. Ce n'est pas le bon moment, tout bien réfléchi.

Son ton était si sec qu'il en était méconnaissable. Rebecca avait senti qu'elle se craquelait de l'intérieur, mais avait continué de faire bonne figure.

— D'accord, mais qu'est-ce que tu veux que je te dise ? Il est là, à présent. Il existe déjà, *en moi*. On ne peut pas rembobiner, revenir en arrière..., avait-elle tenté, dans un sourire qu'elle voulait rassurant.

Louis avait levé les yeux vers elle. Son visage était impassible quand il avait repris la parole.

— Arrête ! Ce n'est pas comme si c'était un bébé, tu es enceinte de deux mois ! Et si je t'en parle aujourd'hui, c'est justement parce qu'il te reste une dizaine de jours pour avorter.

Les trois syllabes étaient venues se planter dans le cœur de Rebecca comme des échardes acérées, et elle avait senti, aussitôt, que les mots qui venaient d'être prononcés étaient irrattrapables. Irréversibles. Que quelque chose s'était brisé en elle, quelque chose que personne d'autre ne pourrait sans doute jamais comprendre ou imaginer. Bien sûr, tout pouvait encore s'arranger ; bien sûr, elle était capable de pardonner. Mais les mots resteraient. Personne n'aurait le pouvoir de les effacer.

Elle lui avait répondu qu'elle ne pouvait envisager d'avorter d'un enfant qu'elle avait désiré et qui grandissait en elle depuis deux mois. Un enfant qu'elle aimait déjà. Un enfant qu'il réclamait et espérait depuis des années ! Louis l'avait observée, le regard vide, comme s'il était désormais hermétique à la moindre émotion. Rebecca avait eu le sentiment que tout sonnait faux dans la scène qui était en train de se jouer. Tout était complètement absurde et grotesque. Les paroles de Louis étaient trop incongrues pour paraître vraies.

Il avait haussé les épaules et avait déclaré, presque blasé :

— Dans ce cas, je m'occuperai de lui et je tiendrai mon rôle de père. Mais ne me demande pas de me réjouir de cette grossesse, c'est au-dessus de mes forces.

Rebecca, pantelante, était montée se coucher. Avait pleuré toutes les larmes de son corps, la tête enfouie dans son oreiller. À aucun moment Louis ne l'avait rejointe pour la réconforter. Le lendemain matin, elle avait espéré découvrir au réveil que tout n'était qu'un cauchemar. Elle avait espéré qu'il la prendrait dans ses bras et lui avouerait qu'il ne savait pas où il avait eu la tête, la veille, pour sortir de telles énormités.

Malheureusement, rien de tout ça n'était arrivé.

Depuis, Rebecca se lève tous les matins en priant que Louis soit redevenu lui-même. Chaque jour, elle a l'impression qu'il s'éloigne un peu plus d'elle, comme s'il dérivait sur un morceau de banquise et qu'elle n'avait aucun moyen de le retenir. Il ne s'intéresse en rien à la grossesse et à l'enfant qui virevolte dans son ventre à elle. Il n'a plus la moindre envie de choisir la couleur de la chambre, et même les discussions sur le prénom tournent très vite court. « On a tout le temps pour en trouver un », répète-t-il d'un air distrait.

Et Rebecca sait, au plus profond d'elle-même, qu'il espère que ce bébé n'ait jamais besoin d'un prénom. Que quelque chose se produise, *n'importe quoi*, et qu'il ne vienne jamais au monde. Elle a emprunté un livre de prénoms à la bibliothèque, l'a laissé traîner en évidence sur la table basse du salon dans l'espoir que Louis le parcourrait. En vain.

Elle ne sait plus comment lui parler ; lui se mure dans le silence. C'est comme si elle se trouvait soudain face à un étranger, un inconnu dont elle ignore tout. Et la bulle de non-dits grandit entre eux, pollue chaque parcelle d'air au point d'asphyxier Rebecca.

Elle pourrait être en colère, pourrait se sentir trahie.

Elle se convainc pourtant que tout va rentrer dans l'ordre, que Louis va finir par atterrir et *réaliser*. Il faut juste garder le cap, s'accrocher pendant cette tempête imprévue et irrationnelle. Il veut un enfant depuis si longtemps que ce revirement ne peut être qu'un égarement éphémère. Ce n'est pas possible autrement.

En attendant, il la laisse sortir seule les courses du coffre de la voiture sans venir l'aider. Il la laisse monter deux étages les bras chargés des bacs de linge à étendre sans proposer de les porter. Il veut que je perde le bébé, sent instinctivement Rebecca, sans oser formuler cette pensée de façon tout à fait consciente.

Les rares fois où elle essaye de renouer le dialogue avec Louis, il se contente de marmonner que « dans la vie, on a le droit de changer d'avis », comme s'il parlait d'un vulgaire vêtement à rapporter dans un magasin pour un remboursement. Elle se rend seule aux examens médicaux et, chaque fois qu'elle annonce à Louis que le bébé va bien, elle le fait en s'excusant presque. Sa voix n'est plus qu'un murmure désolé, ses yeux ne parviennent plus qu'à fixer le sol. Elle est désormais incapable de se réjouir de cette grossesse, mais s'en veut de ne pas protéger – et *aimer* – son bébé comme elle serait censée le faire. Quoi qu'elle fasse, elle a le sentiment de trahir quelqu'un.

— Voilà, j'ai terminé, annonce la sage-femme en reposant la sonde. Vous avez une préférence pour le sexe ? demande-t-elle d'un ton jovial.

Rebecca secoue la tête.

— Non. Le principal, c'est qu'il aille bien, murmure-t-elle d'une voix blanche.

Louis devrait être là, à ses côtés. Tout ça n'est pas normal. Tout ça n'est pas *juste*.

— Eh bien, sachez que vous allez avoir un petit garçon ! s'exclame la sage-femme. Je suis sûre que le papa va être ravi, ajoute-t-elle en souriant.

Rebecca fond en larmes, se déteste de ne pas parvenir à rester maîtresse d'elle-même devant cette inconnue.

Un petit garçon…

La sage-femme s'approche d'elle, lui tapote l'épaule avec bienveillance.

— Je sais, je sais, c'est toujours beaucoup d'émotion, une grossesse…

12

Mardi 3 février 2015
1 209 jours avant *le-jour-où*

Ses yeux gris écarquillés si grands que c'en est amusant, Solal fixe la flamme vacillante de l'unique bougie plantée dans le gâteau au chocolat posé devant lui. Même si Louis gonfle les joues pour lui montrer ce qu'on attend de lui, pendant que Rebecca lui chuchote à l'oreille « Souffle fort, mon cœur ! », le petit garçon semble n'avoir aucune idée de la raison de tout ce cinéma. Il préférerait de loin pouvoir attraper une des petites cuillères argentées pour taper de bon cœur sur la table du salon !

Enthousiaste, Louis compte « Un… Deux… Trois ! », et Rebecca s'empresse de souffler la bougie avec Solal qui, lui, tente de poser ses petits doigts potelés sur le glaçage brillant.

Un an… Un an déjà. Comme le temps passe vite, songe la jeune femme en déposant un baiser attendri sur la tempe de son fils. Louis les mitraille avec le reflex ; il est toujours heureux de figer les instants de bonheur.

Il prend Solal sur ses genoux pour l'aider à déballer son premier cadeau d'anniversaire : une boîte à musique avec deux petits personnages aimantés qui tournicotent au rythme de *Come Together*, des Beatles. C'est Rebecca qui l'a choisie et qui est allée l'acheter au magasin de jouets quelques jours auparavant.

Qui aurait cru que tout s'arrangerait et que Louis redeviendrait l'homme gentil et prévenant dont Rebecca était tombée amoureuse ? Parfois, la jeune maman en vient à se dire qu'elle a rêvé, ou exagéré, que ses souvenirs sont imaginés, ou faussés. Est-ce qu'elle n'a pu grossir de façon disproportionnée ce qui n'était que des détails ? Après tout, on dit souvent que les émotions sont exacerbées quand on est enceinte...

Tout paraît flou, de plus en plus flou, au fil des mois qui passent depuis la naissance de Solal. Certains souvenirs demeurent, pourtant. Certaines paroles ne s'oublient pas, évidemment. Mais Rebecca a choisi de les étouffer sous des monceaux de moments joyeux et colorés jusqu'à les faire *quasiment* disparaître. Ressasser n'apporterait rien de bon, de toute façon. Mieux vaut savourer l'harmonie retrouvée sans plus se poser de questions. Elle se félicite de ne s'être confiée à personne durant cette grossesse éprouvante, de s'être accrochée à l'idée qu'à la naissance du bébé, Louis aurait un déclic. Et c'est bien ce qui s'est produit. Alors comment ne pas lui pardonner ces quelques mois de panique irrationnelle à la perspective de devenir père et de plonger dans l'inconnu ? Ça aurait pu arriver à n'importe qui, elle en est certaine. Et si une petite voix tente encore parfois de lui insuffler un doute, elle se dépêche de la chasser comme un vulgaire moustique.

Solal agrippe le ruban bleu électrique qui entoure son paquet, tente de le porter à sa bouche. Un sourire aux lèvres, Rebecca prend son téléphone pour filmer la scène.

Il y a un an tout pile, elle s'était rendue seule à la maternité, après avoir perdu les eaux à 9 heures du matin au beau milieu du rayon fruits et légumes du supermarché. Elle avait reposé les poires qu'elle venait de choisir, et s'était demandé si elle avait le temps d'aller payer ses courses ou s'il valait mieux abandonner son chariot et partir sans se retourner. Un employé du magasin s'était approché d'elle, et, embarrassée comme jamais, elle s'était excusée d'avoir sali le carrelage beige. Le barbu en uniforme rouge vif lui avait dit que ce n'était rien, sur un ton rassurant, un peu comme si ce genre de chose arrivait tous les jours.

– Je ne voudrais pas que quelqu'un glisse et se blesse, avait rétorqué Rebecca, rouge de honte, et il avait souri.

– Je vais appeler les pompiers, ce sera plus prudent.

La jeune femme s'était dit qu'appeler les pompiers simplement pour une flaque de liquide amniotique était quand même exagéré, puis elle avait finalement compris que ce n'était pas l'objectif de l'employé.

– C'est gentil, mais ça va aller. La maternité n'est pas loin, et puis mon conjoint va me rejoindre, de toute façon !

Le barbu avait haussé les épaules et Rebecca s'était éclipsée. Elle avait tenté de contacter Louis, mais son téléphone sonnait dans le vide. Elle avait repris sa voiture sur le parking, conduit jusqu'à la maternité qui n'était qu'à quinze minutes de route. Les contractions avaient débuté, mais elle n'avait pas eu peur : la sage-femme du cours de préparation à la naissance n'avait fait que lui répéter qu'un premier accouchement durait forcément des heures, et qu'il ne fallait pas paniquer dès la première douleur.

À midi, on l'avait installée en salle de naissance. Apparemment, le travail allait bien plus vite que l'équipe ne l'escomptait.

– Pour un premier bébé, vous avez de la chance d'avoir des contractions aussi efficaces : votre col est déjà entièrement ouvert ! s'était exclamée la sage-femme de garde.

Louis ne décrochait toujours pas son téléphone, les textos de Rebecca demeuraient sans réponse. Elle essayait de rester calme malgré la douleur, de souffler lentement à chaque vague qui contractait son utérus, mais elle n'avait plus qu'une envie : hurler. Hurler tellement elle avait mal, hurler tellement elle se sentait seule. Louis la délaissait et la rejetait depuis des mois, depuis qu'il avait prononcé ce fameux mot. A-VOR-TER. Refrain entêtant qui refusait de sortir de l'esprit de Rebecca. A-VOR-TER. Peut-être que Louis avait eu ses messages, qu'il était rentré à toute allure chez eux, avait jeté pêle-mêle des affaires dans une valise pour ensuite disparaître à jamais. C'était possible, ça, non ? Est-ce que c'était plus fou que tout ce qui se passait depuis sept mois ? (A-VOR-TER) Plus fou que sa froideur, sa voix de robot, ses gestes automatiques, son absence totale d'empathie ?

L'anesthésiste avait ordonné à Rebecca d'arrondir le dos et de ne surtout plus bouger pendant qu'il posait le cathéter pour la péridurale. La sage-femme s'était placée devant elle, mettez vos bras autour de mon cou, je suis là, soufflez doucement, vous allez bientôt être soulagée, vous allez voir. Rebecca avait laissé les larmes couler, la douleur la submerger, encore.

(A-VOR-TER)

— Vous ne comprenez pas, je ne vais pas y arriver, toute seule… Je ne peux pas y arriver, pas comme ça…, avait-elle bégayé entre deux sanglots.

(A-VOR-TER)

La sage-femme s'était reculée pour pouvoir croiser son regard.

— Vous n'êtes pas toute seule. On est là, nous. Ça va aller.

Toutes les deux savaient bien que ce n'était pas ce que Rebecca voulait dire. Toutes les deux savaient bien que l'absence de Louis était si désespérante, si injuste, qu'elle emplissait paradoxalement toute la pièce.

Rebecca avait fermé les yeux, expiré le plus calmement possible pendant que la longue aiguille pénétrait son dos.

À 15 heures, toute l'équipe attendait patiemment que le bébé descende un peu plus dans le bassin de la jeune femme. Rebecca avait cessé d'appeler Louis ou de lui écrire.

À 17 heures, la sage-femme était venue l'examiner une énième fois et avait déclaré qu'il allait bientôt être temps de s'installer pour la naissance. La tête du bébé n'était plus très loin.

— On peut attendre encore un peu ? avait murmuré Rebecca d'une voix triste.

À 18 heures, on lui avait mis les pieds dans les étriers. Elle avait commencé à pousser de toutes ses forces, chaque fois qu'elle sentait une contraction monter.

— C'est très bien, continuez comme ça, l'avait encouragée la sage-femme.

C'est à ce moment-là que Louis avait enfin fait son apparition, je suis désolé, j'étais en séminaire toute la journée et mon téléphone était en silencieux… Rebecca n'avait pas émis le moindre commentaire. Avait noté, le cœur piétiné, qu'il ne semblait pas s'en vouloir le moins du monde.

Elle avait poussé une dernière fois et le bébé était sorti. On le lui avait aussitôt déposé sur la poitrine. Un poids chaud et visqueux qui hurlait à pleins poumons. Elle avait refermé les bras sur son fils, avait pleuré avec lui sans plus se retenir. Pleuré de joie qu'il soit enfin là, qu'il soit arrivé à bon port malgré ces mois de doutes et de solitude. Pleuré de chagrin face à une situation qu'elle ne comprenait en rien, face à un homme qu'elle ne reconnaissait plus.

Puis Louis avait coupé le cordon ombilical, avait pris contre lui ce petit être emmailloté dans un drap, l'avait bercé tout doucement en chuchotant : « Ça va aller, tout va bien, mon bonhomme. »

Il avait regardé Rebecca, avait souri, et elle avait eu l'impression qu'il était brusquement redevenu celui qu'elle connaissait depuis toujours. Quelque chose venait de *céder* en lui. Le déclic qu'elle avait tant espéré s'était produit, aussi surréaliste que tout ça puisse paraître.

Et elle ne s'était pas trompée. Depuis un an, Louis était redevenu *lui-même.* Tous les trois, ils étaient heureux. Vraiment heureux. Un bonheur tout simple, sans nuages à l'horizon. Un bonheur fait de nuits trop courtes, de couches sales, de petits pots à la carotte, et de gazouillis à n'en plus finir. Louis se révélait être exactement le père idéal qu'elle avait toujours imaginé : celui qui se lève la nuit quand l'enfant sanglote pour la énième fois, cclui qui lui masse les gencives pour apaiser sa douleur, celui qui l'emmène se promener en poussette pour que sa femme puisse se reposer un peu, celui qui essaye le plus possible de finir tôt le soir pour retrouver sa famille.

Rebecca n'a jamais voulu reparler à Louis de ce qui lui était arrivé, de lui avouer à quel point elle s'était sentie blessée et délaissée.

Aller de l'avant était sa nouvelle devise.

Les mauvais souvenirs sont comme des nuages noirs qui finissent par disparaître de l'horizon. Pourquoi ruminer sur les jours de pluie quand il fait à nouveau grand soleil ?

Solal sourit en regardant les deux petits bonshommes virevolter sur la boîte à musique ; il se concentre pour réussir à en attraper un au vol, mais chaque fois, le personnage lui échappe. Il pousse des cris de ravissement et Louis l'embrasse sur la joue avec bonheur, satisfait que le gâteau qu'il a pris le temps de confectionner la veille – une charlotte au chocolat décorée de vermicelles multicolores – ait tant plu à son fils qu'il en garde la trace tout autour de la bouche.

Tous les trois, ils sont heureux. Vraiment heureux. Et c'est tout ce qui compte.

PRÉSENT

13

Dimanche 7 avril 2019
315 jours après *le-jour-où*

Jusqu'au dernier moment, Benjamin a eu envie de trouver un prétexte bidon pour ne pas aller au déjeuner dominical organisé chez sa sœur. Une traduction urgente à rendre pour le lundi, une intoxication alimentaire ; il n'aurait eu aucun mal à inventer une excuse plausible. Mais la veille, Alice lui a envoyé un texto pour lui demander d'apporter une bouteille de vin et a ajouté : « Axel a hâte de te voir ! », rendant ainsi impossible toute annulation.

Ça fait plus d'un mois que l'accident a eu lieu. Plus d'un mois qu'il n'a pas revu son neveu, alors qu'il a l'habitude de le garder régulièrement le samedi, ou même parfois le mercredi après-midi, le petit garçon détestant le centre aéré. Benjamin a vaguement expliqué à Alice qu'il était submergé de commandes en ce moment, qu'il n'avait plus une minute pour souffler. Sa sœur n'a pas insisté ; elle est toujours prompte à trouver une autre solution et il ne lui viendrait pas à l'idée de chercher à culpabiliser son frère aîné, quand bien même Axel se languirait de son oncle.

Lorsque Benjamin sonne à la porte et qu'il entend, à l'intérieur de la maison, l'enfant dévaler l'escalier quatre à quatre en s'écriant « C'est moi qui vais ouvrir ! », son cœur se serre malgré lui. Il n'est vraiment pas à la hauteur. Il n'est pas à la hauteur et, en plus, il sent déjà une boule d'angoisse se former et enfler au creux de ses côtes à la perspective de se retrouver nez à nez avec Axel. C'est un peu comme s'il craignait, plus ou moins consciemment, que revoir son neveu ne le ramène instantanément au jour de l'accident de manège. Il a beau se dire et se répéter que c'est stupide et particulièrement absurde, l'anxiété se diffuse dans tout son corps. Entre les nuits blanches à se retourner dans ses draps, les crises de panique qui surgissent sans prévenir et surtout sans raison concrète, et l'agoraphobie qui s'empare de lui dès qu'il se trouve dans un lieu un peu trop fréquenté, il a l'impression, en un mois à peine, d'errer à la frontière de la folie.

— Salut, tonton ! Avec maman, on est allés acheter des merveilleux à la boulangerie, comme c'est ton gâteau préféré ! s'exclame Axel en découvrant Benjamin sur le pas de la porte.

Ce dernier ébouriffe les cheveux de son neveu, en souriant de l'éternel quiproquo duquel il ne pourra sans doute jamais plus se sortir, à présent. Il y a longtemps, quand Axel était encore bébé, il avait invité sa sœur et son beau-frère à dîner, et Alice avait apporté une boîte de merveilleux pour le dessert. Elle l'avait déposée dans le frigo en déclarant : « Ce sont les meilleurs de toute la ville, tu vas voir ! Cette pâtisserie vient tout juste d'ouvrir ses portes, et imagine : j'ai dû faire la queue près d'une heure pour les acheter ! » Elle s'était retournée vers son frère, en fronçant soudain les sourcils : « Tu aimes les merveilleux, au moins ? » Devant son air presque désemparé, Benjamin s'était empressé d'affirmer qu'il adorait ça, qui pouvait ne pas aimer les merveilleux, c'était même sa pâtisserie préférée ! Il était tellement mal à l'aise avec l'idée de décevoir les autres qu'il fallait toujours qu'il en fasse trop. Sans compter qu'Alice avait attendu une heure pour acheter ces gâteaux ; il était donc inconcevable pour Benjamin de lui dire qu'il détestait les merveilleux, que d'ailleurs, c'était peut-être bien la seule pâtisserie qu'il n'aimait pas.

Bien sûr, il s'en était mordu les doigts, après coup. Parce que le merveilleux au chocolat noir était officiellement devenu son dessert préféré. Alice en apportait systématiquement, et dès qu'il allait manger chez ses parents, il avait la joie de découvrir le dessert acheté exprès pour lui... Au fil du temps, il était devenu inimaginable de subitement s'écrier qu'en réalité il avait cette pâtisserie en horreur. Alors Benjamin faisait semblant. Parfois, il s'en tirait en apportant lui-même le dessert. Sa sœur le regardait avec tendresse en découvrant une tarte aux fraises ou un cake à l'orange : « C'est gentil de sortir de ta zone de confort, je sais à quel point tu adores les merveilleux ! »

Quelle blague. Si ça se trouve, quand il mourra, il se retrouvera avec « À mon frère adoré. Il aimait les merveilleux » écrit sur une plaque dorée. Tous ses proches savoureront des merveilleux après son enterrement, et sangloteront en bredouillant : « Dire qu'il n'en mangera plus jamais, comme c'est affreux... »

— Alors, dis-moi tout ! chuchote Alice sur un ton complice après avoir servi le café.

Axel est allé faire du trampoline dans le jardin – même si sa mère lui répète chaque fois que c'est ridicule d'aller sauter dans tous les sens juste après avoir mangé. « Tout est mélangé, dans mon ventre, de toute façon ! » répond invariablement le petit garçon, et Alice hausse les épaules sans lutter. Stéphane, son mari, remplit le lave-vaisselle dans la cuisine.

— Comment ça ? rétorque Benjamin sans comprendre où veut en venir sa sœur.

Elle prend un air mystérieux, un sourire malicieux au coin des lèvres.

– On ne me la fait pas à moi ! Ça fait plus d'un mois qu'Axel n'a pas mis les pieds chez toi, alors tu peux bien me raconter que tu es débordé de boulot, je n'y crois pas une minute !

Benjamin dévisage sa sœur. Elle soupire ostensiblement, fait mine d'être agacée.

– Tu as rencontré quelqu'un, avoue ! Mon grand frère a une amoureuse ! s'écrie-t-elle d'un ton victorieux.

Alice a beau avoir trente-trois ans, un fils de dix ans, un poste à responsabilités et une équipe de quinze personnes sous ses ordres dans un grand institut de sondage, on dirait parfois que c'est encore une petite fille. Elle n'a jamais perdu son côté enfantin, et c'est d'ailleurs sans doute ce qui a séduit Stéphane.

Benjamin secoue la tête, blasé.

– Désolé de te décevoir, mais, non : je n'ai rencontré personne. Je suis vraiment sous l'eau en ce moment, et crois-moi, ça ne m'amuse pas de vivre comme un ours pour rendre mes commandes dans les temps...

Contrairement au mensonge des merveilleux, pour une fois, il n'a aucun mal à travestir allègrement la réalité. Il est hors de question d'inquiéter sa sœur en lui avouant que c'est à dessein qu'il n'a pas revu Axel depuis le drame du parc d'attractions, que si l'enfant n'a pas été perturbé par la scène qui s'est déroulée sous leurs yeux, ce n'est malheureusement pas son cas à lui. Et surtout, comment lui expliquer qu'il ne veut plus être responsable de son neveu parce que ce jour-là, justement, il n'a pas su le protéger et se montrer à la hauteur ?

Alice scrute son visage quelques instants, paraît chercher à déterminer si son frère dit la vérité ou non. S'il y a possibilité de le titiller encore un peu. Finalement, elle pousse un « pfff » désappointé.

— C'est dommage… Tu ne fais aucun effort, ce n'est quand même pas difficile de rencontrer une femme ! Quand est-ce que tu vas te caser ?

Benjamin sourit, tente de dissimuler la tristesse que les paroles de sa sœur ne manquent pas de lui faire ressentir. À même pas trente-cinq ans, elle a déjà réussi à construire tellement plus que lui… Un couple solide, une famille unie. Un gamin adorable. Qu'est-ce qu'elle croit ? Qu'il ne rêve pas de ça, lui aussi ? Qu'il n'a pas l'impression d'être à la traîne, à presque quarante ans, sans femme dans sa vie, avec laquelle il pourrait être heureux et bâtir un foyer ? L'image de Rebecca s'impose à son esprit, et il s'y attarde un peu, soudain mélancolique.

— Si tu veux, on peut t'inscrire sur un site de rencontre ! Je peux même t'aider à créer ton profil, ce serait une bonne idée, non ? le pousse Alice d'un ton enthousiaste.

Stéphane revient s'asseoir à table, se sert un café. Alice se lève, visiblement pour aller chercher son ordinateur portable. Quand elle a une idée, il est difficile de l'arrêter. Mais son mari la retient avec tendresse par le bras :

— Fiche donc la paix à ton frère ; il est assez grand pour se débrouiller tout seul !

La jeune femme fait la moue, se laisse retomber sur sa chaise, déçue.

— De toute façon, le jour où je rencontrerai quelqu'un, je ne me risquerai pas à t'en parler. Tu serais pire qu'un chien auquel on aurait donné un os à ronger ! plaisante Benjamin pour détendre l'atmosphère.

Aussitôt, un sourire taquin envahit de nouveau le visage de sa sœur.

— Ça, ça veut dire que tu as rencontré une femme ! s'écrie-t-elle, en applaudissant avec une joie presque puérile.

— Absolument pas, rétorque Benjamin.

— Pourquoi tu refuses d'en parler ? Elle a trois yeux, c'est ça ?

Il éclate de rire, conscient que sa sœur ne va pas le lâcher de tout l'après-midi.

— Elle a un accent canadien ? Ou belge ? Elle s'appelle Gertrude ? Elle a une énorme verrue sur le nez, tellement grosse que ça cache ses yeux ? Elle est naturiste ? énumère Alice, jamais à court d'idées.

— Oui, c'est un mélange de tout ça, tu as trouvé, plaisante Benjamin en levant les paumes pour signifier qu'il s'avoue vaincu face à la perspicacité de sa sœur. Et encore, tu as oublié que sa passion, c'est de se promener toute seule dans les cimetières pour s'occuper des tombes à l'abandon, ajoute-t-il, ravi de pouvoir dire quelque chose de vrai sans en avoir l'air.

— Mais oui, une nécrophile ! Excellent choix, frérot. Pourquoi se contenter d'une femme banale ? Il faut viser l'extraordinaire, c'est ce que je dis toujours !

— L'unique, même, rétorque Benjamin, soudain songeur.

— Et comment s'appelle cette perle rare ? continue Alice, ravie de mettre son frère en boîte.

— Rebecca.

— Mmm. Un prénom parfait pour une nécrophile belge et naturiste. Bien mieux que Gertrude, il faut l'avouer, commente Alice tout en débarrassant les tasses.

Benjamin ne répond rien. Le visage de Rebecca revient à son esprit : ses traits fins, sa voix grave, son regard étrangement mélancolique. Dès qu'il pense à la jeune femme, il ressent un mélange de joie et d'infinie tristesse. La joie, parce que, quoi qu'il en dise, il est en train de tomber amoureux. Une chute vertigineuse et douce à la fois.

Et en même temps, la tristesse de ne pas savoir s'il a la moindre chance avec elle. Et que peut-il y avoir de pire que d'éprouver des sentiments pour quelqu'un qui, peut-être, n'en éprouvera jamais en retour ?

14

Dimanche 14 avril 2019
322 jours après *le-jour-où*

Ce soir, Benjamin emmène Rebecca au concert de Ludovico Einaudi. Quand il l'a invitée à l'accompagner, il a bien pris garde de préciser que ce serait très loin d'être comparable à un show de Lady Gaga, et la jeune femme a fait mine de réfléchir sérieusement à sa proposition.

— Il y aura quand même des chansons ? a-t-elle demandé, les sourcils froncés.

Puis elle a souri devant son air désemparé, c'était une plaisanterie, j'ai bien compris qu'il s'agissait d'un concert de musique classique ! Benjamin est resté devant elle les bras ballants, ne sachant s'il devait prendre cette absence de réponse claire pour un oui ou pour un non.

— Je veux bien venir, oui, a alors ajouté Rebecca en se rendant compte de l'embarras de son interlocuteur.

Depuis quinze jours, ils se voient régulièrement, ont pris l'habitude d'aller se balader ensemble, de déjeuner ou dîner de temps à autre. D'échanger des textos presque quotidiennement. Et pourtant… Et pourtant, Benjamin aurait bien du mal à dire si la jeune femme le considère seulement comme un ami ou si l'attirance qu'il ressent pour elle pourrait être partagée. Il aimerait avoir le courage de lui remettre avec délicatesse une mèche de cheveux derrière l'oreille, de poser sa main sur la sienne, de s'approcher doucement de son visage et de ses lèvres au moment où ils se quittent, mais rien que de s'imaginer faire le premier pas, il a déjà les mains moites et les jambes en coton. Il aurait l'air de quoi, si elle reculait d'un air perplexe ou, pire, dégoûté ? Si elle murmurait, mal à l'aise, qu'ils se sont mal compris, qu'elle n'a jamais eu l'intention de lui faire croire quoi que ce soit ?

Hors de question de se mettre en danger. Alors il se contente de ce que la jeune femme a à lui offrir, tout en rêvant à bien plus dès qu'il pense à elle. Elle accepte ses invitations et ses propositions, ce qui lui paraît déjà incroyable. Incroyable et précieux à la fois.

Il avait acheté ces deux billets pour voir enfin Ludovico Einaudi à l'époque où il était encore avec Coralie. Quelques semaines à peine avant leur rupture, en réalité. Il savait qu'elle n'aurait aucune envie de l'accompagner, qu'elle ferait l'effort pour lui faire plaisir tout en pestant toute la soirée qu'elle ne comprenait vraiment pas pourquoi il était aussi admiratif d'un simple pianiste. « Un simple pianiste », c'est exactement ça qu'elle aurait dit d'un ton un peu dédaigneux qui l'aurait blessé à coup sûr. Mais il n'aurait rien rétorqué, comme toujours. Il aurait choisi de voir le verre à moitié plein.

Ce soir, quand il passe prendre Rebecca en voiture pour qu'ils se rendent ensemble à la salle Pleyel, elle n'a pas l'air de se forcer.

— Je n'irais pas jusqu'à dire que je suis impatiente, mais c'est la première fois que je vais voir un concert de musique classique. Je suis… intriguée, déclare-t-elle, le regard fixé sur la route comme si elle craignait que Benjamin ne fasse une soudaine embardée.

Il aime le mot qu'elle a choisi. « Intriguée. »

Quand ils arrivent dans le hall de la salle de concert, quand il découvre les près de deux mille spectateurs présents, Benjamin commence à sentir des sueurs froides glisser le long de sa colonne vertébrale. Sa gorge s'assèche brusquement au point qu'il doit tousser pour ne pas avoir l'impression de s'asphyxier. « Tout mais pas ça », songe-t-il, paniqué. Tout mais pas une crise d'angoisse ce soir, dans ce lieu, avec Rebecca.

Ils vont s'installer à leur place, juste en face de la scène en contrebas. La salle est déjà noire de monde, Benjamin n'a pas anticipé que la foule serait si dense.

Sans s'en apercevoir, il se cramponne aux accoudoirs de son fauteuil, un peu comme chez le dentiste.

— Ça ne va pas ? demande Rebecca, l'air soucieux.

Il se sent aussitôt honteux d'être ainsi esclave de ces crises de panique absurdes.

— Si, si. C'est juste qu'il y a beaucoup de monde, il fait une chaleur à crever..., répond-il en affichant un sourire crispé.

Rebecca le dévisage, soudain grave.

— Tu es angoissé ?

Penaud, il hoche quand même la tête. À quoi bon mentir, de toute façon ? Elle sait ce qu'il traverse depuis la mort du garçon dans le grand huit, et elle ne s'est pas enfuie en courant. Autant continuer à être honnête...

— Tu n'as rien à prendre, dans ces moments-là ?

Il soupire. Fouille dans les poches de son manteau pour en sortir un petit sac en tissu. Il l'ouvre et montre son trésor à Rebecca.

— Homéopathie : Ignatia amara en 30 CH. Rescue Spray aux fleurs de Bach. Atarax. Xanax. J'ai toute la panoplie indispensable au parfait angoissé.

— Et ça ne marche pas ?

— L'homéopathie ne fait rien. Mon cœur continue à se serrer au point qu'on dirait que quelqu'un le comprime de toutes ses forces pour le faire imploser. Les fleurs de Bach non plus. Je continue d'avoir l'impression d'être en train de mourir sans que personne autour de moi s'en rende compte. Quant aux anxiolytiques, je n'ai jamais tenté le coup.

— Pourquoi ? Ça pourrait t'aider !

— Ou pas. C'est tout ce qu'il me reste, tu vois… Alors si je les prends et que ça ne fonctionne pas non plus, ça voudra dire que rien ne peut m'apaiser. Que je suis condamné à être seul avec cette angoisse qui submerge tout et qui m'empêche d'être moi-même. Je ne peux pas risquer de me retrouver sans espoir, tu comprends ? Là, je me sens mal, mais je me dis que, potentiellement, quelque chose peut m'aider. Qu'une solution existe.

Rebecca semble perplexe.

— Un peu tordu, comme raisonnement, non ?

— C'est comme celui qui arrête de fumer, mais qui a toujours une cigarette sur lui. Au cas où. Ça le rassure de savoir que si vraiment il n'en peut plus, il a de quoi fumer…

La jeune femme hoche la tête. Elle ne *juge* pas, et c'est peut-être bien ce que Benjamin préfère chez elle. Même si elle ne comprend pas, elle semble ne jamais émettre de jugement.

Les lumières s'éteignent, signe que le concert va bientôt commencer. Le brouhaha des conversations diminue jusqu'à disparaître complètement.

— Tu veux sortir ? chuchote Rebecca en s'approchant de l'oreille de Benjamin.

— Non, hors de question que ces fichues angoisses me gâchent un concert que j'attends depuis plus d'un an…, rétorque-t-il, en colère contre lui-même. Ça va aller, ajoute-t-il, plus pour se rassurer que pour convaincre la jeune femme.

Il prend une profonde inspiration, expire par la bouche avec lenteur pour calmer son cœur affolé.

Rebecca continue de l'observer, sincèrement ennuyée de le voir dans cet état-là.

Quelques instants plus tard, les musiciens en smoking entrent sur scène et s'installent devant leurs partitions. Ils sont rejoints, sous un tonnerre d'applaudissements, par Ludovico Einaudi qui s'assoit à son piano à queue.

Il pose les mains sur le clavier, joue les premières mesures de *Divenire.* Les notes claires du piano résonnent dans la salle, puis les violons et les violoncelles entrent dans la danse.

Benjamin ferme les yeux, se concentre sur l'air qui pénètre ses poumons puis en ressort, sur la musique qui rebondit autour de lui jusqu'à s'imprégner *en lui.* Il se laisse porter, transporter, retrouve ce sentiment si étrange et si familier de se perdre parmi les sons, de *se désintégrer* jusqu'à ne faire plus qu'un avec les instruments. Il n'y a que la musique classique qui lui procure un sentiment si intense de sérénité et d'équilibre, comme si tout s'ajustait à la perfection, comme si les émotions se retrouvaient à l'état brut.

Lorsqu'il rouvre les yeux, au bout de plusieurs morceaux, il s'aperçoit que Rebecca a posé sa main sur la sienne. Il fait trop sombre pour qu'il puisse observer son visage ou croiser son regard. Est-ce qu'elle a fait ça pour tenter de le rassurer ? Il n'ose bouger, de peur qu'elle ne retire sa paume et que la magie de l'instant ne s'évanouisse.

Le piano s'enhardit, les violons s'emballent, et Benjamin ferme à nouveau les yeux, pour oublier l'angoisse qu'il ressent. Lentement, il retourne sa main de façon que sa paume soit à présent contre celle de Rebecca. Elle ne fait pas mine de la retirer, et il entremêle ses doigts aux siens.

Ils restent comme ça longtemps. Sans tourner la tête l'un vers l'autre, sans se regarder. Les morceaux s'enchaînent. Chacun d'eux est salué par de longues acclamations, et il n'y a guère que Benjamin et Rebecca qui n'applaudissent pas, aucun n'ayant visiblement envie de lâcher la main de l'autre.

Lorsque s'achèvent les dernières notes de piano, que les lumières se rallument et que tout le monde se retrouve à la fois ébloui et hagard, comme après un rêve, Benjamin se tourne vers la jeune femme et remarque les sillons qui se sont formés sur ses joues pâles.

Elle a pleuré.

Autour d'eux, les spectateurs se lèvent, remettent leurs manteaux. Les conversations reprennent comme si le concert n'avait été qu'une parenthèse appartenant déjà au passé.

Eux restent assis.

Leurs doigts demeurent entremêlés.

Le cerveau de Benjamin tente d'intégrer cette information dont il ne sait que faire.

Elle a *pleuré.*

La salle est presque vide quand il se décide à murmurer un « Ça va ? » un peu ému.

Rebecca acquiesce avec douceur, ne prononce qu'un seul mot :

— Merci.

15

Lundi 15 avril 2019
323 jours après *le-jour-où*

Toutes les fois où Benjamin s'était pris à penser à Rebecca, à laisser son esprit divaguer au gré de ses espoirs, allongé dans son lit, les bras croisés derrière la tête, alors qu'il peinait – une fois de plus – à trouver le sommeil, il n'avait jamais imaginé que les choses évolueraient d'une manière aussi abrupte et inattendue.

Il rêvait du moment où, peut-être, il prendrait son courage à deux mains pour se pencher vers elle et l'embrasser avec tendresse. Il rêvait de son sourire mélancolique, de ses grands yeux noisette qui soudain brilleraient d'un éclat encore inconnu. Il rêvait de caresser ses cheveux, de s'égarer dans ses boucles brunes, de sentir le parfum de sa peau.

Il pensait aux différentes étapes à franchir, de façon forcément progressive. Lui prendre la main. L'embrasser timidement après l'avoir raccompagnée devant son immeuble. Hésiter à lui envoyer un texto une heure après pour lui souhaiter une bonne nuit, renoncer à le faire par peur de passer pour quelqu'un de trop empressé. La retrouver quelques jours après, danser d'un pied sur l'autre en ne sachant pas s'il était logique ou non de l'embrasser pour la saluer. Se maudire de toujours se poser tout un tas de questions au lieu de se laisser porter avec insouciance. Être soulagé qu'elle lui prenne la main en balade. S'arrêter en plcine rue pour, soudain, refermer ses bras sur elle et savourer le bonheur simple de pouvoir la serrer tout contre lui, plonger son nez dans ses cheveux et en humer l'odeur.

Voilà, depuis quelques semaines, jusqu'où ses rêveries l'ont laissé vagabonder.

Il faut croire que la réalité dépasse toujours ce à quoi on s'autorisait à rêver.

Parce qu'une chose est sûre, il n'aurait jamais imaginé que Rebecca se retrouverait là, juste à côté de lui. Nue et endormie, à respirer paisiblement. Ses boucles ébène étalées sur l'oreiller, la couette remontée sur ses épaules.

Benjamin pourrait se pincer et se frotter les yeux pour être certain qu'il n'est pas en train d'halluciner. Mais il l'a déjà fait au moins trois fois durant la demi-heure qui vient de s'écouler ; aussi en vient-il à présent à croire que tout ce qui s'est passé s'est *vraiment* passé.

Il y a quelques heures à peine, il n'avait encore jamais effleuré sa main. Comment tout avait pu se bousculer en un rien de temps ? Il pensait sagement ramener Rebecca chez elle après le concert ; au mieux, il aurait tenté de lui proposer d'aller dîner quelque part, même s'il était déjà tard.

Mais elle avait pleuré.

Le piano avait eu sur elle un effet si intense que, lorsque les lumières de la salle s'étaient rallumées, elle semblait bouleversée. Tellement bouleversée que Benjamin s'était senti penaud, démuni, incapable de dire quoi que ce soit. Ils avaient fini par se lever, par se lâcher – à contrecœur – la main. Étaient sortis de la salle un peu au ralenti jusqu'à se retrouver dans le hall Art déco, avec sa moquette rouge vif et ses immenses colonnes blanches.

— Tu veux que je te raccompagne ? Ou on peut aller manger quelque part, si tu en as envie..., avait tenté Benjamin en dansant d'un pied sur l'autre.

Rebecca avait l'air d'une petite fille perdue, et il ne savait pas comment réagir. C'était plus fort que lui : elle l'intimidait.

— Je n'ai pas faim, avait murmuré la jeune femme en levant la tête vers la grande verrière ronde.

Benjamin avait acquiescé, comprenant que c'était le signal pour qu'il la reconduise chez elle. Il avait sorti les clés de sa Clio de la poche de son jean, comme pour lui signifier qu'il avait saisi le message, et elle lui avait emboîté le pas pour rejoindre son véhicule.

Une fois installés dans la voiture, Benjamin avait accroché son téléphone sur le support GPS, puis entré l'adresse de Rebecca. Sans faire un geste, elle s'était contentée de déclarer d'une voix sourde :

— Je n'ai pas envie de me retrouver seule ce soir...

Perplexe, Benjamin avait tenté de décoder le regard pourtant insondable de la jeune femme.

— Tu veux... venir chez moi ? avait-il demandé du ton le moins abasourdi possible.

— Oui, avait-elle répondu tout en attachant sa ceinture de sécurité.

Aussitôt, il s'était fait la réflexion que son appartement n'était pas le moins du monde rangé. Est-ce qu'il avait même pensé à mettre dans le panier à linge ses sous-vêtements de la veille ? Est-ce que son évier était rempli de vaisselle sale accumulée depuis plusieurs jours ?

Et puis, la phrase prononcée par Rebecca avait explosé dans son esprit : « Je n'ai pas envie de me retrouver seule ce soir... » Elle n'avait pas dit qu'elle désirait rester avec lui, qu'elle ne voulait pas le quitter après cette soirée. Elle avait juste déclaré qu'elle ne voulait pas être seule. Rien de très glorieux pour lui, en réalité. Non ?

Cette fille allait le rendre fou. Elle était tellement énigmatique que les rouages de son cerveau tournaient en roue libre à la moindre de ses paroles…

Ils n'avaient pas prononcé un mot de tout le trajet, chacun visiblement perdu dans ses pensées.

Benjamin n'avait pu se retenir de pousser un soupir de soulagement quand, en ouvrant la porte de son appartement, il avait découvert un intérieur à peu près présentable.

— Je peux mettre de la musique ? avait-il demandé.

Elle n'avait pas répondu. Après avoir retiré ses ballerines noires et s'être rapidement massé les talons en grimaçant, elle s'était dirigée vers la grande baie vitrée du salon. S'était plongée dans la contemplation des lumières de la nuit, des petits rectangles brillants qui parsemaient çà et là les façades des immeubles. Après quelques secondes d'hésitation, Benjamin avait choisi le *Minuetto* de Boccherini. Il fallait quelque chose de léger et d'entraînant ; c'était d'ailleurs le morceau qu'il adorait écouter les rares fois où il se forçait à faire un peu de ménage dans son appartement. Les notes joyeuses des violons avaient envahi la pièce et Benjamin s'était rapproché de Rebecca, se postant juste à côté d'elle pour comprendre ce qu'elle pouvait bien trouver à observer dans le ciel sombre de la capitale.

Il aimerait se dire que c'est lui qui a été à l'origine de la suite des événements, mais ce serait mentir. Il faudra d'ailleurs qu'il enjolive sans doute un peu les choses lorsqu'il en discutera avec Selim…

— Derrière chacune de ces fenêtres éclairées, il y a des vies dont on ignore tout. Des joies, des drames dont on ne saura jamais rien…, avait chuchoté Rebecca, comme la musique imposait d'elle-même le silence.

Puis, au bout de quelques minutes, elle s'était tournée vers lui. S'était lovée dans ses bras, avait levé son visage vers le sien, s'était légèrement haussée sur la pointe des pieds pour coller ses lèvres aux siennes. Son cœur avait instantanément failli exploser mais, heureusement, il avait tenu le coup – une crise cardiaque serait du plus mauvais effet, avait-il songé pendant que les mains de Rebecca se glissaient sous sa chemise pour caresser sa peau. La flûte et le hautbois d'*Au matin* de *Peer Gynt* avaient commencé à se répandre, et Benjamin avait lentement entraîné Rebecca vers sa chambre.

Tous leurs gestes avaient été d'une tendresse infinie et d'une fougue sans égale à la fois. C'était comme s'ils savaient tous les deux exactement quoi faire, comme si leurs corps se reconnaissaient et se comprenaient de manière instinctive.

Quand ils avaient fini par se retrouver allongés côte à côte, essoufflés et apaisés, Benjamin avait eu envie de regarder Rebecca et de lui chuchoter « Je t'aime » à l'oreille. Mais il s'était retenu, évidemment. Quel sens ça aurait eu de prononcer ces trois mots, alors qu'il y a moins d'un mois, ils se vouvoyaient encore ?

Elle s'était assoupie peu après, et il avait baissé le son de la musique.

À présent, il se tourne sur le côté, remonte la couette jusque sous ses aisselles. Ferme les yeux pour tenter de trouver le sommeil, lui aussi. Mais au fond de lui, il a peur de s'endormir et de découvrir au matin que tout n'était qu'un rêve.

Un moment plus tard, il distingue la silhouette de Rebecca qui se redresse dans le lit. Elle rattache ses cheveux, puis paraît hésiter. Elle jette un coup d'œil à Benjamin, immobile. Elle ne peut pas voir s'il a les yeux ouverts ou non, et comme il ne réagit pas, elle semble conclure qu'il dort. Aussi discrète qu'un chat, elle sort du lit, se rhabille sans un bruit. Au moment de quitter la chambre, elle lance un dernier regard dans sa direction, mais Benjamin choisit de ne pas bouger et de feindre le sommeil.

Si elle veut disparaître, il ne l'en empêchera pas. Il n'y aurait rien de pire pour lui que de s'asseoir, d'allumer la lumière en lui demandant où elle va. Il n'a aucune envie de croiser son regard embarrassé, peut-être empli de regrets. Il n'a aucune envie de gâcher ce qu'il y a eu.

Quelques minutes plus tard à peine, il entend la porte d'entrée s'ouvrir puis se refermer tout doucement.

Elle est partie.

Elle est partie, et s'il parvient à tomber dans les bras de Morphée, quand il se réveillera au petit matin, il se demandera si tout cela est vraiment arrivé. Il se lèvera, un peu hagard. Cherchera chez lui la preuve que Rebecca était bien là. Il sentira l'oreiller dans l'espoir d'y retrouver un peu de l'odeur de son shampoing à l'amande. Se mettra en quête d'un foulard oublié, d'un objet déplacé, n'importe quoi qui puisse prouver qu'il n'a pas tout imaginé.

Et pourtant, le chagrin qui s'abat soudain sur lui n'a absolument rien d'imaginaire.

PASSÉ

16

Dimanche 24 décembre 2017
154 jours avant *le-jour-où*

— J'ai l'impression de faire semblant d'être heureux depuis plus de quinze ans.

Les doigts de Rebecca, jusqu'alors occupés à fixer une grande créole en argent au lobe de son oreille, s'immobilisent. Louis est derrière elle, à quelques pas. Appuyé contre le chambranle de la porte de leur chambre, il l'observe dans le grand miroir devant lequel elle a l'habitude de se maquiller. Elle ne se retourne pas, son regard dévie à peine de quelques centimètres pour se figer sur le reflet de Louis.

Il a mis un jean bleu foncé, une chemise blanche cintrée parfaitement repassée, dont le col est encore entrouvert. Une cravate gris anthracite autour de son cou attend sagement que Rebecca vienne s'occuper d'elle. Louis n'a jamais su en nouer une lui-même. Dans moins d'une heure, ils seront chez les parents de Rebecca pour le réveillon de Noël. Dans moins d'une heure, ils auront une coupe de champagne à la main et le sourire aux lèvres, ils parleront de tout et de rien, savourant le bonheur des fêtes en famille, pendant que Solal demandera en boucle où est le Père Noël et s'il va bien lui apporter le garage de voitures qu'il a collé sur sa liste.

Dans moins d'une heure.

Rebecca est comme paralysée. Ses oreilles bourdonnent, ses yeux scrutent le reflet de Louis. Que vient-il de dire, au juste ?

Les instants s'égrènent, silencieux. Louis a croisé les bras, il semble si désinvolte qu'elle en vient à penser qu'elle a dû mal entendre.

— Tu veux que je te mette ta cravate ? murmure Rebecca en se retournant enfin vers lui.

— J'ai l'impression de jouer la comédie depuis que je t'ai rencontrée. De jouer à être quelqu'un d'autre que moi-même, déclare-t-il, avec un brusque soupçon d'agressivité qui n'échappe pas à la jeune femme.

— Je ne comprends pas, répond-elle, désemparée.

Elle repose la créole sur la commode en bois brut. Soudain, ses doigts tremblent tellement qu'il n'est même plus envisageable de tenter de la mettre.

— Je ne suis pas heureux.

Louis fait l'effort un peu puéril de détacher chaque syllabe, comme s'il pensait que Rebecca avait un problème d'audition.

— Pas heureux ? répète-t-elle en accusant le coup. Mais nous, on est bien, ensemble… ? chuchote-t-elle.

— Je ne te parle pas de nous, là ! s'emporte aussitôt Louis. Je te parle de moi ! De *moi*. *Je* ne suis pas heureux. Parce que *je* ne suis pas moi-même. Et si je ne suis pas heureux, ça ne sert à rien de parler de nous, ce n'est absolument pas le sujet !

— Pourquoi tu penses ne pas être toi-même ? tente de questionner Rebecca d'une voix blanche.

Le visage de Louis se ferme, ses yeux s'étrécissent et il affiche une expression impassible.

— Parce que j'ai voulu être celui que tu voulais que je sois. J'ai tenu cette mascarade pendant plus de quinze ans, mais regarde où ça m'a mené. Nulle part.

— Oh, donc, c'est ma faute, c'est ça ? Et qu'est-ce que j'ai fait, au juste ? demande la jeune femme sur la défensive.

— Tu m'as *assujetti*. Tu as fait de moi un gentil toutou bien docile, toujours prêt à te suivre. Et pendant tout ce temps, je n'ai jamais pensé à moi. Je me suis oublié en me transformant en quelqu'un d'autre.

— Je t'ai « assujetti » ? Tu divagues complètement, tu t'en rends compte ?

— Ça va faire quatre ans que je ne vis plus que pour Solal et toi. Je suis en train de crever à petit feu et tu ne le vois même pas.

Rebecca reçoit ces mots comme un coup de poing en plein plexus. Exactement la même sensation d'incompréhension et de surprise totale que lorsque Louis lui avait demandé d'avorter. Le goût métallique qui envahit sa bouche. L'impression que sa gorge se noue au point d'empêcher l'oxygène de passer.

Louis est en arrêt de travail depuis quatre mois, mais ça fait des années qu'il ne supporte plus son poste de directeur commercial. Des années qu'il se lève le matin sans vraiment savoir pourquoi il va au bureau, sans trouver de *sens* à sa carrière. Il n'a pourtant jamais essayé de partir ou de faire autre chose. Toutes les fois où Rebecca lui a soufflé l'idée de se reconvertir – tu es tellement doué, tu pourrais faire tout ce que tu veux –, Louis a ri d'un air éteint et incrédule.

— Me reconvertir ? Comme s'il suffisait de claquer des doigts pour changer de vie !

— Tu pourrais faire une formation..., suggérait Rebecca, toujours enthousiaste.

— Ah oui ? Et on vivrait de quoi, au juste ? J'ai un poste bien payé, avec des horaires souples et peu de contraintes ; je ne risque pas de retrouver ça ailleurs...

— J'ai de l'argent de côté, tu le sais bien. On s'en sortirait sans souci, même si tu devais ne rien gagner pendant un an, arguait-elle.

Rebecca enseignait l'histoire-géographie dans un collège et s'était lancée dans l'écriture de romans jeunesse depuis quelques années déjà. Elle avait la chance de connaître un certain succès, et était régulièrement sollicitée pour intervenir dans des écoles ou participer à des salons littéraires. Tout cela lui avait donné un nouveau souffle, elle qui n'avait jamais réussi à se sentir vraiment à sa place dans le milieu enseignant, et elle était persuadée que Louis aussi pouvait trouver quelque chose à même de l'enthousiasmer.

Mais voilà. Depuis qu'il est en arrêt, il dépérit. Il refuse de parler de son mal-être à qui que ce soit dans leur famille, et impose à Rebecca de taire son secret, comme s'il s'agissait de quelque chose d'infâme. Certes, il fait du sport, s'occupe de tous les travaux de bricolage qu'il n'a jamais eu le temps de réaliser auparavant, affiche en permanence un sourire de façade pour laisser penser à Rebecca qu'il va malgré tout mieux depuis qu'il est loin du bureau. Mais il ne se projette plus du tout. Il vit dans une sorte de présent dans lequel il semble s'embourber, malgré les idées et les propositions de Rebecca qui s'inquiète beaucoup sans oser trop le montrer. Régulièrement, il lui lance d'un ton amer :

— Toi, tu as tes bouquins… Mais moi, j'ai quoi ? Je vais passer toute ma vie dans cette boîte, et j'ai quoi comme perspective ? Prendre ma retraite un jour ?

Rebecca ne sait plus quoi répondre. Ne sait plus quoi faire. Elle voudrait rétorquer que son quotidien de prof n'est pas des plus faciles, et que c'est justement parce qu'elle ne s'épanouit guère dans ce métier qu'elle s'est cherché une autre voie, que tout n'est pas tombé du ciel et qu'elle a dû se démener pour trouver son premier éditeur, qu'elle doit encore se battre pour se faire un nom dans le petit milieu qu'est l'édition… Mais elle s'abstient de tout commentaire ; Louis prend tout mal, de toute façon. Elle ne peut se confier à personne, puisque tout le monde ignore que Louis ne va pas bien et qu'il ne travaille plus depuis cet été. Elle croit en lui, mais ce n'est pas suffisant pour compenser le fait que lui se sous-estime depuis toujours. Il voit un psychiatre une fois par semaine, mais ce n'est pas suffisant. Les antidépresseurs, les anxiolytiques, les somnifères ne sont pas suffisants. Leur couple et leur famille ne sont pas suffisants.

Plus rien n'est suffisant pour empêcher Louis de sombrer.

Et à présent, elle est devenue le bouc émissaire, visiblement. La responsable de tous ses malheurs. « J'ai l'impression de faire semblant d'être heureux depuis plus de quinze ans. » Que peut-elle répondre à ce tsunami ? Elle se sent à la fois en colère et coupable. Est-ce que le bonheur retrouvé depuis la naissance de Solal n'était en réalité qu'une brève accalmie, ou pire, une simple mascarade ?

Sans un mot, Louis lui tend sa cravate pour qu'elle la lui noue autour du cou. Avec des gestes mécaniques, elle rabat le col de sa chemise, fait un nœud à la va-vite, le serre. Avant de sortir de la chambre pour aller retrouver Solal en bas, il murmure, merci, tu viens, on va être en retard.

Comme si de rien n'était. Comme si ses mots n'étaient pas cruels. Comme si toute cette conversation était *anodine*.

Le cœur en miettes, Rebecca met sa deuxième créole sans même se regarder dans le miroir.

Moins d'une heure plus tard, ils sont chez les parents de Rebecca pour le réveillon de Noël.

Moins d'une heure plus tard, ils ont une coupe de champagne à la main et le sourire aux lèvres, ils parlent de tout et de rien, font semblant de savourer le bonheur des fêtes en famille pendant que Solal demande en boucle où est le Père Noël et s'il va bien lui apporter le garage de voitures qu'il a collé sur sa liste.

Louis excelle. Il est, comme toujours, le gendre modèle, le conjoint prévenant et affectueux. Il plaisante avec entrain, éclate de rire à intervalles réguliers, invente des anecdotes de travail et parle de ses collègues comme s'il les côtoyait encore. Il pose sa main dans le dos de Rebecca, juste sous son omoplate. Appuie un tout petit peu plus qu'il ne devrait, comme pour lui signifier : « Tiens ton rôle. Fais comme si tout allait bien, tu as compris ? »

Les apparences.
Faire *comme si*.
Encore et encore.

Quotidien

La pire des solitudes,
Ce n'est pas d'être sans toi.
C'est de vivre à tes côtés
En sentant, jour après jour,
À quel point
Tu ne m'aimes plus.

17

Samedi 17 février 2018
99 jours avant *le-jour-où*

Rien ne semble plus atteindre Louis. Ni la gentillesse, ni la tendresse, ni le chagrin, ni la colère de Rebecca. Il paraît à la fois imperméable à toute émotion de sa compagne et incapable de ressentir quoi que ce soit lui-même. Un robot. Au début, elle s'est demandé si ce changement brutal de comportement pouvait être dû aux cachets qu'il prend pour aller mieux – mais qui, ces derniers mois, n'ont visiblement en rien amélioré son moral. Elle a lu la liste des effets secondaires, longue comme le bras. Puis s'est souvenue que lorsqu'elle était enceinte et que Louis avait eu la même attitude glaciale, il ne prenait pourtant pas le moindre médicament.

Le 31 décembre à minuit précis, alors que Solal s'amusait encore à souffler des cotillons partout dans le salon, il avait embrassé Rebecca du bout des lèvres pour la nouvelle année. Puis, il s'était approché de son oreille pour lui chuchoter un lapidaire : « À partir de maintenant, je vais devenir moi-même. » Sa bonne résolution avait sonné étrangement, presque comme une menace.

Elle n'avait pas osé demander ce que ça signifiait, avait espéré qu'il s'agissait simplement de cours de piano, de sport intensif, ou de passer le permis moto. Au fil des semaines, Louis lui avait répété avec une détermination bizarre qu'il s'efforçait d'être enfin lui-même, et Rebecca avait tenté d'ignorer la question qui revenait dans sa tête comme une ritournelle : « Et qu'est-ce qu'on fait, s'il s'avère que ce fameux toi-même est un abruti fini ? »

Elle a courbé l'échine en priant pour que la tempête s'éloigne bien vite. S'est concentrée sur Solal et sur l'écriture d'un nouveau roman jeunesse, même si elle n'avait plus du tout le cœur à imaginer ou créer quoi que ce soit.

Louis a commencé à sortir plusieurs soirs par semaine sans vraiment lui dire où il allait. Boire un verre avec Untel. Aller voir un film chez je ne sais qui. Il a commencé à rentrer à pas d'heure sans la moindre explication en dehors de : « J'ai envie d'être libre, je n'ai pas de comptes à te rendre, quand même ! » Il a continué à s'éloigner sur sa petite plaque de glace, détournant le regard de Rebecca qui cherche à tout prix à lui tendre la main et à le ramener auprès d'elle.

Elle encaisse les petites phrases toutes aussi assassines les unes que les autres. « Tu ne peux pas me comprendre, tu n'as jamais fait de dépression. Tu ne m'as jamais compris, de toute façon. » « Ce n'est pas que j'aie envie de fuir la maison, c'est seulement que je me sens mieux ailleurs. » « Je veux être libre, pouvoir faire ce que je veux, quand je veux, sans être fliqué. » « Si on se séparait un jour, après tout, ce ne serait pas la fin du monde, il y a tout un tas de gens qui se séparent… » « Pas la peine de pleurer dès qu'on s'engueule… Tout ça, ça te fera de la matière pour un de tes bouquins, va. »

Elle essaye, parfois, de lui expliquer à quel point il la blesse, à quel point elle souffre d'être traitée de cette façon, mais toutes les conversations tournent court. Elle cherche à comprendre ce qu'elle a fait de mal, elle cherche comment sauver son couple du naufrage, mais il n'y a visiblement rien qui soit en son pouvoir.

Louis semble attendre d'elle qu'elle accepte tout sans broncher, qu'elle accepte de ne plus rien valoir à ses yeux, et qu'elle patiente sans cesser de sourire, surtout.

Faire comme si tout allait bien.

Quand il n'est pas là, elle tourne en boucle. Se demande pourquoi il a tant besoin de s'éloigner, pourquoi il lui ment en permanence. Il dit qu'il va à un concert, elle découvre par hasard qu'il est en réalité allé à une soirée chez des amis qu'elle ne connaît ni d'Ève ni d'Adam. Il dit qu'il va déjeuner chez son meilleur ami, elle sait pertinemment que ce dernier travaille et n'est pas disponible. Quand il daigne être à la maison, il écrit et reçoit des textos pendant des heures. Rebecca tente parfois de lui demander avec qui il a de si longues discussions – quand il ne lui adresse, à elle, que quelques mots. Il se contente de répondre d'un ton nonchalant : « Personne en particulier. » Tous les jours, elle voit, du coin de l'œil, qu'il change son code de téléphone, comme s'il craignait d'être espionné. Comme s'il avait quelque chose à cacher, à se reprocher. Et sans doute est-ce le cas, songe Rebecca avec désespoir. Mais elle n'a même pas envie de le savoir, en vérité.

À quel point Louis fait-il tout ça sciemment, dans l'espoir – inconscient ou non – de tout démolir sans, surtout, se salir les mains lui-même ? De la pousser à bout, lentement mais sûrement, tout en jurant croix de bois, croix de fer qu'il ne fait rien de mal, et ne cherche surtout pas à briser leur couple.

Si je mens, je vais en enfer.

Le soir, il ne se couche plus en même temps que Rebecca. Il reste devant la télévision, l'embrasse distraitement quand elle annonce qu'elle monte se coucher. Dès qu'elle a le dos tourné, il s'assomme avec du whisky ou du vin. Rebecca le sait puisqu'elle est tombée sur des bouteilles vides à la cave, même pas vraiment dissimulées. Depuis, elle ne peut s'empêcher de surveiller le niveau des bouteilles. Elle voit les grands crus – achetés en prévision des dix-huit ans de Solal – qui sont descendus en une soirée. Elle remarque les bouteilles rangées à leur place, rebouchées à la va-vite, mais remplies d'eau. Elle n'est pas dupe des bocaux de cerises à l'eau-de-vie où, bizarrement, il ne reste plus que les fruits rosés rabougris.

Pour les quatre ans de Solal, ce mois-ci, Louis est allé acheter six bouteilles de vin blanc pour le grand repas de famille qu'il voulait organiser. Trois jours après, il n'en restait plus que deux.

— Je n'ai aucun problème, j'essaye juste de ne plus prendre d'anxiolytiques avant de dormir, a-t-il expliqué sur le ton de l'évidence, comme s'il était normal de s'enfiler une bouteille de vin presque tous les soirs pour parvenir à trouver le sommeil.

Car il est particulièrement doué pour faire croire à Rebecca que c'est elle qui exagère. Il réussit même à la faire douter, malgré les preuves qui s'accumulent, malgré les bouteilles vides qui s'entassent. Elle s'inquiète pour lui, il se moque d'elle. Elle veut l'aider, il la repousse avec dédain. Elle ne peut se défaire du sentiment lancinant que, quoi qu'elle fasse, elle ne s'y prendra pas correctement, rien ne pourra le satisfaire ; pour lui, elle sera toujours en tort, en faute. Et peu importe ce qu'elle ressent : rien n'atteint Louis. Rien.

Elle a insisté, ce n'est pas normal de boire autant, tout de même…

— Tu m'as déjà vu ivre ? J'ai déjà pris le volant bourré ? Est-ce que j'empeste l'alcool ? Est-ce que tu peux me reprocher quoi que ce soit ?

Elle a secoué la tête.

— Non, mais ça ne veut pas dire qu'il est normal de boire autant, et en cachette…

Alors il a attaqué, parce que c'est ce qu'il sait faire de mieux :

— Et puis, je ne bois que quand je suis à la maison, je te signale.

— Ça veut dire quoi, au juste ? Que tu es tellement mal avec moi que ça t'oblige à t'alcooliser ? a réagi Rebecca, submergée d'un chagrin amer.

— Je n'ai jamais dit ça, a-t-il répondu avec froideur. C'est toi qui *interprètes*.

La jeune femme a senti les larmes lui monter aux yeux, s'en est aussitôt voulu d'être incapable de ne pas se montrer si fragile, si atteignable. Elle a répété tout bas, presque plus pour s'en convaincre elle-même :

— Ce n'est pas normal de boire en cachette quatre bouteilles entières de vin en trois jours...

Louis a croisé les bras, mauvais, avant de déclarer avec lenteur :

— Ce ne devrait pas être permis de mentir avec autant d'aplomb.

Elle a suffoqué, choquée qu'il ose l'accuser de mentir alors qu'il passait son temps à travestir la vérité et à dissimuler des choses. Et puis, face à son regard qui la défiait de le provoquer une nouvelle fois, elle a lâché prise, comme toujours. Ce ne devrait pas être permis de courber l'échine avec autant de lâcheté...

Chaque conversation lui donne l'impression d'un lavage de cerveau. Louis parvient à lui faire croire qu'elle est celle qui a un problème, et que son comportement à lui est des plus normaux. Elle s'extirpe de la discussion en ayant le sentiment de sombrer dans la folie et ça lui demande de plus en plus d'efforts pour se convaincre de nouveau que ce n'est évidemment pas elle qui déraille. Elle se sent comme prise au piège dans une toile d'araignée, tout en étant incapable de dire qui, de Louis ou d'elle, l'a tissée.

Ce matin, il est occupé à laver les vitres des grandes portes-fenêtres du salon.

Il *sifflote*.

Et rien que de l'entendre siffloter avec tant d'insouciance donne soudain à Rebecca comme envie de mourir. Elle voudrait le secouer comme un prunier, le plus fort possible, dans l'espoir que le magma dans son cerveau se remette comme *avant*. Elle voudrait s'approcher de lui, lui demander de la serrer contre lui, mais elle sait que, même s'il la laisse poser sa tête contre son torse, il ne fera pas l'effort de refermer ses bras autour d'elle. Aucune empathie, aucun geste d'affection, comme s'il ignorait même désormais que ce genre de choses existe.

Le cœur lourd, elle s'assoit dans le fauteuil à quelques pas de lui. Il ne se retourne pas, trop concentré sur la raclette qu'il passe méticuleusement sur la vitre.

Comment peut-il même accorder la moindre importance à ces fenêtres, alors que tout son foyer est en train d'imploser ? Comment peut-il tout démolir et se soucier d'une vitre sale ?

— Est-ce que tu as envie qu'on s'en sorte ? murmure Rebecca.

— Je t'ai déjà expliqué..., rétorque Louis, déjà exaspéré. Je ne peux penser qu'à moi-même, en ce moment. Quand j'irai mieux, il sera peut-être temps de penser à mon couple, mais là, j'ai besoin de me concentrer sur moi.

— Le problème, c'est que tu es en train de briser tout ce qu'on a construit depuis plus de quinze ans, souffle Rebecca en se triturant les mains d'angoisse. Je comprends que tu aies besoin de te recentrer sur toi-même parce que tu ne vas pas bien, mais tu ne peux pas faire comme si moi et Solal n'existions plus... Tu sors presque tous les soirs, on dirait que notre maison n'est plus qu'un hôtel-restaurant, qu'on ne compte plus du tout pour toi… Ça ne peut pas durer indéfiniment… Tu n'as même pas l'air d'avoir conscience du mal que tu me fais.

Louis ne prend pas la peine de se retourner mais Rebecca remarque qu'une fraction de seconde, la raclette s'immobilise sur la vitre. Puis il reprend son mouvement machinal, comme si de rien n'était.

— Il n'y en a toujours que pour toi, Rebecca. Mais là, on ne parle pas de toi. Tu es tellement égoïste. Pourquoi tu ne peux pas comprendre que je fais seulement tout ce que je peux pour aller mieux ?

Rebecca se mord les joues pour ne pas laisser les sanglots faire trembler sa voix.

Louis déteste quand elle pleure, ça l'a toujours insupporté au plus haut point.

— Mais… est-ce que tu m'aimes encore ? murmure-t-elle d'une voix sourde.

Aussitôt elle hait le ton presque implorant, désespéré, qu'elle prend malgré elle. Elle voudrait se montrer forte, indifférente, peut-être même. Mais ce ne serait pas elle, à quoi bon lutter ? Et puis, est-ce que ce n'est pas la question principale, après tout ?

Si Louis l'aime, ils surmonteront tout ça, forcément. Si Louis l'aime, elle acceptera de subir encore et encore ce désert affectif. Si Louis l'aime, elle l'attendra, elle patientera, elle espérera. Elle le laissera faire ce qu'il a à faire pour se reconstruire, elle le laissera devenir qui il veut être, même si ça doit la faire souffrir, même si ça signifie une solitude intolérable.

C'est la seule chose qu'elle a besoin d'entendre. La seule.

Louis vaporise à nouveau du produit à vitres sur la fenêtre pourtant désormais immaculée. Il a toujours été perfectionniste. Maniaque, peut-être même. Tant qu'il restera une trace, une traînée, il recommencera. Peu importe qu'il soit évident que d'ici la fin de la journée,

Solal aura mis ses doigts un peu partout sur la vitre propre, il faut que ce soit impeccable.

L'estomac noué, Rebecca attend la réponse sans bouger.

— Pour être honnête, je n'en sais rien, finit par déclarer Louis, le regard toujours fixé sur la vitre.

— Tu n'en sais rien ? répète Rebecca, sonnée mais pas étonnée.

— Non. Je ne sais pas si je t'aime encore. Je n'en ai même aucune idée, à vrai dire. Ce n'est pas le genre de truc auquel je peux réfléchir actuellement.

Elle voudrait répliquer que normalement on n'a pas besoin de *réfléchir* pour savoir si on aime quelqu'un. Elle voudrait rétorquer : « Surtout ne prends pas la peine de te retourner pour me regarder, j'ai bien compris que je ne suis guère plus à tes yeux qu'un vulgaire objet indigne du moindre intérêt. » Elle voudrait s'écrier : « Mais tu es vraiment un sale con, en fait ! » Elle voudrait affirmer : « Ce n'est pas grave si tu ne sais plus où tu en es, moi, je t'aime, et ça suffira à te sauver, à *nous* sauver. »

Mais elle sait bien, au fond d'elle, que ça ne suffira pas. Pas cette fois. Elle aurait la force de tolérer beaucoup de souffrance, beaucoup d'écarts de conduite, beaucoup de cruauté. Mais pas sans la garantie d'être encore, ne serait-ce qu'un peu, aimée.

Une petite voix mauvaise lui souffle que Louis n'est même pas capable de se contenter de répondre « Oui, bien sûr que je t'aime », uniquement pour apaiser la situation, pour *tempérer* les choses, pour faire en sorte d'éviter le chaos qui menace depuis des mois déjà. Il ne fait pas cet effort, parce qu'il se contrefiche de son couple et de sa famille.

Il serait pourtant si facile de simplement répondre « Oui ». Même sans le penser *pour de vrai.*

Rebecca prendrait ce « oui » si glacial soit-il, elle le prendrait et le déposerait avec précaution dans son cœur à elle, pour pouvoir le ressortir et le chérir à chaque doute, à chaque nouvelle blessure infligée. Louis a fait ça, mais il m'aime. Louis a dit ça, mais il m'aime. Louis me manque, mais il m'aime. Louis me ment, me trahit, m'humilie, mais il m'aime. Louis me traite sans le moindre respect, mais il m'aime. Louis boit un peu trop, mais il m'aime. Louis sort je ne sais où avec je ne sais qui, mais il m'aime.

Mais il m'aime.

Elle serait tout à fait capable de garder la foi rien qu'avec ces trois minuscules et insignifiantes lettres. *Oui.*

Mais il ne les prononce pas.

Il préfère les condamner. Tous les deux, tous les trois.

Sans même s'arrêter de nettoyer ces putains de vitres.

18

Vendredi 30 mars 2018
58 jours avant *le-jour-où*

On pense avoir atteint le fond, et on se rend compte à quel point il est en réalité encore loin, à quel point la chute n'est pas près d'être terminée. C'est ce que se dit Rebecca tous les matins, avant même d'avoir ouvert les yeux pour affronter une nouvelle journée aux côtés d'un homme qui n'est plus qu'un inconnu.

Tout ça n'a aucun sens, comment peut-il tout démolir sans le moindre doute, le moindre remords, tel un enfant de quatre ans qui prendrait plaisir à construire un immense château de sable juste pour sauter dessus à pieds joints sitôt fini ? C'est ce que se dit Rebecca tous les soirs, quand elle peine à trouver le sommeil dans son lit, aux côtés d'un homme qu'elle ne reconnaît plus du tout.

Aujourd'hui, c'est leur anniversaire. L'anniversaire du jour où, seize ans auparavant, Louis avait enfin pris son courage à deux mains pour l'embrasser. Elle se rappelle encore la façon qu'il avait eue de lui caresser les cheveux, d'approcher son visage du sien, de coller ses lèvres aux siennes, tout doucement. Est-ce que lui en a gardé le moindre souvenir ? À l'observer depuis des mois, elle en doute.

Ils n'ont jamais eu l'habitude de se faire des cadeaux pour leur anniversaire ou la Saint-Valentin. Avant l'arrivée de Solal, Louis emmenait quand même

Rebecca dîner au restaurant, pour marquer le coup. L'année dernière, il a pris l'initiative de lui préparer un repas à la maison : des tagliatelles aux noix de Saint-Jacques, qu'ils ont dégustées quand leur fils s'est endormi. Cette attention – déjà rare chez Louis – paraît aujourd'hui à des années-lumière de celui qu'il est devenu. « Lui-même. Il est devenu *lui-même* », chuchote la petite voix intérieure de Rebecca, histoire de remuer un peu plus le couteau dans la plaie. Est-ce que ça signifie qu'il a *vraiment* fait semblant pendant toutes ces années ou simplement que quelque chose en lui a implosé ? Est-ce que la pression est montée au fil du temps, comme dans une Cocotte-Minute, ou son cerveau a-t-il fait naufrage brusquement, sans raison apparente ?

Quand Rebecca tente de résoudre cette terrible énigme, elle en vient toujours à se demander si Louis l'a en réalité un jour aimée. Après tout... peut-être a-t-il joué la comédie dès le début, en lui mentant et en se mentant à lui-même, simplement parce qu'il voulait de cette petite vie normale qui l'insupporte tant désormais. Parce qu'il voulait une compagne, parce qu'il voulait une famille, parce qu'il voulait, par-dessus tout, cette jolie image sociale à laquelle il tient tellement. Le mari modèle, le père modèle. Rôle de pure composition qu'il ne parvient plus à tenir, à présent. Pourquoi ? Rebecca ne le comprendra sans doute jamais.

Cette année, elle a eu envie d'offrir un cadeau à Louis. Oh, pas grand-chose. Juste un geste pour lui montrer à quel point elle tient à lui, à quel point il lui manque, à quel point elle voudrait qu'il *revienne*. Le dernier roman de son auteur préféré, accompagné de quelques mots tout simples. « Je t'aime, j'espère de tout cœur passer les seize prochaines années (au moins !) à tes côtés. » Avant de déposer Solal à l'école puis d'aller faire cours à ses élèves de troisième, elle prend soin de laisser le paquet enrubanné juste à côté du miroir de la salle de bains, sur la tablette de verre où se côtoient mousse à raser et maquillage. Pour être sûre que Louis trouve son cadeau quand il se lèvera.

Toute la journée, elle surveille son téléphone dans l'espoir qu'il appelle ou lui envoie un message. En vain. Elle sent son ventre se serrer malgré elle. Finit par se demander s'il est possible qu'il n'ait pas vu le paquet, s'il est envisageable qu'il lui soit arrivé quelque chose. Elle se retient de lui téléphoner jusqu'en milieu d'après-midi, puis elle cède, la peur ayant pris le dessus.

— C'est moi… Tout va bien ?

— Bah oui, pourquoi ?

— Non, pour rien… C'est juste que… je t'ai laissé quelque chose dans la salle de bains, et comme je n'avais pas de nouvelles, je me suis inquiétée… C'est bête, je sais, s'excuse aussitôt Rebecca, comme si elle avait quoi que ce soit à se reprocher.

— Oui, j'ai trouvé le livre. Merci, c'est gentil, déclare Louis d'un ton neutre.

Rebecca sent les larmes qui montent de son cœur à ses yeux à la vitesse d'une boule de flipper.

— Oh… Pourquoi tu ne m'as pas envoyé de message ? ne peut-elle s'empêcher de demander, tout en se trouvant pitoyable de toujours chercher à quémander une miette d'affection.

À l'autre bout du fil, elle sent aussitôt Louis se crisper.

— Je ne savais pas que tu en attendais un, désolé de te décevoir encore une fois, répond-il, cassant. Je ne voulais pas te déranger alors que tu faisais cours, c'est tout.

— Oui, je comprends. Excuse-moi de t'avoir appelé…

La voix de Rebecca vacille, les sanglots s'en mêlent malgré ses efforts pour rester de marbre.

— Il faut toujours que tout prenne des proportions épiques, avec toi. Tu gâches tout, commente Louis avec froideur.

Elle raccroche en s'excusant une nouvelle fois. Se demande comment tout a encore pu se passer de cette façon, alors qu'elle voulait juste bien faire. Qu'est-ce qui ne tourne pas rond chez elle ?

Le soir, quand elle rentre, elle n'ose pas reparler du cadeau. N'ose même pas demander à Louis s'il est content du roman qu'elle a choisi, s'il a lu le petit mot, si lui aussi a envie de passer les seize prochaines années avec elle.

Tout le week-end, malgré tout, elle espère qu'il va se rattraper avec un geste, un mot, n'importe quoi. Et quand tout tangue de nouveau, qu'une énième dispute naît parce que Louis a envie d'aller passer la soirée ailleurs, Rebecca, en pleurs, finit par lâcher :

— C'était notre anniversaire, et tu n'as rien fait. Rien. Que tu oublies, c'est une chose, et ce n'est pas grave. Mais que, de tout le week-end, tu n'aies rien fait, ça me rend tellement triste…

Elle prononce le mot « triste » même s'il est à dix mille lieues de ce qu'elle éprouve. Elle se sent désespérée, et humiliée, et trahie. Elle a l'impression de passer son temps à colmater des brèches dans un toit qui prend l'eau, pendant que Louis s'amuse à donner de grands coups de hache de l'autre côté. Et le pire, c'est qu'il parvient à merveille à défoncer le plafond tout en lui faisant croire que c'est elle qui tient la hache. Encore une fois, elle est en larmes, encore une fois, elle se laisse submerger par le chagrin et cet atroce sentiment d'impuissance, elle qui a pourtant toujours eu un caractère bien trempé. Qui est-elle en train de devenir ? Pourquoi refuse-t-elle à ce point de voir la réalité, d'accepter que

Louis ne soit pas – ne soit plus ? – celui dont elle est tombée amoureuse ? Pourquoi est-ce si dur de perdre foi en lui et d'admettre que, quoi qu'il en dise, il ne veut plus d'elle ? Et surtout, pourquoi ne réussit-elle pas à se convaincre qu'il n'est pas tolérable que quelqu'un la piétine de cette façon ? Elle se voit, là, assise à même le sol, recroquevillée contre le mur comme une enfant de cinq ans, les joues poisseuses de larmes et de khôl, et elle se demande qui est cette femme prête à quémander et à s'aplatir dans l'espoir d'une caresse ou d'un mot gentil. C'est comme si un vampire était venu aspirer toute sa force, toute son indépendance, toute sa ténacité, toute sa confiance en elle.

Qui est-elle ?

Louis croise les bras, la contemple avec un dédain non dissimulé.

— Qu'est-ce que tu voulais, au juste ? Qu'est-ce que tu attends de moi ? Tu veux que je te fasse un chèque, c'est ça ? Je t'ai déjà offert un téléphone hors de prix à Noël, alors ne dis pas que je ne t'achète jamais rien !

Rebecca lève des yeux abasourdis vers Louis.

— Je me fiche complètement que tu dépenses de l'argent, tu n'as rien compris ! J'aurais voulu une lettre, une attention, n'importe quoi qui prouverait que tu tiens un peu à moi...

Louis sort de la pièce, va fumer une cigarette dans le jardin, j'ai besoin de prendre l'air, tu me gonfles, avec tes gamineries.

Rebecca reste là, les bras ballants et le cœur atomisé.

Solal descend dans le salon et demande à sa mère si elle peut lui mettre un dessin animé. D'un geste mécanique, elle allume la télévision et lance *Cars*, pour le plus grand plaisir du petit garçon, merci, maman, je t'aime fort !

À pas lents, elle rejoint Louis sur la terrasse.

Elle cherche ses mots pendant que lui, absorbé dans la contemplation du ciel de printemps, recrache de longues bouffées de fumée.

Il est toujours tellement calme, par rapport à elle qui n'est qu'émotion. Tellement *insensible*. Elle pourrait presque l'envier.

— Pourquoi on reste ensemble ? finit-elle par demander, les dents serrées pour ne pas se laisser submerger par le désespoir.

— Mon psychiatre m'a dit que ce n'était pas le moment pour moi de prendre de grandes décisions, répond Louis du tac au tac, comme s'il avait déjà réfléchi à cette question.

Comme s'il l'avait *prévue*.

Rebecca hoche la tête. Soudain, c'est comme si elle sortait d'elle-même, comme si elle se mettait en pilote automatique pour achever cet échange et sauver sa peau. Elle voudrait hurler et pleurer, supplier, peut-être même ; elle se contente de déclarer :

— Si c'est la seule raison pour laquelle tu restes avec moi, dans ce cas, je vais prendre la décision pour toi. On arrête là. C'est terminé. On se sépare.

Trois petites phrases qui signifient toutes la même chose. Elle a envie de mourir, là, sur-le-champ. Une partie d'elle espère encore que Louis va se tourner vers elle, sous le choc, et lui dire que ce n'est pas du tout ce qu'il veut. Qu'il va la *retenir*. Mais, au fond, elle sait parfaitement qu'il n'en fera rien. Il n'en fera rien, puisque c'est ce qu'il cherche depuis des mois. Il l'a poussée à bout, encore et encore, juste pour voir jusqu'où il devait aller pour qu'enfin elle prenne cette décision qu'il est trop lâche pour prendre lui-même.

Et, en effet, il ne lève pas le petit doigt pour empêcher ce qui arrive.

– Si c'est ce que tu veux..., commente-t-il, imperturbable.

Il écrase son mégot dans la jardinière de géraniums et rentre s'installer à côté de Solal. Moins d'une minute après, Rebecca l'entend éclater d'un rire joyeux devant le dessin animé.

Ton rire

J'entends ton rire, au loin,
Qui me fait l'effet d'un coup de couteau dans le ventre,
D'un coup de poing en plein plexus.
J'entends ton rire
Et c'est comme si
Tu crachais sur ma douleur
Comme si
Tu piétinais ma peine
Comme si
Tu niais mon chagrin
Comme si
Tu m'interdisais d'être en deuil de nous.

J'entends ton rire
Si clair, si fier,
J'entends ton rire
Et je voudrais te demander
Un peu de respect
Un peu de décence
Un peu de pitié.

À la place,
Je me contente
De serrer les dents
De verrouiller mon cœur
De me répéter que toute cette inhumanité
Ne dit rien sur moi,
Sur ce que je vaux.

Je me contente
De me répéter qu'un jour
Tout ça aura un sens.
Je regarderai dans le rétroviseur
Et tout ce gâchis
Aura un sens.

19

Dimanche 22 avril 2018
35 jours avant *le-jour-où*

Il n'attendait que ça, Rebecca en a maintenant la certitude. Il a saisi ses paroles au bond, trop heureux de pouvoir ne s'estimer responsable de rien. Elle a essayé de renouer un semblant de dialogue avec Louis, de lui expliquer qu'une séparation était la dernière chose qu'elle voulait. Il s'est contenté de la dévisager d'un air narquois en répétant :

– C'est trop tard, tu as prononcé les mots. Et de toute façon, on ne se comprend plus.

Elle a pleuré des journées entières, des nuits entières, sans que ça éveille chez lui la moindre émotion, pas même de la compassion ou de la pitié.

Il a fait son sac et s'est carapaté plus vite qu'un lézard apeuré.

– Je vais juste chez un pote en attendant, a-t-il lancé avant de dire au revoir à Solal.

En attendant quoi ? Rebecca n'a pas osé poser la question. Elle a simplement espéré que, loin de la maison, Louis aurait enfin un déclic et reviendrait sur terre.

Ce qui ne s'est malheureusement pas produit. Quinze jours plus tard, il est passé prendre des affaires en coup de vent et a annoncé d'un ton glacial qu'il avait trouvé un appartement et qu'il y emménagerait une semaine après. Le cœur de Rebecca a eu un loupé, mais elle a continué à étendre la lessive malgré tout.

— Tu ne vas pas faire marche arrière, alors ? a-t-elle murmuré, abattue.

— C'est toi qui as voulu qu'on en arrive là, je te signale, a rétorqué Louis d'un ton cassant.

Il est monté à l'étage et elle l'a entendu ouvrir des tiroirs et des placards pour emporter je ne sais quoi d'essentiel à sa nouvelle vie.

Juste avant qu'il ne reparte, elle a encore fait l'effort – humiliant – de s'approcher de lui et de le retenir avec tendresse par le bras. Il s'est aussitôt dégagé avec une brusquerie instinctive, comme si elle n'avait plus le droit de pénétrer son espace vital, comme si toute l'intimité de seize ans de vie commune n'était plus qu'un lointain et désagréable souvenir.

— Je t'aime..., a-t-elle tenté une dernière fois, faisant fi de sa dignité.

Louis a haussé les épaules avec un dédain non dissimulé, ne s'est pas abaissé à répondre quoi que ce soit. Rebecca a même cru apercevoir une moue de dégoût sur son visage au moment où la porte d'entrée s'est refermée sur lui.

Ce matin, il est revenu avec une pile de cartons de déménagement vides, et elle est sortie avec Solal pour ne pas assister à ce départ qui visiblement ne broie que son cœur à elle. Elle n'a pas encore eu le courage d'expliquer quoi que ce soit au petit garçon de quatre ans qui ne paraît même pas se rendre compte qu'il se trame quelque chose.

Au retour de leur promenade, la voiture est remplie de cartons jusqu'au siège passager. Il n'y a guère que le siège-auto de Solal qui soit encore accessible.

— J'ai pris le principal, au moins pour démarrer. J'ai emporté la cafetière, tu n'en auras pas l'utilité, de toute façon ?

Rebecca secoue la tête, trop émue pour parler. Comment Louis peut-il être si *pragmatique* ? Comment peut-il n'avoir aucun état d'âme ?

Il s'agenouille devant Solal qui suce son pouce, lui adresse un grand sourire.

– On y va, bonhomme ? Ça te dit de venir voir la nouvelle maison de papa ? Tu vas avoir une grande chambre avec un lit en hauteur, ça va être super ! s'exclame-t-il avec entrain.

Rebecca a du mal à déglutir, soudain sa gorge est comme tapissée d'éclats de verre.

– Mais… on n'a jamais dit que Solal partait avec toi ; on n'a jamais parlé de tout ça…, bégaye-t-elle, paniquée.

Louis se relève. Le visage fermé, il s'adresse à Rebecca à voix basse pour éviter que leur fils n'entende ses paroles.

– Ça fait bientôt trois semaines que je n'ai pas passé de temps avec mon fils. Qu'est-ce que tu t'es imaginé ? Que tu me mettrais à la porte et que je disparaîtrais à jamais ?

– Non… C'est juste que…

– C'est juste que j'emmène Solal avec moi. Une semaine chez l'un, une semaine chez l'autre, c'est comme ça que ça fonctionne, quand on se sépare. Je te le ramène dimanche prochain.

– Je ne suis pas sûre que ce soit…

– C'est autant mon fils que le tien, d'accord ? la coupe Louis avec une animosité à peine contenue. Je n'ai pas besoin de ton autorisation pour le prendre. Tu n'avais qu'à réfléchir avant de tout saccager.

Il ouvre la portière arrière et Solal, ravi de cette aventure inattendue, monte promptement à l'intérieur de la voiture.

– Je vais avoir un lit de grand ! s'écrie-t-il d'un ton guilleret. À bientôt, maman !

Rebecca ébouriffe ses cheveux fins comme de la soie, l'embrasse sur la tempe en faisant de son mieux pour dissimuler son chagrin et ses craintes.

— Tu ne peux t'en prendre qu'à toi-même, siffle encore Louis en s'installant au volant.

Rebecca regarde la voiture quitter la rue, la gorge nouée. Elle fait des signes de la main à Solal en s'efforçant de sourire. Attend que la berline ait disparu dans le virage pour fondre en larmes.

Ce soir-là, lorsqu'elle entre dans la chambre de Solal, elle se rend compte que Louis a emporté la moitié de ses vêtements, la moitié de ses livres, la moitié de ses jouets. La moitié de tout.

Elle ne sera plus qu'une mère à mi-temps, alors ?

Elle s'allonge dans le lit de son petit garçon, remonte la couette sur elle. Attrape son gros éléphant en peluche tout râpeux à force d'avoir été sucé, le serre de toutes ses forces contre elle.

À cet instant-là, elle perd pied. Elle a envie de hurler tellement son fils lui manque, tellement le silence lourd qui règne dans la maison l'étourdit et l'étouffe.

Comment a-t-elle pu tout perdre en quelques mois à peine ? Et surtout, est-elle responsable de tout ce qui arrive ? Aurait-elle dû s'opposer à ce que Louis emmène Solal ? Peut-elle être certaine que leur fils est en sécurité avec lui ?

Elle ne s'attendait tellement pas à ce qu'il prévoie de le prendre aujourd'hui qu'elle en est restée comme paralysée. Et pour autant, aurait-il été en son pouvoir d'empêcher leur départ ? Louis est son père. Louis sera toujours son père. Et Solal était ravi de l'accompagner, elle revoit encore son visage heureux.

Seule dans le lit de son fils, elle regarde sans véritablement les voir les étoiles phosphorescentes collées au plafond. Elle a toujours considéré les couples qui divorçaient avec une sorte de mépris. « Ils n'ont pas pris la peine de se battre un peu, alors qu'ils ont des enfants », se disait-elle toujours quand elle croisait des parents séparés à l'école. Elle n'a jamais imaginé une seconde qu'elle et Louis pourraient un jour rompre. Quelle naïveté. Quelle *arrogance*. Rebecca se sent pitoyable d'avoir eu autant de préjugés, de s'être bercée de l'illusion puérile que la foudre frappait toujours ailleurs et que son couple était solide, sa famille indestructible. Il a suffi d'un grain de sable pour que tout déraille.

Un minuscule grain de sable.

Un minuscule grain de folie incompréhensible.

20

Lundi 21 mai 2018
6 jours avant *le-jour-où*

Solal est ballotté entre deux domiciles depuis un mois déjà. Alors ça va être ça, sa nouvelle vie, se désole Rebecca chaque fois que Louis vient récupérer le petit garçon le dimanche soir. Elle a dû expliquer à l'enfant qu'elle aussi allait déménager dans quelque temps, quand la maison serait vendue.

— Pourquoi on ne peut pas rester ici ? a-t-il interrogé avec un chagrin immédiat.

Elle a tenté d'expliquer avec des mots compréhensibles pour un bonhomme de quatre ans que cette maison coûtait trop cher et qu'elle devait donc trouver quelque chose d'un peu plus petit. Elle ne lui a pas dit qu'elle ne serait pas en mesure de payer les mensualités de prêt immobilier auxquelles Louis a bien sûr, dès qu'il est parti, cessé de participer, tu m'as mis dehors, tu te débrouilles. Elle n'a pas non plus dit à Solal que symboliquement, il était inenvisageable pour elle de rester dans la maison qui était censée être celle de leur vie – elle se rappelle encore la photo qu'ils avaient prise tous les trois avec l'immense panneau « Vendu » jaune fluo que Louis avait décroché de la fenêtre de leur chambre. Quel gâchis.

— Il y aura un jardin, dans ta nouvelle maison ? s'est enquis Solal, inquiet.

Rebecca a eu le cœur serré par le fait qu'il dise « ta maison » au lieu de « notre maison », comme si, désormais, l'enfant n'avait plus de maison à lui. Il y a « chez papa » et « chez maman », à présent.

– Mais c'est où, chez moi ? a-t-il demandé hier soir avant de s'endormir.

Sur le coup, Rebecca n'a pas su répondre ; elle a dissimulé son émotion sans rien dire. A caressé avec une tendresse infinie ses cheveux blond pâle qui contrastent tellement avec sa chevelure ébène à elle qu'on lui a parfois demandé si Solal était vraiment son fils. Elle aurait dû être capable de lui expliquer que maintenant, il avait deux chez lui, justement. Deux chambres rien que pour toi ! aurait-elle dû s'écrier d'un ton jovial, ou du moins rassurant. Mais c'était au-dessus de ses forces.

Personne ne lui a jamais dit ce qu'on devait raconter à un enfant quand ses parents se séparaient. Elle n'a jamais pris la peine de lire des livres sur cette thématique, et aujourd'hui, elle songe qu'elle aurait peut-être dû anticiper, prévoir, se prémunir. Qu'est-elle censée répondre quand Solal lui demande : « Pourquoi tu as dit à papa de partir ? Pourquoi tu ne lui dis pas de revenir ? » Comme si elle était responsable de tout ce chaos, alors même que chaque nuit, ses bras s'étonnent encore de ne trouver que du vide dans un lit devenu beaucoup trop grand pour elle seule ; alors même que chaque matin, elle pleure pendant de longues minutes en suppliant qui pourrait bien l'exaucer de faire revenir l'homme qu'elle aime depuis toujours et qu'elle ignore comment ne plus aimer.

Une semaine sur deux et la moitié des vacances scolaires. Ça ferait un joli titre pour un roman, même si la réalité que cette formule recouvre lui donne la nausée et l'envie de frapper les poings contre les murs jusqu'à en avoir des bleus. Elle va rater la moitié de la vie de son fils, et personne ne peut amoindrir sa peine. « Tu vas t'habituer, c'est dur au début, mais tu verras, à un moment, tu en viendras même à apprécier d'avoir du temps pour toi », lui serine l'une de ses collègues enseignantes. Rebecca a envie de hurler quand elle entend ces phrases toutes faites. Ce n'est pas qu'elle soit persuadée que ça ne lui arrivera jamais ; après tout l'être humain s'habitue à tout, pour le meilleur ou pour le pire. Mais elle n'est pas prête à entendre que ce qu'elle vit n'est pas grave, n'est pas important, n'est pas *dramatique*. « Un couple sur trois finit par se séparer, tu connais les statistiques. Et puis vous étiez ensemble depuis si longtemps avec Louis, vous avez grandi ensemble, et ce n'est pas étonnant que vous ayez changé au point de ne plus vous comprendre… », tente de la consoler sa mère. Rebecca serre les dents, a envie de gémir que non, elle n'a pas changé, que c'est Louis qui a tout envoyé valdinguer du jour au lendemain sans la moindre raison. « Tu es forte, ma fille. Je sais que tu vas surmonter tout ça… », murmure son père avec maladresse. Rebecca a envie de se réfugier dans ses bras, qu'il la serre contre lui et qu'il lui promette que tout est réparable, que rien n'est irréversible dans ce qui s'est produit. Mais elle sait qu'elle n'est plus une enfant qu'on peut protéger, que c'est en elle qu'elle va devoir trouver la force de continuer à avancer ; pour Solal d'abord, pour elle ensuite.

Quand son fils n'est pas à la maison, comme aujourd'hui, elle a l'impression d'errer entre quatre murs. Elle voudrait accepter la proposition de Mylène, une de ses anciennes amies de lycée, d'aller courir le long de la plage ; elle voudrait suggérer à Bruno et Karen, un couple de collègues avec qui elle s'est toujours bien entendue – même si Louis ne pouvait pas les voir en peinture –, de venir dîner à la maison. Mais pour l'instant, elle n'a goût à rien. Elle d'ordinaire si dynamique ne se sent plus enthousiaste pour quoi que ce soit. Il n'y a que la saveur amère de la débâcle au fond de son palais. Alors elle met de la musique ou la télévision en fond sonore, pour avoir l'illusion d'être moins seule. Les éclats de rire de Solal lui manquent, les « Maman ! » incessants, les « On mange quoi, ce soir ? », les « Tu joues avec moi au train, dis ? », les « Je peux mettre mes brassards dans le bain ? », les « Je veux un Kinder Surprise » dès le petit déjeuner… Tout lui manque. Elle pourrait même regretter les moments où il ne la laisse pas être tranquille aux toilettes cinq minutes, quand il vient ouvrir la porte en grand en demandant où est son bonhomme de Spider-Man, il a cherché partout – il est nulle part, maman !

Elle pourrait se battre pour que Solal n'aille chez son père qu'un week-end sur deux. Prendre un avocat, lancer une procédure judiciaire. Mais force est de constater que le petit garçon est heureux d'aller chez Louis, et que Rebecca n'a pas à cœur de le priver de son père, même si elle s'inquiète parfois et se demande si Louis parvient à ne pas boire ou s'abrutir de médicaments quand Solal est avec lui. Elle ne se risque jamais à poser la question au principal intéressé, bien sûr. Il réduit la communication au maximum, de toute façon. Lève à peine les yeux vers elle quand il vient chercher Solal, et si c'est le cas, c'est toujours un regard noir et chargé de reproches qu'il lui adresse. Louis est passé de l'indifférence totale vis-à-vis de Rebecca à une haine froide. Elle est responsable de tous ses malheurs, il n'est que la victime ; voilà sans doute ce qu'il se répète jour après jour, sans jamais se remettre en cause une fraction de seconde. Le déni est si puissant qu'il en devient une arme dirigée contre elle plus qu'une carapace pour le protéger. Mais elle ne lutte plus, à quoi bon ? Il ne reviendra sans doute jamais à la raison, et semaine après semaine, elle tente de se persuader que l'homme attendant sur le pas de sa porte que Solal mette ses baskets n'est rien de plus qu'un *inconnu*. Le père de son fils, certes, mais un inconnu. Le Louis qu'elle connaissait et qu'elle aimait – qu'elle aime encore, en réalité – est mort, et il ne reste que son corps, habité par une tout autre personne. S'il était véritablement mort, le deuil serait sans doute plus facile, songe-t-elle souvent.

Mais comment fait-on pour oublier quelqu'un et se reconstruire quand cette personne est toujours en vie, qu'on la croise toutes les semaines, et qu'elle n'a pourtant plus rien à voir avec celle qu'on aimait ?

Comment fait-on ?

Chez nous

La maison se videra, tôt ou tard.
Quand j'aurai la force le courage l'énergie
De m'en aller
De m'en aller sans me retourner
Sur les fantômes du passé.

En attendant ce moment,
Tout reste en suspens
Comme si rien n'était vraiment arrivé,
Comme si tu n'avais jamais prononcé ce mot
Séparés.

Les cadres tous remplis de photos
De nous, de notre famille
Ces cadres qui me narguent
Et me ramènent constamment
À ce qui était,
Avant.

Le pommier dans le jardin
Qui continue de grandir
Ce pommier que tu avais planté
En espérant qu'il recouvrirait le mur
Dans quelques années
Ce pommier qui, face à mon chagrin,
N'a même pas la décence de se recroqueviller et de
Se flétrir.

Le lit où l'on a dormi,
Le canapé dans lequel on se lovait,
La table autour de laquelle on dînait,
Tous ces meubles omniprésents qui me hurlent
Dès que je pose les yeux quelque part :
Souviens-toi, souviens-toi de lui,
Souviens-toi de vous
Et de tout ce que tu as
Perdu

Le mur sur lequel, tous les ans, on inscrivait
La taille et l'âge de notre fils
Au crayon gris, va savoir pourquoi
Peut-être qu'inconsciemment
L'un de nous deux savait
Que notre bonheur ne durerait pas
Que tout s'effondrerait
Que tout disparaîtrait.

La maison se videra,
Car, tu vois, je n'y resterai pas.
Elle se videra,
Meuble après meuble, carton après carton,
Jusqu'à ce qu'il ne reste
Que des murs froids et sans âme.

Nos rires et nos souvenirs ne flotteront plus
Dans les airs,
Il n'y aura plus que le silence,
Plus que cet écho triste et effrayant
Propre aux endroits déserts.

La maison se videra,
Et je partirai pour ne pas voir ça.
La maison se videra,
Sans toi,
Puisque tu n'es plus là.

PRÉSENT

21

Mercredi 17 avril 2019
325 jours après *le-jour-où*

— Avez-vous envie de m'expliquer pourquoi vous avez subitement ressenti le besoin de partir en catimini, alors que, si j'ai bien compris ce que vous venez de me raconter, tout s'était très bien passé avec cet homme ?

La psychiatre tapote le capuchon de son stylo contre son carnet et ce geste agace aussitôt Rebecca, comme s'il lui intimait : « Allez, crache le morceau ! »

Elle reste silencieuse, se plonge dans la contemplation de ses ongles coupés trop court, ou plutôt un peu trop rongés. Pourquoi, avant-hier, s'est-elle sauvée de chez Benjamin, alors que le ciel était encore d'encre ?

— Bon... J'ai une autre question qui vous inspirera peut-être davantage, déclare Sophie de Leyret avec sérieux. Pourquoi avez-vous noué cette relation avec lui ?

— Ce n'est pas une « relation », s'offusque immédiatement Rebecca.

— D'accord. Vous vous fréquentez depuis, quoi, un mois environ. Il vous invite à un concert, vous acceptez de l'accompagner. Vous vous retrouvez chez lui après cette soirée, et vous faites l'amour avec lui. Personnellement, j'appelle ça une *relation*, énonce la psychiatre en appuyant à dessein sur le mot « relation ».

— C'est très grossièrement résumé, marmonne Rebecca. Ce n'est pas parce qu'on a couché ensemble une fois qu'il faut en faire tout un plat...

— Je vois. Dans ce cas, si cela peut vous mettre plus à l'aise, je vais reformuler ma question. Pourquoi côtoyez-vous un homme qui n'a pas la moindre importance à vos yeux ?

— Je n'ai jamais dit qu'il n'avait pas la moindre importance ! s'offusque à nouveau la jeune femme.

La psychiatre affiche un sourire bienveillant. Sans rien répondre, elle revient en arrière dans son carnet, relit les pattes de mouche écrites lors d'une séance précédente. Quand elle a trouvé ce qu'elle recherchait, elle pose son index sur la page et énonce à voix haute, d'un ton où perce la satisfaction :

— « Insignifiant ».

Puis elle relève la tête en direction de sa patiente et précise :

— Vous aviez utilisé le terme « insignifiant ».

Rebecca se mord la lèvre inférieure, agacée. Elle a la désagréable impression de s'être fait piéger. Mal à l'aise, son regard se perd dans le petit jardin zen posé sur le bureau de la psychiatre. Elle s'est toujours demandé si elle avait le droit d'attraper le râteau miniature pour ratisser le sable blanc. Si d'autres le faisaient.

— Je n'avais pas écouté de musique depuis… longtemps, finit-elle par déclarer d'une voix atone. Et, je ne sais pas comment l'expliquer, mais ce concert m'a profondément ébranlée ; je n'avais jamais ressenti une telle émotion en écoutant de la musique.

— C'est quelque chose que vous partagez avec ce Benjamin, si je comprends bien…

— Ça n'a rien à voir avec lui !

— Si ça vous a amenée à lui prendre la main puis à faire l'amour avec lui, je crois que ça a quand même un peu à voir avec lui, commente Sophie de Leyret en penchant la tête sur le côté comme si elle tentait d'amadouer sa patiente.

Rebecca regrette de s'être autant confiée ; elle aurait sans doute mieux fait d'édulcorer. Ou de parler des mêmes choses que d'habitude, encore et toujours. Ou de se taire.

Elle repense à la façon dont elle a quitté l'appartement de Benjamin. Elle ne peut s'empêcher de se sentir vaguement honteuse, et choisit de se justifier comme elle le peut.

— Je ne suis pas non plus partie comme une voleuse, il ne faut pas exagérer. Je suis simplement rentrée chez moi, et je n'ai pas voulu le réveiller alors qu'il s'était endormi. En plus, il m'a parlé de ses problèmes d'insomnie, alors ça aurait été très égoïste de ma part de le tirer de son sommeil juste pour lui dire au revoir..., bougonne-t-elle.

— Mmm... Je vois, commente la psychiatre d'un ton neutre. Quel altruisme.

Rebecca se renfrogne ; elle déteste quand la psychiatre l'accule de cette façon, en la mettant face à ses propres contradictions.

— Je lui ai pris la main pendant le concert parce qu'il était angoissé et que je me sentais impuissante à l'aider. J'avais de la compassion pour lui ; vous auriez dû le voir, avec ses poches remplies de granules d'homéopathie et de plaquettes d'anxiolytiques même pas entamées...

Sophie de Leyret fait mine d'ouvrir la bouche pour répondre quelque chose, mais Rebecca lève la main pour l'empêcher de parler.

— Je sais ce que vous allez rétorquer : que ce n'est quand même pas par compassion que j'ai couché avec lui.

La psychiatre sourit. Hoche la tête, amusée.

— Qu'est-ce que vous voulez que je vous dise ? Après le concert, j'étais comme hors de moi-même, c'est assez inexplicable. Je n'ai pas eu envie de retrouver mon appartement, alors je suis allée chez lui. Croyez-le ou non, je n'avais pas la moindre arrière-pensée, je n'ai même pas imaginé qu'il puisse se faire des idées... Et puis, une chose en amenant une autre...

— Vous vous êtes retrouvée nue dans son lit, conclut la psychiatre.

Rebecca la dévisage en poussant un profond soupir. Elle ne parvient pas à exprimer ce qu'elle voudrait, n'est sans doute de toute façon pas au clair avec elle-même sur ce qui s'est passé cette nuit-là. Sans qu'elle s'y attende, les larmes lui montent brusquement aux yeux et elle détourne le regard. Sophie de Leyret a conscience du trouble de la jeune femme, mais ne change pas de sujet pour autant.

— Comment c'était ? demande-t-elle avec une douceur peu habituelle.

— C'était... bien.

— Mais encore ? insiste la psychiatre.

— Je... je me suis sentie *vivante*. La façon qu'il a de me regarder, depuis le tout début, comme s'il me voyait *vraiment*, moi et personne d'autre... La façon qu'il a eue de me toucher, de me caresser, de m'embrasser, comme s'il était entièrement avec moi...

— Est-ce que ça vous a rappelé des souvenirs ?

Rebecca fronce les sourcils, étonnée.

— Non, pas du tout. Je crois... je crois que Louis ne m'a jamais regardée de cette manière, comprend-elle soudain, au moment même où elle prononce ces mots.

Sophie de Leyret hoche la tête d'un air solennel.

— Qu'est-ce que ça signifie ? demande Rebecca d'un ton effrayé.

— Il n'y a que vous qui puissiez le savoir. Mais... je dirais que si cet homme vous fait vous sentir *vivante*, après tout ce que vous avez traversé, c'est qu'il est loin d'être insignifiant.

Les épaules de Rebecca s'affaissent soudain ; elle songe qu'elle n'aurait sans doute pas dû s'enfuir de chez Benjamin en pleine nuit, que ça n'avait aucun sens de paniquer comme ça.

— Quand j'ai remis mes ballerines, j'ai aperçu son chèche à rayures bleu marine qui traînait par terre. Il avait dû le poser sur le dossier d'une des chaises et il avait glissé. Je l'ai ramassé et je l'ai étalé sur le radiateur en fonte. J'ai... J'ai toujours fait ça, pour Louis. Et pour Solal, aussi.

Devant l'air dubitatif de la psychiatre, Rebecca s'explique :

— Mettre leurs écharpes et leurs bonnets sur le radiateur pour qu'au matin ils soient chauds. C'est très agréable d'enrouler une écharpe tiède autour de son cou avant de sortir dans le froid, vous voyez...

Sophie de Leyret se gratte l'aile du nez d'un air pensif.

— Je vois très bien, oui. Je vois que cet homme est tout sauf insignifiant.

L'image de Benjamin s'impose à l'esprit de Rebecca. Ses cheveux courts poivre et sel et sa barbe de quelques jours, qui lui donnent un charme indéniable. Les quatre sillons qui apparaissent au coin de ses yeux dès qu'il sourit. Des yeux d'un vert si translucide que le moindre coup d'œil qu'il lui adresse lui donne mal au ventre. Il y a quelque chose dans le regard qu'il porte sur elle depuis leur première rencontre. Une sorte de *tendresse*. Alors qu'il ne la connaît pas, en réalité. Qu'il ne sait rien d'elle. Et surtout, alors qu'il n'y a rien à *attendre* d'elle.

Rebecca capitule et répète d'un ton songeur :

— Tout sauf insignifiant...

— Vous allez le revoir, n'est-ce pas ?

— Sans doute, oui, avoue la jeune femme. J'avais accepté de l'accompagner à ce concert de piano à condition qu'on aille en boîte de nuit une autre fois. Même si je n'ai pas mis les pieds dans ce genre d'endroits depuis mes vingt ans, et qu'à l'époque, je n'aimais déjà pas tellement y aller…

— Pourquoi lui avoir proposé une telle sortie, dans ce cas ? s'étonne la psychiatre.

— Parce que je sais que ça va être dur pour lui de m'y accompagner. Un lieu confiné, beaucoup de monde, beaucoup de bruit… Il va détester. Il va avoir une crise d'angoisse, à coup sûr.

— Et ça vous fait plaisir de le torturer ?

— Bien sûr que non. Mais je veux le forcer à vivre comme avant cet accident de manège. Sinon, sa peur le paralysera de plus en plus. S'il cède du terrain, il finira par ne plus mettre le nez hors de chez lui. La peur, c'est comme un serpent qui s'enroule autour de vous. Si vous ne mettez pas le holà très vite, en un rien de temps, vous finissez pieds et poings liés. Asphyxié. Condamné.

La psychiatre pose son carnet sur son bureau, observe le visage fermé de Rebecca.

— C'est un peu comme le chagrin, vous ne trouvez pas ?

— Comment ça ?

— S'enliser dans sa douleur, se laisser submerger par la tristesse, c'est risquer de ne plus jamais se relever…

— Je sais où vous essayez de m'emmener. Mais la différence entre Benjamin et moi, c'est que lui veut *s'en sortir*.

Sophie de Leyret fait mine de reprendre son carnet, sans doute pour y noter quelque chose, puis se ravise. Elle paraît un peu abattue, mais Rebecca, occupée à chercher son chéquier dans son sac à main, y prête à peine attention.

22

Samedi 27 avril 2019
335 jours après *le-jour-où*

— Si je comprends bien, hormis le fait qu'elle ait déguerpi en pleine nuit, tout se passe bien avec cette Rebecca ? Depuis, vous vous êtes revus plusieurs fois, et tu as le sentiment que vous êtes sur la même longueur d'onde, non ?

Selim engloutit une nouvelle bouchée de kebab sous le regard perplexe de Benjamin. Des morceaux d'agneau sortent du pain et atterrissent un par un sur le papier d'aluminium que son ami a soigneusement déplié sur la table. Benjamin, lui, n'a pas encore touché à son repas, même si Selim a marmonné à plusieurs reprises que les frites allaient refroidir.

— Oui, je crois... C'est difficile à expliquer, mais c'est comme si entre elle et moi, c'était une *évidence*. Du moins, c'est ce que j'éprouve de mon côté, parce qu'elle... Elle reste insaisissable, et je n'ai aucune idée de ce qu'elle ressent ou de comment elle voit notre relation...

Benjamin repense à la désinvolture avec laquelle Rebecca lui avait téléphoné, quelques jours après sa fuite incompréhensible. Elle lui avait proposé d'aller au cinéma, comme si de rien n'était, et quand il s'était étonné de la façon dont elle s'était volatilisée le lundi matin, elle s'était contentée de répondre : « Oh, j'ai un peu paniqué sur le moment... Rien de grave, excuse-moi... »

Insaisissable, c'est le mot.

— Tu te poses trop de questions, mon pote. On dirait une nana, plaisante Selim en s'essuyant la bouche avec une serviette en papier. C'est vrai, quoi ! Pourquoi tu ne te contentes pas de profiter de l'instant présent, sans chercher à tout anticiper et analyser ? Pour le moment, vous passez du bon temps ensemble, tu verras bien si ça doit vous mener quelque part, non ?

Benjamin attrape enfin une frite, la trempe dans le petit pot de mayonnaise, avant de la mâchonner d'un air soucieux. Selim ne prend jamais rien au sérieux. Comment lui expliquer qu'il est tombé amoureux de Rebecca et qu'il ne parvient pas à saisir les choses comme elles viennent, sans rien attendre de particulier ? Ce qu'il éprouve pour cette femme, il ne l'a peut-être bien jamais ressenti pour qui que ce soit. Cette impression étrange et déroutante d'avoir trouvé celle qu'il lui faut. De n'avoir, en quelque sorte, fait qu'*errer* depuis des années en attendant d'enfin tomber sur elle et de savoir, presque dès le premier regard, qu'elle était celle qu'il espérait depuis tout ce temps. Cette peur sourde, au creux des côtes, que l'intensité et la fulgurance de ses sentiments ne soient malheureusement en rien partagées. Cette certitude dérangeante que cette femme qu'il ne connaissait ni d'Ève ni d'Adam il y a moins de deux mois a désormais le pouvoir de le démolir et de lui briser le cœur d'une pichenette. Un coup de foudre, quoi, se moquerait son meilleur ami si Benjamin se risquait à s'épancher. Tu te prends pour Hugh Grant ou je rêve ? le taquinerait-il sans aucun doute.

— À ma place, tu ne trouverais pas ça étrange, qu'elle ne m'ait jamais fait venir chez elle ? lance Benjamin d'une traite, stupéfait de confier son inquiétude lancinante à son ami. J'ai constamment l'impression qu'elle connaît tout de moi alors que, de mon côté, je ne sais pas grand-chose d'elle. Elle pourrait se volatiliser du jour au lendemain, ce serait un peu comme si je n'avais fait que la *rêver*...

— Mon Dieu, mais c'est qu'il devient poète, en plus ! commente Selim d'un ton narquois, juste avant d'avaler une longue gorgée de Coca-Cola à la paille.

— Je suis sérieux, soupire Benjamin, légèrement exaspéré de ne pas parvenir à avoir une vraie discussion avec son ami.

Selim paraît percevoir son agacement. Il repose le gobelet de soda, s'enfonce dans le canapé pour dévisager quelques instants son acolyte.

— Bon. Le principal problème pour toi, c'est que vous vous retrouvez toujours chez toi, c'est bien ça ?

Benjamin hoche la tête, lève un regard plein d'espoir vers Selim. Tout ce qu'il attend, c'est d'être rassuré. Que son ami lui affirme, avec l'insouciance qui le caractérise, qu'il n'y a rien de bizarre ou d'inquiétant.

— Tu l'as pourtant raccompagnée plusieurs fois en bas de son immeuble. Sans jamais qu'elle te propose d'entrer..., réfléchit Selim à haute voix.

Benjamin attend la conclusion, un peu fébrile. Selim va forcément trouver une explication logique, voire lui lister tout un tas de stratagèmes pour mettre fin à ses doutes.

— Est-ce que tu as attendu à proximité pour être sûr qu'elle ne ressortait pas quelques minutes après ton départ ?

— Pardon ? s'étrangle Benjamin.

— Bah oui, ce serait la première chose à vérifier, non ? Imagine qu'en fait, elle te baratine depuis le début et qu'elle n'habite même pas là où tu la raccompagnes. Ça expliquerait pourquoi elle ne t'a jamais proposé de monter.

Benjamin scrute le visage de son ami, tente de déceler le moment où il va exploser de rire et lui taper sur l'épaule pour lui signifier qu'il se fiche de lui. Mais Selim semble très sérieux.

— Ce que tu racontes n'a aucun sens, enfin... Pourquoi voudrait-elle me faire croire qu'elle habite dans un immeuble qui n'est pas le sien ?

— Aucune idée. Les nanas sont parfois bizarres... J'essaye juste d'émettre des hypothèses plausibles pour t'aider, c'est tout, déclare Selim avant de se lever pour aller se préparer un café.

Benjamin repousse le tas de frites ; son déjeuner est terminé avant même d'avoir vraiment commencé. Il n'a plus aucun appétit.

— Ton explication est bidon. Il m'est déjà arrivé de sonner à l'Interphone pour venir la chercher, c'est la preuve qu'elle ne m'a pas menti et qu'elle habite bien là.

— Mmm. Peut-être qu'elle vit chez ses parents, et qu'elle a honte ? Peut-être qu'elle travaille pour la DGSE et que sa vie n'est qu'une façade ? Peut-être qu'elle a un TOC quelconque et qu'elle ne veut pas que tu t'en rendes compte ? L'autre jour, par exemple, j'ai vu un reportage sur les gens qui sont incapables de jeter quoi que ce soit, qui accumulent tout jusqu'à vivre dans une crasse phénoménale et ne même plus avoir le moindre centimètre carré disponible chez eux... Si ça se trouve, c'est ça ! s'exclame Selim.

— N'importe quoi..., soupire Benjamin, regrettant soudain de s'être confié à son ami.

— Qu'est-ce que tu veux que je te dise, à la fin ? Franchement, le plus simple, ce serait de lui poser la question, non ? De lui demander pourquoi elle ne t'a jamais fait monter chez elle, de lui expliquer que ça t'interpelle et que tu ne comprends pas pourquoi elle te tient à l'écart...

Benjamin réfléchit quelques instants aux paroles – les premières sérieuses – de Selim. Il n'avait jamais poussé son questionnement jusqu'à se dire que, peut-être, Rebecca le tenait délibérément à l'écart de sa vie. Cette pensée lui fait froid dans le dos. Pourrait-il se tromper sur toute la ligne, depuis le début ?

Selim paraît deviner le désarroi dans lequel est plongé Benjamin. D'un air désolé, il tente de se rattraper :

— Écoute, si ça t'inquiète à ce point, le mieux serait de lui en parler. Tu serais fixé, au moins. Et si tu dois être déçu, mieux vaut que ce soit maintenant. Avant d'être trop accro à cette fille…

Benjamin hoche la tête en silence, et évite de préciser qu'il est déjà trop tard pour qu'une déception ne soit pas douloureuse.

La porte d'entrée de l'appartement de Selim s'ouvre, et sa compagne Émilie apparaît, tout essoufflée d'avoir monté à pied les trois étages.

— Je n'en peux plus de cet ascenseur en permanence en panne… Je suis à peine à six mois de grossesse, comment je vais tenir encore un trimestre ? peste-t-elle tout en déposant son parapluie trempé dans un immense vase qui tient lieu de porte-parapluie.

Selim s'approche d'elle, la prend dans ses bras.

— Je te porterai sur mon dos, va ! lui souffle-t-il en l'embrassant.

Aussitôt, Benjamin se sent de trop. Tenir la chandelle, ce n'est pas son truc. Sans compter que ça le ramène toujours à sa propre vie. Il se lève, attrape sa veste en cuir et s'apprête à laisser les deux tourtereaux profiter de leur samedi après-midi.

— Tiens, rien ne vaut l'avis d'une femme pour ton problème ! Je suis sûr qu'Émilie va pouvoir te rassurer et trouver une explication tout à fait logique à la raison pour laquelle Rebecca ne t'a pas encore invité chez elle ! s'exclame Selim avec enthousiasme.

Il résume en quelques phrases les interrogations de Benjamin qui attend, les mains dans les poches de son jean, embarrassé que son ami étale aussi ouvertement ses craintes.

Émilie s'assoit sur une chaise pour défaire comme elle le peut les lacets de ses baskets. D'ici peu, il va falloir qu'elle investisse dans une paire avec des scratchs, ne peut s'empêcher de remarquer Benjamin, soudain attendri.

— Je suis peut-être de nature pessimiste, mais la première chose qui me vient à l'esprit, c'est... qu'il est possible qu'elle ait quelqu'un d'autre dans sa vie..., murmure la jeune femme en se mordant la lèvre inférieure. Elle pourrait être mariée, ce qui ferait de toi... son amant ?

— Ah, ben bravo ! Je t'inclus dans notre conversation pour que tu rassures Benjamin, et toi, tout ce que tu trouves à dire, c'est ça ? s'agace Selim.

— Excusez-moi, si vous vouliez simplement que je vous dise qu'elle ne le fait pas entrer chez elle parce qu'elle trouve sa déco trop moche, il fallait le préciser ! s'offusque Émilie.

— Vous envisagez toujours le pire, tous les deux... À croire que vous n'avez vraiment aucune confiance en l'être humain..., commente Benjamin, dépité de repartir encore plus inquiet qu'il ne l'était avant de confier ses doutes.

— Bien sûr qu'on a foi en l'être humain, qu'est-ce que tu racontes ? C'est plutôt qu'on n'a aucune confiance en ta capacité à choisir la femme qu'il te faut, déclare Selim, un sourire malicieux au coin des lèvres.

Benjamin ne répond rien, remonte la fermeture Éclair de sa veste et se dirige vers la porte d'entrée, le visage fermé.

— Allez, va, ne fais pas tout un drame de quelque chose qui ne signifie sans doute rien du tout ! lance Selim au moment où il ouvre la porte. Parle-lui !

Le cœur lourd, Benjamin leur adresse un signe de la main sans même se retourner.

Une fois dans la cage d'escalier, il songe qu'il préférerait cent fois que Rebecca soit une espionne plutôt qu'une collectionneuse d'hommes comme Coralie.

Qu'est-ce qui serait le plus plausible, pourtant ?

23

Jeudi 2 mai 2019
340 jours après *le-jour-où*

Les deux comédiens qui servent de guides à la visite sont habillés en costumes d'époque : lui porte une redingote en velours noir et un haut-de-forme, elle est vêtue d'une grande robe volumineuse en soie fleurie. Ils déclament leurs tirades à la fois sans grand enthousiasme et avec une verve exagérée, ce qui finit par produire un effet assez comique, songe Benjamin.

Il regrette un peu d'avoir proposé à Rebecca cette sortie ; il pensait que ce serait original, c'est plutôt incongru, en réalité. Mais Selim a insisté pour qu'il lui rende ce service, alors ça faisait d'une pierre deux coups… Depuis qu'il a monté sa société d'organisation de visites insolites de la capitale, son ami l'envoie régulièrement « espionner la concurrence », comme il le dit lui-même. Benjamin joue le jeu et, chaque fois, fait un compte rendu détaillé à Selim de ce qu'il a aimé ou non dans la visite guidée.

Ce soir, en compagnie de Rebecca, il est donc envoyé en mission secrète pour une exploration des passages couverts de Paris. Dehors, le soleil commence à décliner, conférant une lumière particulièrement belle au passage Jouffroy grâce à sa grande verrière. Si les deux comédiens n'étaient pas aussi mauvais, cette balade contée pourrait être très agréable…

Du coin de l'œil, il remarque l'air distrait de Rebecca. La jeune femme a le regard vide ; elle a visiblement décroché depuis un moment de l'intrigue pseudo-policière proposée par les artistes. Les autres visiteurs du groupe semblent pourtant intéressés ; à moins que ce ne soit que de la politesse. Benjamin sort son téléphone de sa poche pour regarder l'heure, retient un soupir : encore près d'une heure à devoir écouter les deux comédiens en marchant au ralenti. Vont-ils ou non réussir à percer le mystère de l'assassinat du comte de Rocambourg, sauvagement poignardé en 1875 dans ce passage ? À vrai dire, Benjamin s'en contrefiche. La seule chose qui le préoccupe, c'est de constater que Rebecca s'ennuie elle aussi.

— Je suis désolé de t'avoir entraînée dans ce plan foireux..., murmure-t-il.

Elle revient à la réalité et lui adresse une ébauche de sourire.

— J'ai un peu de mal à suivre l'intrigue, c'est vrai... Mais au moins, ça me permet de découvrir la capitale, on va dire...

Ce soir, elle semble particulièrement mélancolique ; Benjamin a l'impression de ne pas parvenir à la dérider. Il y a toujours, dans son regard, une lueur de tristesse, un éclat qui manque et qui n'apparaît que dans des moments très rares et fugaces, sans que le jeune homme en connaisse vraiment la cause. Son fils qui lui manque dès qu'il n'est pas avec elle, peut-être. C'est l'explication qui lui semble la plus plausible, même si Rebecca se confie très peu. Mais Benjamin est patient, il accepte de prendre ce qu'elle lui offre, de la découvrir par miettes et par bribes. L'aura de mystère qui entoure la jeune femme n'est de toute façon pas pour lui déplaire totalement : ça l'attire tout autant que ça le déstabilise... Il n'a même pas encore réussi à lui demander pourquoi ils ne se retrouvaient jamais chez elle, tellement il redoute qu'elle le prenne mal. La conversation qu'il a eue avec Selim et sa femme a produit l'inverse de l'effet escompté : il s'interroge et s'inquiète encore plus qu'avant, sans pour autant parvenir à aborder le sujet avec elle. Jamais il ne s'est senti à la fois aussi proche de quelqu'un et aussi tenu à distance, et s'il essaye de ne pas trop se monter la tête, les craintes continuent pourtant de s'insinuer en lui.

— Je connais un restaurant sympa pas très loin d'ici, si tu as envie qu'on aille manger un morceau quand cette séance de torture sera terminée ?

Rebecca hoche la tête.

— Pourquoi pas ! Si on ne s'est pas tous les deux endormis sur place d'ici là…

Les visiteurs autour d'eux se retournent, agacés par leur bavardage. Juste devant Rebecca, une dame d'une soixantaine d'années émet un « Chut ! » scandalisé, et Benjamin croit même lire de l'exaspération dans le regard de la comédienne qui, pourtant, poursuit sa tirade, une main ostensiblement posée sur le cœur.

Rebecca prend un air contrit, murmure un « Excusez-nous » embarrassé. Les touristes se détournent d'eux en haussant les épaules. Quelques instants plus tard, Benjamin remarque que la jeune femme semble s'éteindre à nouveau, les yeux dans le vague.

Alors il la prend par la main et l'entraîne avec lui vers la rue à quelques mètres de là, viens, on s'en va ! Ils s'éloignent le plus discrètement possible, puis accélèrent le pas, comme si l'un des comédiens risquait de les héler et de leur faire honte. Ils finissent par courir hors du passage couvert, main dans la main. Quand ils s'arrêtent, ils sont tous les deux essoufflés. Les joues de Rebecca ont rosi, elle sourit enfin.

— Resto ? demande-t-elle avec malice.

Une heure plus tard, ils sont tous les deux attablés dans une petite brasserie. Benjamin a cherché comment proposer en finesse à Rebecca de finir la soirée chez elle pour une fois, mais après avoir tenté un lamentable : « Je n'ai pas eu le temps de ranger mon appartement, aujourd'hui, c'est un vrai capharnaüm ! », que la jeune femme n'a même pas semblé relever, il a abdiqué. Il ne sait plus comment, mais Rebecca a orienté la conversation sur son passé à lui, sur ses précédentes histoires d'amour, et, comme d'habitude, il est un livre ouvert :

— Avec Coralie, tout était toujours une tragédie grecque : des conflits épiques, des réconciliations, des conflits à nouveau… Je crois que pour elle, l'amour devait obligatoirement être *tumultueux*. Avec le recul, je me rends compte que je n'étais pas moi-même avec elle : je me forçais à paraître indifférent, je bluffais en permanence pour qu'elle ne se désintéresse pas de moi. Je refrénais mon envie de lui écrire, d'être avec elle, simplement parce que j'avais peur de la faire fuir ou de la lasser. Six ans à jouer une partie de poker perdue d'avance, en fait. Parce qu'elle n'était capable d'aimer que ce qui ne lui semblait pas acquis.

Rebecca a eu le temps de terminer son dessert alors que Benjamin n'a même pas encore touché à sa mousse au chocolat. Il ne sait pas comment il se retrouve, de nouveau, à se confier à la jeune femme aussi ouvertement. Il aurait préféré qu'elle lui parle d'elle, pour une fois, d'autant qu'elle semblait triste tout à l'heure, mais c'est raté…

— Bref, tout ça pour dire que j'ai besoin de choses simples…, essaye-t-il de se rattraper, soudain gêné de ses confidences.

Rebecca pose sa serviette à côté de son assiette. Rassemble avec son petit doigt les miettes de pain éparpillées sur la nappe. On dirait qu'elle prend le temps de choisir ses mots, ce qui n'est pas pour mettre Benjamin à l'aise.

— De choses simples… ? Tu ne peux pas faire davantage fausse route, avec moi…

Son regard se fait à nouveau triste, elle continue de se concentrer sur le tas de miettes qu'elle rassemble.

— Comment ça se passe, avec le père de ton fils ? tente Benjamin, soucieux d'en savoir davantage sur la question qui le tracasse de plus en plus.

Elle ne lui a encore jamais parlé de son ex-conjoint. Si elle mentionne parfois son petit garçon, Solal, il ne l'a bien sûr jamais rencontré, et a même du mal à imaginer Rebecca dans son rôle de mère. Évidemment, il comprend que leur relation n'en est qu'à ses débuts, et qu'il serait malvenu de vouloir déjà faire la connaissance de son fils.

— Avec Louis... c'est compliqué. Très compliqué, répond Rebecca.

Son visage se durcit quasi instantanément, et Benjamin comprend qu'il a abordé un sujet probablement conflictuel. C'est la première fois qu'elle prononce le prénom de son ex. Louis, donc. Il voudrait lui demander s'il vit à proximité de chez elle, s'ils se voient régulièrement, s'ils s'entendent à peu près bien ou s'ils n'ont pas le moindre échange... S'ils sont restés longtemps ensemble, si c'est elle qui l'a quitté... Il voudrait lui poser tout un tas de questions, mais il sait à l'avance qu'il serait maladroit. Alors il se contente de lancer, comme une bouteille à la mer :

— J'imagine que ce doit être difficile, quand il y a un enfant au milieu... Devoir continuer à côtoyer son ex en plus d'apprivoiser une solitude qu'on avait oubliée...

Rebecca acquiesce, joue avec sa petite cuillère. Ne fait pas le moindre effort pour alimenter la conversation, au grand dam de Benjamin. Il a toujours le sentiment de marcher sur des œufs, avec elle.

— Ce qui a été le plus compliqué, quand Coralie et moi nous sommes séparés, c'est qu'il n'y avait plus personne pour s'inquiéter pour moi. Si je rentre tard, personne ne va m'envoyer un texto pour vérifier qu'il ne m'est pas arrivé quelque chose. C'est sans doute stupide, d'autant qu'en réalité, Coralie ne s'inquiétait jamais vraiment pour moi. Mais avoir le sentiment, ou même l'illusion, de compter pour quelqu'un, c'était ce qui me rendait heureux, ce qui me donnait de l'insouciance et de l'allégresse au quotidien…

Benjamin se force à arrêter de parler, il sent qu'il s'embourbe et doute que Rebecca ait réellement envie de l'entendre évoquer sa séparation. Il ne veut pas non plus qu'elle croie qu'il attend d'elle des choses démesurées, il voudrait simplement… être important pour elle. En fait, ça se résume à ça, même s'il le dit certainement de façon maladroite. Être *important* pour elle.

— Tu as raison. On ne peut sans doute pas avancer dans la vie sans se sentir indispensable à quelqu'un. Et pourtant… Le bonheur ne devrait pas dépendre d'un autre que soi, en réalité. On devrait parvenir à être bien avec soi-même, à se suffire…

Chacun d'eux se plonge dans ses pensées. Et Rebecca se ferme comme une huître. Benjamin ne sait plus comment alléger l'atmosphère, devenue un peu trop lourde sans qu'il sache vraiment pourquoi.

— J'ai envie de rentrer chez moi, je suis un peu fatiguée, finit par déclarer Rebecca en jetant un coup d'œil vers la porte du restaurant.

Une demi-heure plus tard, elle l'embrasse avec tendresse devant son immeuble, puis elle étouffe un bâillement en souriant, merci pour le dîner, c'était chouette ! Il comprend, à regret, que Rebecca ne compte pas le faire monter, alors il bat en retraite, un peu dépité que la soirée se termine de manière si abrupte. Un instant, il songe au conseil de Selim, envisage de se planquer de l'autre côté de la rue une dizaine de minutes, juste pour s'assurer que Rebecca ne ressort pas de l'immeuble. Puis il secoue la tête, atterré d'en être là. Le cœur lourd, il longe les bâtiments, se retourne pour contempler les fenêtres éclairées, se demande lesquelles peuvent correspondre à l'appartement de la jeune femme. Il attend un petit moment comme ça, les yeux dans le vague.

Jusqu'à ce qu'un homme blond, d'une trentaine d'années, arrive devant l'Interphone de l'immeuble et appuie sur un des boutons. Celui de Rebecca ? À cette distance, Benjamin ne saurait l'affirmer. Quelques instants plus tard, un grésillement se fait entendre, et l'homme pousse la porte vitrée pour s'engouffrer dans le bâtiment.

Benjamin serre les dents malgré lui. Essaye de s'empêcher d'imaginer tout un tas de choses stupides. Les imagine quand même.

Quand il rentre chez lui, il se sent tellement seul qu'il éprouve le besoin presque infantile d'allumer toutes les lumières.

Son téléphone émet un bip.

Alors, cette visite des passages parisiens ? Ça valait le coup ? J'ai du souci à me faire ?

Benjamin repose son portable sans avoir le courage de répondre. Il appellera Selim demain pour le rassurer.

Son téléphone émet un nouveau bip, et le jeune homme soupire. La patience n'est pas la qualité première de son meilleur ami…

Bien rentré ?

Le message vient de Rebecca.

Un sourire éclaire le visage de Benjamin. Il se sent un peu stupide d'être soudain aussi heureux, de passer du noir au blanc en un éclair.

Peut-être bien qu'il compte pour elle.

Oui, j'ai eu la chance de ne croiser aucun tueur en série sur mon trajet ! écrit-il, le cœur léger.

Tant mieux, répond-elle aussitôt.

Benjamin hésite. Tergiverse plusieurs longues minutes. Entend Selim lui intimer de sauter à l'eau, de clarifier les choses. Il finit par pianoter sur son écran, puis clique sur « Envoyer » avant de manquer de courage.

Pourquoi tu ne m'as jamais invité à entrer chez toi ?

Les minutes s'égrènent dans une lenteur insupportable. Benjamin fait les cent pas dans son salon, se maudit d'avoir posé cette question. Il a tout gâché.

C'est juste que j'ai l'impression que tu me tiens à l'écart… Je suis désolé, mais ça me fait un peu paniquer…

Peut-être qu'il s'enfonce encore plus avec ce second message. Mais au moins, il sera fixé. Mieux vaut une déception que des doutes à n'en plus finir, non ?

Un quart d'heure s'écoule. Il vérifie dix fois que son téléphone fonctionne correctement.

Un quart d'heure supplémentaire s'achève. Il n'aurait jamais dû lui écrire, la pousser dans ses retranchements de cette façon. Il aurait dû se montrer plus patient, moins pressant. Rebecca lui fait toujours penser à un chat qu'on tente d'apprivoiser : un pas ou un geste de trop et il détale plus vite qu'une fusée.

Benjamin éteint les lumières du salon, rejoint sa chambre d'un pas lourd.

Un bip.

Viens.

24

Samedi 4 mai 2019
342 jours après *le-jour-où*

Il n'a pas eu de nouvelles de Rebecca depuis la veille, depuis qu'il est parti de chez elle sans même avoir fini son petit déjeuner. Ou plutôt depuis qu'elle l'a mis à la porte sans lui laisser le temps de finir son bol de céréales et sans la moindre explication.

Cette première nuit chez elle s'était pourtant bien passée ; du moins, c'est ce qui lui semblait. Enfin, elle l'avait accueilli dans son univers, et c'était pour lui une véritable preuve d'amour. Il était entré dans l'appartement le cœur battant, avait discrètement inspecté les lieux du regard, attentif à la décoration, aux objets. Le salon et la cuisine étaient très encombrés, et Rebecca s'était joyeusement excusée : « Je suis loin d'être une fée du logis… » Nulle part il n'avait pu déceler la présence ou le passage d'un autre homme que lui. Rien qui puisse alimenter des soupçons qui lui paraissaient désormais infondés ; Selim et sa femme faisaient complètement fausse route ! Plus tard dans la soirée, quand Rebecca s'était absentée de la chambre pour aller aux toilettes, Benjamin avait discrètement ouvert les tiroirs de sa commode et la porte de sa penderie. Juste pour être sûr. Il n'y avait que des vêtements de femme ; de quoi se sentir à la fois immensément soulagé et un peu stupide, il devait bien le reconnaître !

Au matin, elle s'était levée pour aller prendre une douche, lui avait dit qu'il pouvait faire comme chez lui, qu'il y avait du jus d'orange au réfrigérateur et du thé dans le placard. Benjamin s'était étiré, avait savouré le bonheur tout simple de se trouver chez Rebecca. Quand il avait entendu, quelques minutes plus tard, l'eau couler dans la salle de bains, il avait hésité à rejoindre la jeune femme. Il avait finalement enfilé son jean, et était allé se préparer un thé. Avait profité d'être seul pour explorer encore plus le salon du regard, pour s'imprégner de l'univers de Rebecca. Il n'avait pu s'empêcher d'entrebâiller la porte de la seconde chambre de l'appartement, était tombé sur une lessive en train de sécher – uniquement des vêtements féminins, encore une fois – et une pile de cartons de déménagement encore intacts. Sur le coussin posé devant le rebord de la fenêtre, un chat noir qui se prélassait. Comment avait-elle dit qu'il s'appelait, déjà ? Sushi, oui, c'est ça. « Il s'appelle Sushi, ne te moque pas, ce n'est pas moi qui ai choisi son nom… Ce n'est même pas mon chat, à vrai dire », avait commenté Rebecca en remplissant sa gamelle de croquettes.

De retour à la cuisine, Benjamin avait ouvert quelques placards jusqu'à tomber sur celui où était entreposée la nourriture. Sa main s'était emparée d'un paquet de biscuits neuf, avant de le reposer pour plutôt attraper un sachet de céréales entamé. Des Frosties, ses préférées.

Il s'était installé sur une des chaises de bar, avait commencé à mâchonner les pétales de maïs en contemplant d'un air distrait la porte du réfrigérateur gris en face de lui. Aimanté dessus, uniquement un bon de réduction pour les produits bio du supermarché le plus proche. Rien d'autre. Pas de liste de courses, pas de planning, pas de pense-bête pour un rendez-vous médical à venir. Contrairement au frigo de sa sœur, pas de magnets aux couleurs vives, pas de photos, et surtout, pas le moindre dessin d'enfant.

Les sourcils froncés, il avait à nouveau fait le tour du salon du regard. Aucun tableau au mur, aucun cadre, aucun cliché. Aucun livre d'enfants dans la bibliothèque, aucune petite voiture oubliée sur la table basse, aucun jouet par terre. Aucun blouson miniature accroché au portemanteau, aucune paire de petites chaussures dans l'entrée. Quelque chose, dans ce décor presque impersonnel, coinçait. En additionnant deux et deux, on trouvait toujours quatre. Alors que pouvait-il conclure du fait que l'appartement sans âme de Rebecca semblait dépourvu de toute trace d'enfant ? Il avait tressailli : uniquement des habits de femme sur l'étendoir à linge. Ce qui, quelques minutes plus tôt, l'avait rassuré lui faisait à présent craindre le pire. Il avait repensé aux idées farfelues de Selim, à la mine contrite d'Émilie. Est-ce que Rebecca lui mentait depuis le début ? Était-il possible qu'elle se soit inventé un fils ? Pour justifier de n'être disponible que la moitié du temps et ne pas éveiller ses soupçons ? Pour se laisser la possibilité de mener une double vie ? Et si rien n'était vrai, dans tout ce qu'elle lui avait dit depuis le premier jour ? Et si elle n'était qu'une mythomane, une déséquilibrée qui l'avait baladé par le bout du nez, tout heureux qu'il était de retomber amoureux ?

Quelque chose clochait depuis leur rencontre. Il n'avait pas voulu faire confiance à son instinct, il n'avait pas voulu voir les signaux, les détails étranges, les non-dits. La façon qu'elle avait de surtout ne jamais trop en dévoiler sur elle, de rester mystérieuse. De parvenir, pourtant, à tout savoir de lui, sans doute pour mieux le cerner et le berner.

Soudain, il avait frissonné. Avait senti son estomac se nouer.

Puis Rebecca était entrée dans la cuisine, une simple serviette enroulée autour d'elle. Elle avait les cheveux trempés, en bataille. Elle lui avait souri, avait paru un peu étonnée de le trouver là, comme si elle avait déjà oublié qu'il avait passé la nuit chez elle.

Encore sidéré, Benjamin avait cherché ses mots, avait tenté de démêler le flux de ses pensées et de ses doutes pour questionner Rebecca de manière cohérente. Il devait lui demander pourquoi il n'y avait pas la moindre trace de son fils dans cet endroit ; voilà, c'était simple. Mais le temps que son cerveau parvienne à cette conclusion, tout avait déraillé, sans raison apparente. Rebecca s'était soudain figée. Son regard s'était durci.

— Je crois qu'il vaut mieux que tu t'en ailles, avait-elle lancé en croisant les bras sur sa poitrine.

Des gouttelettes d'eau perlaient de ses cheveux humides, se posant avec délicatesse sur ses épaules nues. Benjamin avait eu du mal à déglutir, comme si les céréales qu'il venait d'avaler se transformaient brusquement en une masse compacte dans son œsophage.

— Pourquoi ? avait-il bredouillé, interloqué.

— Je veux juste que tu partes, d'accord ? avait rétorqué Rebecca en s'efforçant de ne pas croiser son regard.

Elle avait fait quelques pas vers la porte d'entrée, comme pour lui montrer le chemin. Benjamin s'était levé de son siège, avait tenté de s'approcher d'elle, mais elle s'était instinctivement reculée.

— Parle-moi… Explique-moi, avait-il assené d'un ton froid, lui-même envahi par une colère sourde à l'idée d'avoir été dupé.

Elle s'était contentée de secouer la tête, les mâchoires serrées. Abasourdi, Benjamin avait fini par attraper sa veste en cuir et par déguerpir sans se retourner. Il avait dévalé les quatre étages jusqu'au rez-de-chaussée de l'immeuble, avait senti une rage diffuse grandir en lui.

Rage qui ne l'a pas quitté depuis la veille.

Tout est tellement compliqué, avec cette fille. Selim lui dirait de prendre ses jambes à son cou, s'il se confiait à lui.

Tout est tellement compliqué, et surtout, il est désormais incapable de savoir ce qui est réel et ce qui ne l'est pas. Qui est Rebecca ? Il n'en a pas la moindre idée, et il n'est même plus sûr d'avoir envie de le découvrir. Les gens les plus fous sont ceux qui ont l'air les plus normaux. Les gens les plus dangereux sont ceux qui ont l'air les plus inoffensifs. C'est ce qu'on apprend dans tous les faits divers. Les explications les plus simples sont toujours les bonnes. S'il n'y a pas la moindre trace d'un enfant chez Rebecca, c'est qu'elle n'a pas de fils. Ou qu'il n'habite pas là. Ou qu'*elle* n'habite pas là, et que cet appartement lui sert seulement de pied-à-terre. De garçonnière pendant qu'elle mène ailleurs une vie d'épouse fidèle et rangée, avec son Louis. Dans tous les cas, la conclusion est la même : elle lui a menti. Et pas qu'un peu. Il lui a accordé sa confiance et elle l'a piétinée sans vergogne.

Il a voulu croire à quelque chose qui n'a probablement jamais existé, et il se sent pathétique d'avoir pu imaginer qu'il avait trouvé quelqu'un qui lui correspondait.

Évidemment, elle n'a pas cherché à le contacter. Encore moins à s'excuser de son comportement irrationnel. Benjamin s'est repassé le film de la soirée, essayant de déterminer s'il devait se sentir coupable de quoi que ce soit. S'il avait eu un geste déplacé, une parole malheureuse. Il n'a rien trouvé à se reprocher, et le silence de Rebecca n'a fait que renforcer son amertume. C'est elle qui se fiche de lui et c'est lui qui devrait trinquer. S'excuser, peut-être même.

Pour une fois, il n'a même pas envie de l'appeler ou de lui envoyer un message.

Et pourtant, quand on frappe à sa porte en fin de journée, au moment où il essaye en vain de se concentrer sur la traduction d'un jeu vidéo de football qu'il doit rendre le lendemain, il ne peut s'empêcher d'espérer que ce soit elle, qu'elle n'ait pas disparu pour de bon. Lorsqu'il la découvre sur le pas de la porte, la mine à la fois sombre et penaude, il s'efforce de rester impassible. Ne l'invite pas à entrer chez lui, ne prononce pas un mot, se contente de hausser les sourcils d'un air interrogateur. Hors de question de l'aider, qu'elle se débrouille toute seule, après tout.

Elle danse d'un pied sur l'autre, sourit d'un air embarrassé.

— Est-ce que je peux entrer ?

— Si tu veux, rétorque Benjamin sans enthousiasme.

Il s'écarte pour la laisser passer, referme la porte derrière elle, puis s'y adosse. La dévisage, attend qu'elle s'explique. Si ça se trouve, elle n'est venue que pour lui dire que tout est fini entre eux.

Elle paraît désarçonnée qu'il reste délibérément dans l'entrée de l'appartement, comme pour lui signifier que la conversation ne va, de toute façon, pas durer bien longtemps. Qu'est-ce qu'elle croit ? Qu'il est à ses pieds, prêt à accepter toutes ses sautes d'humeur ? Qu'il n'attend qu'un mot d'elle pour pardonner le comportement qu'elle a eu ? Qu'il peut fermer les yeux sur ce qui n'est certainement que balivernes depuis le début ?

— Hier matin, tu as mangé les céréales de mon fils.

Rebecca parle avec lenteur, comme si chaque mot était douloureux. Benjamin lève les yeux au ciel.

— Ton fils ? Celui qui ne vit même pas avec toi ? Non, parce qu'il faudrait arrêter de me prendre pour un imbécile, à un moment. Je suis gentil, mais pas idiot.

Rebecca a un mouvement de recul, paraît déboussolée. Benjamin reste adossé contre la porte d'entrée ; hors de question qu'elle s'enfuie sans qu'ils soient allés au bout de cette conversation. C'est trop facile de se volatiliser dès qu'on se sent mal à l'aise. Cette fois-ci, il compte bien dire ce qu'il a à dire.

— Tu crois que je n'ai pas remarqué qu'il n'y avait aucune photo, aucun jouet, dans ton appartement ? Et dans ta seconde chambre, il n'y a même pas un lit. Rien. Alors quoi ? Tu mènes une double vie et tu pensais que je ne m'en rendrais jamais compte ?

La colère qui couve en Benjamin depuis deux jours déferle, mêlée de rancœur et de chagrin.

Rebecca pose la main contre le mur, comme si elle luttait pour ne pas vaciller. Un silence lourd s'installe. Benjamin attend, le regard dur. La jeune femme semble se décomposer. Au bout de ce qui paraît être une éternité, elle reprend la parole.

— Hier matin, tu as mangé les céréales de mon fils, répète-t-elle, hagarde.

Benjamin se retient de siffler un « Et alors ? » mauvais. Comment peut-elle se focaliser sur une poignée de Frosties même plus croustillantes alors qu'il lui parle de ses mensonges ? Si c'est la seule chose qui lui importe, il ira lui en acheter un nouveau paquet !

Enfin, elle lève les yeux vers lui, et il remarque qu'ils sont emplis de larmes encore contenues.

— Ça fait bientôt un an que je garde ce paquet au fond d'un placard.

Ce qui explique que les céréales soient toutes molles, songe-t-il, soudain perplexe.

— Je ne l'ai pas touché depuis que Solal est mort.

Elle répète, tout doucement, presque en chuchotant tant les mots qu'elle prononce lui arrachent le cœur.

— Mon petit garçon est mort.

25

Jeudi 9 mai 2019
347 jours après *le-jour-où*

— Qu'est-ce qui vous plaît, chez cet homme ?

Voilà, c'est typiquement le genre de questions auxquelles Rebecca n'a pas la moindre réponse. Elle n'a pas l'habitude de s'extraire du présent de cette manière, de théoriser ce qu'elle ressent ou non… Est-ce qu'on se demande pour quelle raison on s'entend bien avec telle ou telle personne ? Pour quelle raison on préfère le bleu au rouge ?

Qu'est-ce qu'elle aime chez Benjamin ? Une somme de petits riens qui la touchent, qui l'émeuvent malgré elle. Sa façon de la regarder avec une intensité rare, sans jamais détourner les yeux. La manière qu'il a eue, la toute première fois, de se pencher vers elle non pour l'embrasser, mais pour respirer l'odeur au creux de son cou, profondément, comme pour apprendre à la reconnaître les yeux fermés. Le fait qu'il n'hésite jamais à lui dire quand il a peur ; qu'il ne dissimule pas ses émotions même quand ça pourrait le faire paraître fragile. Le sentiment étrange qu'elle a eu de *reconnaître* son corps, la première nuit, comme s'il lui était déjà *familier*. La manière qu'il a de caresser sa peau comme si son corps à elle était *précieux*. Sa façon d'insister pour porter ses sacs de courses quand ils vont faire les magasins, ce côté gentleman qui lui paraît à la fois charmant et complètement désuet. Le fait qu'ils puissent rester ensemble des heures sans rien dire. La liste de ces petits riens pourrait être très longue, en vérité…

— Il y a sa façon de manger une pizza, finit par dire Rebecca quand elle revient à la réalité.

Sophie de Leyret ne masque pas son étonnement devant cette réponse pour le moins inattendue.

— Il commence par couper le bord, et il mange ce tour de cercle en premier, jusqu'à ce qu'il ne reste que le cœur de la pizza, vous voyez ? Il dit qu'on lui a appris à toujours commencer par ce qu'on aime le moins. Pour éviter le gâchis. Pour garder le meilleur pour la fin. Pour faire d'abord le plus dur, en quelque sorte…

La psychiatre hoche la tête, visiblement perplexe.

— Et… ça, ça vous plaît ? interroge-t-elle.

— Ça peut paraître étrange, mais je trouve ça terriblement attendrissant. Vous pensez qu'on peut tomber amoureux de quelqu'un juste à cause de sa façon de manger une pizza ? Ça n'a aucun sens, j'imagine…

Sophie de Leyret ne manque pas de remarquer le sourire qui étire les lèvres de sa patiente chaque fois qu'elle mentionne cet homme. Le genre de sourire un peu niais, impossible à contrôler, qui ne trompe pas.

— Je pense qu'on peut être séduit par quelqu'un pour tout un tas de raisons. Parce qu'une voix nous fait chavirer, parce qu'un regard nous désarçonne, parce qu'une démarche nous impressionne… Il n'y a pas de raison qui ait plus de sens qu'une autre, en amour. Être attiré par quelqu'un ne pourra jamais se résumer à une liste de critères objectifs et rationnels…

Les épaules de Rebecca s'affaissent d'un seul coup, comme si les paroles rassurantes de la psychiatre venaient de lui ôter un poids.

— Malgré tout, si je puis me permettre, ce qui me paraît le plus intéressant dans ce que vous venez de dire, c'est que vous pensez être « tombée amoureuse ».

Rebecca sent le coup fourré. Elle a beau se répéter, avant chaque séance, qu'il est important de peser chaque terme qu'elle va employer, Sophie de Leyret parvient toujours à la prendre au dépourvu et à appuyer là où ça dérange.

— Ce n'est pas vraiment comme ça que j'ai formulé les choses... Benjamin m'attire, oui. Évidemment. Je suis bien avec lui, et sans doute qu'il compte pour moi plus que je ne l'aurais anticipé quand je l'ai rencontré ; mais de là à dire que je suis *amoureuse* de lui...

Sophie de Leyret lève les yeux au ciel. Chaque fois que Rebecca fait un pas en avant, elle recule aussitôt, comme effrayée par ce qu'elle ressent.

— Vous êtes attachée à lui, non ? demande-t-elle d'un ton un peu péremptoire.

Rebecca soutient le regard de la psychiatre, sent qu'elle ne peut pas tourner autour du pot indéfiniment.

— Oui. Je tiens à lui. Mais ça ne change rien au fait que je suis démolie. Que je suis morte. À l'intérieur, je suis *morte*.

Sophie de Leyret note quelques mots sur son carnet, et Rebecca essaye en vain de déchiffrer les syllabes à l'envers. Sans doute écrit-elle que sa patiente en est toujours au même point depuis des mois. Rebecca sent un début de colère se diffuser en elle : qu'est-ce qu'elle croit, cette psy, qu'en un claquement de doigts, tout pourrait s'arranger ? Rien ne va s'arranger. Rien. Benjamin n'est rien de plus qu'une parenthèse, une *diversion*.

— Personne ne pourra jamais effacer le fait que je suis coupable. Coupable de ne pas avoir protégé Solal. De ne pas avoir protégé Louis non plus, en un sens. J'ai eu beau lui tendre la main et l'aimer plus que tout, ça n'a pas suffi. *Je* n'ai pas suffi.

Les mains de Rebecca se mettent à trembler, comme chaque fois qu'elle mentionne Solal ou Louis. Elle croise les bras pour dissimuler son émotion, déteste ce corps qui la trahit en permanence.

— Personne ne va me sauver, vous comprenez ? Ni vous ni Benjamin. Si je viens vous voir depuis près d'un an, c'est uniquement pour tenir, pour ne pas flancher ; vous le savez pertinemment, j'ai été honnête dès le début.

— Je n'ai jamais dit le contraire. Je ne vous sauverai pas, c'est une évidence. Et Benjamin non plus, c'est une évidence aussi.

Rebecca acquiesce, comme rassérénée. Enfin, la psychiatre se range de son côté.

— Mais je pense qu'il pourrait vous donner l'envie de vous sauver vous-même… Après tout, vous lui avez ouvert votre cœur, en lui avouant que Solal est mort. Vous avez fait un pas vers lui, vous avez eu envie, d'une certaine manière, de lui accorder votre confiance, vous ne pouvez pas le nier.

— Je ne lui ai rien raconté…, proteste Rebecca d'une voix triste.

— Je sais. Mais vous avez fait un pas.

PASSÉ

26

Mercredi 13 juin 2018
17 jours après *le-jour-où*

L'enterrement de Solal a eu lieu il y a quinze jours. Du moins, c'est ce que le calendrier indique, car Rebecca vit dans une sorte de sombre nuage cotonneux, où tout est flou, où il ne semble plus y avoir aucune frontière tangible. Comme si le monde réel n'existait plus tout à fait. Elle passe ses journées allongée dans l'herbe du jardin de ses parents, à regarder le ciel trop bleu sans le voir. Un ciel aussi limpide devrait être interdit, voilà le seul semblant de pensée qui parvient à émerger du brouillard dans lequel elle est plongée depuis *le jour où*.

D'ailleurs, le 27 mai, il faisait beau. Atrocement beau. On imagine toujours la mort des autres un jour de pluie ou de ciel morne, un jour humide et froid. Comme si la météo se mettait au diapason de nos émotions. Solal est mort un jour où le soleil brillait si fort qu'il devait y avoir une file d'attente de plusieurs mètres chez son glacier préféré, celui sur la digue. Chaque fois que Rebecca l'emmenait se promener et choisir un cornet de glace, le petit garçon restait indécis devant les dizaines de bacs colorés qui lui faisaient tous plus envie les uns que les autres. « Choisis, mon cœur, il y a des gens qui attendent derrière nous ! », le pressait-elle en souriant.

Elle prenait toujours menthe-chocolat. Invariablement, parce que c'était son parfum préféré.

Solal, lui, ne choisissait jamais deux fois la même glace, même s'il avait un faible pour le citron vert. Il voulait tester tous les goûts, des plus communs aux plus farfelus, de la banale vanille à l'étrange glace au thym. « Tu n'auras pas assez de toute une vie pour tous ces parfums, il y en a tellement ! » plaisantait Rebecca chaque fois, un mouchoir à la main pour essuyer le petit menton dégoulinant et les menottes poisseuses.

Il n'aura pas eu assez de toute sa vie. Il y avait encore tellement à découvrir. Noisette, réglisse, coquelicot. Cacahuète, *dulce de leche*, litchi. Pain d'épice, verveine, nashi.

Elle ne se rappelle même plus quel parfum il a pris en dernier.

En dernier. Ces deux mots lui donnent la nausée, et ses doigts se referment sur deux poignées d'herbe qu'elle arrache sans même y penser.

C'était peut-être bien mandarine.

Elle ne sait pas pourquoi son cerveau s'acharne sur cette question idiote. Qu'est-ce que ça peut bien faire de savoir à quoi était la dernière glace de Solal, puisqu'il est mort ?

Mort, mort, mort, mort. Syllabe qui ne fait toujours pas sens. Absent, oui. Mort, non.

On ne meurt pas à quatre ans, ce n'est pas vrai. On ne meurt pas avant d'avoir commencé à vivre, impossible.

Et surtout, on ne meurt pas avant d'avoir pu goûter tous ces putains de parfums de glace.

— Tu ne veux pas manger un petit quelque chose ? J'ai fait une salade de pâtes…, propose sa mère depuis la porte-fenêtre du salon, comme si elle n'osait même pas venir dans le jardin et s'approcher de sa fille.

Rebecca secoue la tête, mais est incapable de savoir si le mouvement qu'elle a esquissé est réel ou imaginaire. Prononcer le moindre mot est impossible, ça exigerait un effort physique insurmontable.

De toute façon, Solal n'aurait pas voulu de la salade de pâtes de sa grand-mère, lui non plus. Elle met toujours les mêmes ingrédients, dedans. Truite fumée, avocats, tomates confites, feta. Il n'aurait mangé que les pâtes et le fromage, c'est certain. Rebecca aurait râlé pour la forme, pour que ses parents ne lui reprochent pas d'être laxiste, eux qui ont toujours été tellement stricts. Dès qu'ils auraient eu le dos tourné, elle aurait piqué avec sa fourchette les morceaux de truite et d'avocat dans l'assiette de Solal pour ne pas qu'il se fasse gronder par son grand-père.

Solal aurait pouffé de rire en mettant la main devant la bouche, ravi de partager ce petit secret avec sa mère. En fermant les yeux, Rebecca entend son joli rire cristallin ricocher sur les parois de son crâne.

Solal n'éclatera plus jamais de rire.

Et le ciel continue d'être bleu.

Et le soleil continue de briller. De la *narguer*. De piétiner son chagrin.

Regarde comme le monde continue de tourner alors que pour toi tout s'est figé.

Regarde comme il continue à faire beau et chaud, alors qu'à l'intérieur, tu es tellement glacée.

Regarde bien.

Sa mère insiste. Son père lui dit de laisser tomber, si elle n'a pas faim, elle ne va pas se forcer. Ils discutent quelques instants à voix basse, Rebecca ne distingue pas leurs paroles ; c'est comme si elle flottait au-dessus de son corps. Elle est là sans être là.

Et sans doute ne sera-t-elle plus jamais là, d'ailleurs.

Sa mère s'inquiète des médicaments qu'elle ingurgite, alors même que c'est elle qui l'a traînée chez le médecin, juste avant l'enterrement de Solal.

Rebecca s'est montrée docile. Elle a pris l'ordonnance, a murmuré « Merci ». Quand son père lui a rapporté les boîtes de cachets sur lesquelles la pharmacienne avait consciencieusement écrit la posologie, elle a répété « Merci. »

Elle en prend un peu plus qu'elle ne devrait, sans doute. Le Xanax l'enveloppe, la fait sortir d'elle-même, comme si elle était morte, comme si plus rien n'avait d'importance. Dès que l'effet s'estompe, elle en reprend un. Ne surtout pas atterrir. Le visage et la voix de Solal sont avec elle en permanence, comme ça. Le chagrin, la colère, le désespoir sont un peu muselés.

Le cercueil était minuscule.

C'est tout ce dont elle se souvient des funérailles qu'elle n'a même pas organisées.

Il lui semble avoir mentionné à ses parents qu'elle voulait que Solal soit incinéré, qu'il était hors de question d'enfermer son petit corps dans une boîte en bois et de le voir s'enfoncer sous terre. Mais ils ne l'ont visiblement pas écoutée. Ou peut-être les mots n'ont-ils en réalité jamais franchi ses lèvres, elle n'en a aucune idée.

Ils se sont occupés de tout. Ils continuent de le faire. Elle occupe la chambre dans laquelle elle dormait, enfant. Elle obéit, amorphe. Se complaît dans les sables mouvants des anxiolytiques. Se réveille chaque matin en se demandant où elle se trouve, où Solal se trouve.

Solal est mort.

Dès que ces trois mots éclatent dans son esprit, elle attrape la plaquette de comprimés sur la petite table de chevet, détache deux cachets en tremblant, fébrile.

Les avale sans la moindre gorgée d'eau, se rallonge et serre les dents et les poings jusqu'à ce que ses muscles se détendent malgré elle.

La douleur est telle qu'elle ne la sent même plus. Comme lorsque enfant, elle s'amusait à mettre ses mains dans les rangées de congélateurs du supermarché jusqu'à avoir mal aux doigts. Jusqu'à ce qu'ils s'engourdissent et qu'elle ne sente plus ses mains.

La douleur est telle qu'elle ne la sent plus.

Les Xanax passés, ne reste que le gouffre sans fond du manque et de l'incrédulité.

Si elle avait eu la force de lutter, elle aurait dit à ses parents qu'elle voulait à tout prix voir le corps de son petit garçon, elle ne les aurait pas laissés décider pour elle de ce qui était bon ou pas. Parce que peut-être que si elle avait vu Solal – inerte, froid –, elle aurait pu croire à sa mort.

« Son corps est trop abîmé, son visage est méconnaissable », avait chuchoté son père, sans parvenir à ne serait-ce que croiser son regard.

« Ça n'apportera rien de bon, mieux vaut que tu gardes une belle image de lui », avait déclaré sa mère, les yeux rougis.

Rebecca avait avalé trois cachets, avait cédé.

Et maintenant, il était trop tard pour s'assurer que ce grotesque petit cercueil n'était pas vide quand il était descendu dans le trou bétonné. Trop tard.

On lui avait rendu sa gourmette en or blanc, celle qu'il ne quittait jamais, même pour aller à l'école, même si Louis n'était pas d'accord pour qu'il porte ce bijou en classe. « Tu risques de la perdre ou de te la faire voler », marmonnait-il sans pour autant prononcer une interdiction formelle.

La gourmette était intacte, *elle*.

Pas une griffure, pas une pliure, alors que Solal était méconnaissable.

Rebecca sent que quelque chose en elle se fissure un peu plus chaque jour. À l'intérieur, elle est exsangue, brisée et épuisée par les sanglots. À l'extérieur, rien ne transparaît ; elle n'a même plus la force de verser une larme.

Solal est mort.

Elle s'efforce de se le répéter encore et encore.

Pour tenter d'y croire.

27

Jeudi 21 juin 2018
25 jours après *le-jour-où*

— J'ignore si j'ai bien fait de venir, j'hésite depuis plusieurs semaines déjà… Je ne voulais pas remuer le couteau dans la plaie, et en même temps, je crois que ça aurait été important pour Solal, alors voilà…

Devant la porte d'entrée de la maison des parents de Rebecca, l'institutrice de maternelle danse d'un pied sur l'autre, embarrassée comme jamais. Pendant ses études, personne ne lui avait appris comment s'adresser à une mère dont le petit garçon vient de mourir. Elle tend un sac en papier kraft à Rebecca, dans un geste aussi brusque que maladroit, comme si elle était soudain pressée de s'en débarrasser et de tourner les talons.

— Les autres enfants avaient récupéré le leur quelques jours *avant*, mais comme ce n'était pas votre semaine de garde à ce moment-là, j'avais conservé le sien…

Rebecca se tient au chambranle de la porte pour ne pas vaciller. La sonnette l'a tirée de sa torpeur, et elle est éblouie par le soleil de plomb. Alors il fait jour, constate-t-elle en levant des yeux vides vers le ciel. Son regard revient à Laura, « madame Laura » comme doivent l'appeler les enfants à l'école. Dans un mouvement lent, elle s'empare du sachet, mais ne cherche même pas à regarder à l'intérieur.

— Merci.

Elle dit merci par habitude, maintenant.

Plus rien n'est *important*, de toute façon.

— Solal s'est beaucoup appliqué pour la décoration… Il adore la peinture, ajoute Laura avant que le rouge ne lui monte aux joues.

Les deux femmes échangent un regard qui en dit long. Nul besoin de mots pour savoir qu'elles pensent la même chose au même instant. Solal *adorait* la peinture.

Solal ne sera plus jamais le sujet d'une phrase au présent, encore moins au futur. Il est condamné à l'imparfait, pour l'éternité.

Face au silence qui se prolonge, épais comme un brouillard en rase campagne, l'institutrice recule d'un pas. C'est presque imperceptible, sans doute involontaire, mais Rebecca s'en rend compte malgré tout.

— Merci, répète-t-elle, comme si elle ne connaissait aucun autre mot, comme si tout son vocabulaire s'était asséché.

Laura comprend qu'elle a l'autorisation implicite de battre en retraite. Elle semble vouloir ajouter quelque chose, un « Bon courage », sans doute, mais se retient, tant les mots doivent lui paraître insuffisants. Rebecca referme la porte, se dirige à pas lourds vers le jardin. Une fois allongée dans le transat de son père, elle ouvre le sac en kraft, retire le papier de soie blanc qui sert d'emballage cadeau.

C'est une tasse en verre transparent, décorée de lignes et de points de peinture laborieusement tracés à la main. Du bleu marine et du bleu pastel en alternance : ses couleurs préférées. Une feuille est roulée dans la tasse ; c'est un poème photocopié. En haut, Solal a écrit en lettres majuscules rose bonbon : « BONNE FÊTE MAMAN ».

La tasse devient soudain si lourde qu'elle lui échappe des mains. Elle tombe dans l'herbe sans un bruit, et la jeune femme ne fait pas l'effort de la ramasser.

Les tablettes de Xanax sont en haut, dans sa chambre. Si loin, alors qu'elle a tellement besoin de rester anesthésiée. Elle ferme les yeux un instant, s'agrippe aux bords du transat comme si elle se trouvait dans un canot de sauvetage perdu en plein océan. Terrorisée. Submergée.

Elle demeure comme ça longtemps, crispée jusqu'à être vidée du peu de force physique qui lui reste. Et quand elle rouvre les paupières, la frayeur a disparu. À tâtons, elle cherche la tasse de la main, la ramasse et la pose sur son ventre.

L'institutrice aurait tout de même pu laisser à Solal le plaisir de lui offrir son cadeau ; il aurait été tellement ravi de lui tendre le sachet en sautillant autour d'elle.

« Devine ce que c'est, maman ! C'est moi qui l'a fait tout seul, en plus ! » se serait-il exclamé, tout excité. Rebecca l'aurait repris avec tendresse – « c'est moi qui l'*ai* fait, mon chéri »... Il aurait froncé les sourcils, interloqué. « Mais non, maman, ce n'est pas toi qui l'as fait, puisque c'est moi ! »

Elle aurait ri, amusée. Elle se serait extasiée sur la tasse et Solal aurait rougi de fierté. Elle ne l'aurait jamais mise au lave-vaisselle, de peur que la peinture ne s'effrite puis ne disparaisse.

Quel dommage, vraiment, que Mme Laura n'ait pas pu attendre qu'il revienne, et qu'elle ait jugé bon de venir lui donner ce cadeau elle-même. Mais elle ne peut sans doute pas lui en vouloir, après tout.

Solal va revenir, elle le sait même si elle n'en parle à personne, évidemment. Bientôt. Ce n'est qu'une question de temps. Tous les soirs, avant de sombrer dans un sommeil artificiel, Rebecca visualise la scène des retrouvailles. La sonnette de la porte d'entrée qui retentira au moment le plus inattendu, son petit garçon qui se tiendra sur le pas de la porte, tout sourire. Avec le petit sac à dos qui ne contient que sa peluche éléphant et sa luciole phosphorescente. Il lui sautera dans les bras, comme tous les dimanches soir des semaines impaires.

Comme si tout était normal.

Elle plongera le nez au creux de son cou pour sentir son odeur sucrée.

Cette scène est si vivace dans son esprit qu'elle ne peut qu'être prémonitoire. Peu importe qu'elle ne se trouve même pas chez elle, ce n'est qu'un détail. Dans leur maison, à quelques kilomètres de là à peine, le lit de son fils est toujours prêt à l'accueillir ; elle venait juste de changer les draps, d'ailleurs. Elle avait mis la housse de couette avec la grande fusée rouge, avait acheté une barquette de fraises pour le dîner du dimanche soir, avait branché sa brosse à dents électrique dans la salle de bains, avait sorti son pyjama d'été. Elle avait reposé sur la table de chevet de Solal sa petite boîte à musique ; il avait l'habitude de s'endormir en la prenant dans son lit, en la mettant juste à côté de son oreille pour écouter la mélodie métallique de *Come Together*.

Tout était prêt.

Tout est encore prêt.

Ce n'est donc qu'une question de temps et de foi.

28

Samedi 2 février 2019
251 jours après *le-jour-où*

Les souvenirs la submergent sans arrêt. Ils arrivent par vagues, ou en rafales, s'imposent à son esprit sans qu'elle parvienne à lutter. Le déferlement est parfois si intense qu'elle a le sentiment que ce qui reste encore de son cœur va imploser, être pulvérisé. Les images, le son de la voix de Solal, son rire, son odeur, la laissent exsangue, chaque fois, comme si elle venait de courir un marathon.

Elle a acheté un carnet Moleskine, un de ceux qui lui servent d'habitude à prendre des notes pour ses romans, et elle consigne tout ce qui appartient désormais au passé. Par peur d'oublier, de peur que les couleurs ne s'affadissent, que les sons ne deviennent étouffés. Elle note, griffonne, presque fiévreuse, pour lutter contre le temps qui va forcément tout polir et ternir.

Solal âgé de quelques semaines, qui s'endormait au son de l'aspirateur. Il pouvait hurler durant des heures, dès que la nuit commençait à tomber, sans que rien parvienne à le consoler. Jusqu'à ce qu'un soir, Louis passe l'aspirateur et que le bébé se calme instantanément. Rebecca avait pris l'habitude de simplement brancher l'appareil et de le laisser tourner pour que leur fils s'apaise.

Son air réjoui quand on lui soufflait tout doucement sur le visage ; sa façon d'écarquiller les yeux quand elle sortait le balader en porte-bébé, le premier hiver. La manière dont il se tenait, au tout début, quand on le posait sur le ventre : il se cambrait, les bras en arrière le long du corps, et Rebecca l'appelait « mon petit pingouin ».

La façon dont il dansait en grimpant sur les pieds de Rebecca et en s'agrippant de toutes ses forces à ses cuisses. Tous les deux s'époumonaient sur cette chanson de Demis Roussos – comment s'appelait-elle déjà, ah oui, *Quand je t'aime.* « J'ai l'impression d'être un roi », hurlait l'enfant, ravi, sans même comprendre les paroles.

Les soirées crêpes qui se terminaient toujours de la même façon, avec Solal qui réclamait invariablement : « Maman, tu me fais une crêpe en forme de S ? » Cette dernière crêpe étrange, qu'il gardait toujours pour le petit déjeuner du lendemain. La façon qu'il avait de se réveiller et de demander, inquiet : « Personne n'a mangé mon S dans la nuit, hein, maman ? »

La photographie que Rebecca prenait de lui assis dans l'escalier de leur maison, une fois par mois. Toujours au même endroit, pour le voir grandir au fil des clichés. Son air boudeur quand il avait décidé qu'il préférait de très loin jouer avec ses petites voitures plutôt que venir s'asseoir faire un sourire.

Les tomates cerises qu'il adorait tellement qu'il fallait veiller à les laisser sous Cellophane pour éviter qu'il ne les grappille toutes en catimini en une soirée. Sa mauvaise foi quand Louis demandait d'un air circonspect où avait pu disparaître la moitié de la barquette neuve.

Les mots d'enfant qu'elle consignait dès qu'elle y pensait, pour ne pas oublier les perles qu'il pouvait prononcer. « Spider-Man » était un mot trop compliqué pour lui, il s'acharnait à articuler « Peter-Marde » d'un ton déterminé. Le « caca de taupe », bien plus facile à énoncer que « ketchup » ; Rebecca avait même une petite vidéo où elle demandait à Solal : « Tu voudrais manger des frites avec quoi ? » et où lui s'exclamait, presque victorieux : « Du caca de taupe ! »

L'imagier de la nuit qu'elle lui lisait régulièrement, quand il était plus petit. Dès qu'ils arrivaient à la double page où il y avait un clair de lune dans le ciel, il s'écriait « Banane ! », persuadé que c'était un fruit qui flottait au milieu des étoiles.

Tout la ramène à Solal, tout. Il n'y a pas un instant où elle ne pense pas à lui, depuis huit mois qu'il est absent. *Mort*, chuchote la petite voix dans sa tête, celle qui refuse que Rebecca déraille complètement en continuant de fantasmer un retour qui ne se produira jamais.

Elle en vient à haïr cette ville de Normandie qui l'a vue naître et où elle a passé sa vie, parce que chaque endroit lui fait penser à son petit garçon. L'école et ses grilles rouge vif auxquelles il se cramponnait pour lui réclamer un dernier baiser avant qu'elle ne le laisse pour la journée. Le square à quelques rues de là, dans lequel ils pique-niquaient de temps à autre aux beaux jours, pieds nus dans l'herbe. La bibliothèque où Solal entrait systématiquement en claironnant un « Bonjour » tonitruant, ne comprenant pas qu'il n'était pas censé faire autant de bruit.

Et puis la mer, bien sûr.

La mer.

Les châteaux de sable, les circuits pour les billes. Les sauts dans les vagues, main dans la main. Les brassards orange vif, le petit maillot de bain rouge. Les goûters assis sur la serviette en contemplant, en silence, l'eau au loin. Les petits crabes qui faisaient son plus grand bonheur, qu'il attrapait et observait tout l'après-midi dans son seau rempli d'eau. Les coquillages ramassés, qui finissaient toujours au fond de la poubelle quelques jours après. La façon dont il grelottait et claquait soudain des dents quand la baignade avait été un peu trop longue. Le petit corps emmitouflé dans un peignoir trop grand pour lui, les gouttes d'eau salée qui perlaient sur son visage comme des larmes.

La mer, c'est peut-être bien le pire. L'endroit honni que Rebecca évite désormais à tout prix. Jamais plus elle ne remettra les pieds sur cette plage, et peut-être bien qu'elle ne remettra jamais les pieds sur aucune plage, d'ailleurs. La mer sera toujours liée à Solal.

Voilà pourquoi elle a pris la décision de partir de cette ville. C'est sans doute le seul choix qu'elle ait fait depuis la mort de son fils.

Partir. Déménager loin d'ici. Tout quitter.

Fuir, fuir, fuir.

Pour que l'envie de hurler soit contenue, ne serait-ce qu'un peu.

Elle n'en peut plus de ses parents qui l'étouffent malgré eux, de tous ces gens qui connaissent son histoire et qui la couvent de regards embarrassés ou horrifiés, qui la noient sous une couche de compassion aussi écœurante que du chocolat premier prix.

Elle a choisi la Région parisienne. Être anonyme quelque part. Ne plus être aux yeux de tous « la mère du petit garçon qui est mort ». Ne plus *rien* être aux yeux de personne.

Tout pour que l'intolérable quotidien cesse de la ramener au vide, à l'absence, au manque, à l'omniprésence de Solal.

Château, de sable

On passe des années
À bâtir
Ce qu'on pense être un château fort
Et il suffit d'un instant
Un instant à peine
Pour se rendre compte
Qu'il ne s'agissait finalement
Que d'un château de cartes,
Un vulgaire château de cartes.

PRÉSENT

29

Mercredi 15 mai 2019
353 jours après *le-jour-où*

Rebecca a mis un corsaire noir à bandes turquoise, un tee-shirt moulant assorti, ainsi que des baskets bleu vif, et Benjamin se demande à quel moment il est devenu aussi important d'avoir une tenue branchée pour faire du sport. Sans doute depuis que le footing a pris le nom de *running* ? À côté d'elle, il fait pâle figure dans son vieux survêtement gris chiné – qui lui sert habituellement de pyjama –, mais elle ne semble pas y prêter attention. D'un air concentré, elle noue ses épais cheveux noirs en une queue-de-cheval, et l'espace d'un instant, il s'inquiète de savoir comment il va bien pouvoir sortir la tête haute de ce qui va suivre. C'est pourtant lui qui est à l'initiative de cette séance de jogging, mais comme toujours, ce n'est qu'une fois au pied du mur qu'il prend conscience de la situation. Il n'a pas fait la moindre activité physique depuis… Depuis quand, au juste ? Il aurait envie de dire depuis le lycée, mais il lui semble bien qu'il a fait une partie de badminton avec Selim, une fois, il y a quelques années. Bref, quoi qu'il en soit, ça ne fait pas de lui un sportif de haut niveau… Et si Rebecca n'a pas couru depuis près d'un an, son corps toujours athlétique laisse à penser qu'elle va vite reprendre ses marques.

Après que Rebecca lui avait appris que Solal était mort, ils avaient eu une conversation étrange au cours de laquelle elle lui avait notamment avoué ne plus écouter de musique depuis la disparition de son fils.

— Toutes les chansons que j'appréciais me semblent liées à ma vie d'avant... À Solal, à Louis, à la famille qu'on formait... Avant de te rencontrer, j'étais devenue incapable d'allumer la radio ou de mettre de la musique.

Rebecca lui avait ensuite expliqué qu'elle avait aussi arrêté de courir, alors qu'elle avait l'habitude de faire deux ou trois sorties d'une heure toutes les semaines.

— Je ne sais pas si j'en aurais eu la force, de toute façon ; j'étais tellement l'ombre de moi-même, pendant des mois... Mais courir sans musique m'est impossible. J'ai besoin du rythme pour avancer, j'ai besoin d'être dans cette bulle sonore pour tenir, pour m'échapper et ne plus penser à rien d'autre qu'à l'effort physique...

— Je pourrais te faire une playlist avec de la musique classique, avait proposé Benjamin, déjà enthousiaste à l'idée de lui faire découvrir des morceaux qu'il aimait.

Elle avait fait la moue, visiblement sceptique.

— Courir avec de la musique classique ? Je doute que le rythme soit assez soutenu pour accompagner ma cadence... J'avais l'habitude de courir avec de la pop, voire de la musique électronique, tu sais !

Benjamin avait secoué la tête, moqueur. Cette fille-là avait un sacré paquet d'*a priori* sur la musique classique, et il comptait bien lui montrer à quel point elle se trompait.

— Laisse-moi te préparer une playlist, et fais le test d'aller courir avec, d'accord ? avait-il insisté, sûr de lui.

Elle avait hoché la tête, mais avait ajouté quelques secondes après :

— À condition que je t'en fasse une moi aussi, et que tu viennes courir avec moi.

Benjamin avait eu envie de s'exclamer qu'il était hors de question qu'il accepte de se ridiculiser de cette manière. À tous les coups, au bout de dix minutes, il se retrouverait en train de chercher son souffle comme un poisson abandonné hors de l'eau et de suer comme un bœuf, avec un point de côté atroce qu'il chercherait vainement à dissimuler derrière un sourire crispé... Le sport et lui, ce n'était pas compatible, inutile de se voiler la face. Mais Rebecca avait passé les mains autour de son cou, lui avait caressé les cheveux avec douceur, avant de préciser :

– On courra tranquillement, c'est promis. D'autant que, pour moi aussi, ce sera une reprise, donc on ira en douceur...

Voilà pourquoi il se retrouve aujourd'hui, aux aurores, en pyjama dans la rue. Malgré tout, force est de constater qu'il s'est trompé, parce qu'il n'a pas fallu dix minutes pour que ses poumons soient en feu, et que les abdominaux qu'il n'a pas manifestent leur désapprobation totale. C'est simple : au bout de très exactement trois minutes et vingt-sept secondes, il a envie de déclarer forfait, de s'allonger au sol et de lancer à Rebecca : « Continue sans moi, je vais te ralentir ! » Si tant est qu'il parvienne à prononcer la moindre syllabe, évidemment.

Mais voilà, les choses ne se passent pas de cette manière. D'abord, parce qu'il n'a pas envie de décevoir celle dont il est fou amoureux. Il a quand même un minimum de fierté. Ensuite, parce que, tout en ayant le regard rivé sur le bitume et les poings serrés, Rebecca sourit en écoutant les morceaux que Benjamin a sélectionnés.

Il a choisi la *Polonaise n° 6* de Chopin pour le début de la course ; idéal pour s'échauffer progressivement tout en se laissant imprégner par la musique. Ensuite, le *Concerto pour quatre violons en si mineur* de Vivaldi, bien sûr. Impossible de résister au rythme entraînant des instruments qui donnent envie de virevolter en tous sens. La « Marche turque » de Mozart, forcément. Comment ne pas avoir envie d'augmenter sa cadence au son du piano survolté ? Rebecca va être impressionnée ; à coup sûr, elle ne courra plus jamais sans musique classique…

Elle sourit, signe qu'elle est conquise.

Elle sourit pour elle-même, sans doute juste parce qu'elle se sent bien à ce moment précis. Parce qu'elle parvient à lâcher prise et à mettre de côté son chagrin et ses souvenirs pour se centrer sur la musique, sur son souffle régulier, sur ses muscles qui se réveillent après une trop longue hibernation.

Elle sourit et ce sourire donne l'envie et la force à Benjamin de se dépasser pour que cette parenthèse hors du temps dure le plus possible. Hors de question que ce soit lui qui la ramène à la réalité au risque de gâcher ce moment. Même si son corps hurle à la torture et que son cœur menace d'arrêter de battre, il n'abandonnera pas.

Même si la playlist de Rebecca ne comporte que des chansons de cette Lady Gaga, qui lui font saigner les oreilles, il n'abandonnera pas. La jeune femme lui jette un coup d'œil en coin et sourit d'un air malicieux, sans que Benjamin comprenne ce qui l'amuse autant.

C'est vrai, il a peut-être fredonné « *Po-po-po-poker face* » sans s'en rendre compte, mais c'est uniquement parce qu'il est bon public, rien d'autre. Qu'elle n'aille pas croire qu'il apprécie ce rythme entêtant, ces basses à gogo et cette voix éraillée.

S'il chantonne, c'est juste pour se donner du courage.

Et du courage, il en a sacrément besoin s'il ne veut pas se laisser distancer.

30

Dimanche 19 mai 2019
357 jours après *le-jour-où*

Benjamin craignait que Rebecca ne refuse de l'accompagner au barbecue dominical organisé par sa sœur, qu'elle ne lui explique qu'il était bien trop tôt pour songer à rencontrer sa famille, voire qu'elle n'envisageait pas du tout leur relation de cette manière. Encore une fois, elle l'a étonné, en se contentant d'un : « Bien sûr, tu passes me prendre en fin de matinée ? » C'est comme si tout était naturel, évident ; et en même temps, il ne parvient pas à se sentir complètement en sécurité à ses côtés. Une partie de lui ne serait même pas surprise si, un jour, Rebecca ne décrochait plus son téléphone. Si brusquement son numéro de portable n'était plus attribué, son appartement déserté, s'il en venait même à douter qu'elle ait vraiment existé. Jamais il ne s'est senti aussi attaché à une femme, jamais il ne s'est senti autant au bord du gouffre en aimant quelqu'un. Avec elle, tout est intense, éclatant. Le bonheur est irrépressible, l'idée du malheur est insurmontable. Pas de demi-mesure.

Depuis ce jour où elle s'est enfin ouverte en lui parlant de la mort de son fils, c'est comme si la montagne de doutes et de craintes qu'il avait à propos d'elle avait explosé en plein vol. Comme si un équilibre inédit s'était instauré entre eux ; parce qu'ils ont chacun leurs failles et leurs démons, parce qu'ils sont capables de s'épauler l'un l'autre. Bien sûr, Benjamin est tiraillé par de nouvelles questions, il voudrait comprendre les circonstances de la mort de son petit garçon, découvrir ce qui s'est passé, pour se sentir moins démuni quand Rebecca devient brusquement mélancolique. Mais il respecte la douleur sans mots de la jeune femme. « Je ne veux pas en parler, pas encore. Je ne *peux* pas en parler, c'est trop dur », avait-elle soufflé en tombant dans ses bras ce jour-là, dans l'entrée de son appartement. Il n'aurait pas aimé se montrer intrusif alors que le sujet est tellement douloureux que chaque mot qui sort de la bouche de la jeune femme semble aussi aiguisé qu'un couteau. Il a accepté de se contenter de faire des hypothèses, en attendant qu'elle s'ouvre peut-être un jour davantage.

Il a choisi de patienter, parce que ça lui semble être la meilleure preuve d'amour à offrir à Rebecca.

Cette première rencontre avec sa famille lui nouait le ventre depuis plusieurs jours déjà, même s'il avait gardé son anxiété pour lui.

Il appréhendait un peu que Rebecca soit scrutée, jaugée, jugée par Alice et par ses parents. L'inverse l'angoissait aussi : et si la jeune femme n'appréciait pas sa famille, est-ce que ça la ferait changer d'avis sur lui par la même occasion ?

Et pourtant, à présent que, depuis la cuisine, il observe discrètement sa sœur, sa mère et Rebecca en train de discuter et de sourire, Benjamin songe qu'il n'a pas de souci à se faire. Une chanson de Radiohead lui revient en tête, comme une ritournelle : « *Everything... In its right place...* »

Un énorme saladier de taboulé dans les mains, il revient s'asseoir à côté de Rebecca. Elle est occupée à jeter trois pièces de monnaie sur la table, pendant qu'Alice note méticuleusement les combinaisons de piles et de faces sur une feuille de papier.

— Qu'est-ce que vous faites ? demande-t-il, déjà dépité par la réponse qu'il connaît d'avance.

— Je tire le Yi King à Rebecca, déclare Alice d'un ton concentré.

— Franchement, tu es obligée de l'ennuyer avec ces idioties ? marmonne Benjamin, inquiet que Rebecca ne finisse par s'enfuir en courant face aux délires divinatoires de sa sœur.

— De une, ce n'est pas parce que tu n'y crois pas que ce sont des idioties ; et de deux, figure-toi que ça lui fait très plaisir ! commente sa sœur sans même lever la tête vers lui.

Rebecca croise le regard de Benjamin et sourit. Un sourire plein d'une tendresse inédite, qui semble signifier : « Ne t'en fais pas, tout va bien. » Il soupire, espère que le tirage sera bon, au moins. Parce que si c'est pour leur prédire un cataclysme, merci bien…

Alice attrape son livre de Yi King, tout corné à force d'avoir été utilisé, encore et encore. Parfois, Benjamin se demande si la vie de sa sœur aurait pu être tout autre sans sa passion pour cet art divinatoire. Aurait-elle pris d'autres décisions, sans les conseils de son précieux manuel ? Voilà qui donne le vertige rien que d'y penser.

— C'est un hexagramme extrêmement positif ! se réjouit Alice, les yeux brillants. Il symbolise le tonnerre au milieu de la Terre…

Rebecca hausse les sourcils, un peu interloquée par le langage de la sœur de Benjamin.

— Il annonce un tournant favorable, après une période de déclin très difficile à surmonter, déclare Alice en parcourant les pages de son livre.

Rebecca ne répond rien, mais Benjamin remarque la lueur de tristesse qui emplit soudain son regard. Il lui caresse le genou, simplement pour lui dire : « Je suis là, je sais. »

— « Vous allez vivre vos amours avec enthousiasme, et vos espérances vont progressivement renaître. Une superbe embellie se profile à l'horizon, et le temps du lâcher-prise est arrivé. Déposer les armes ne pourra qu'être bénéfique. »

— Quel baratin ! Ça ne vaut pas mieux que l'horoscope de *Télé 7 Jours*, lâche Benjamin en secouant la tête.

— Si c'est pour être si rabat-joie, je te suggère d'aller aider Stéphane à faire cuire la côte à l'os et les merguez ! s'exclame Alice, outrée.

Il ne sait jamais si elle est complètement sérieuse avec ces histoires de Yi King, mais il préfère, en effet, prendre la tangente.

Un quart d'heure plus tard, la consultation de Madame Soleil s'achève enfin, et Benjamin revient s'asseoir à table avec un grand plateau de viande cuite au barbecue. Alice se penche vers lui et lui chuchote d'un air ravi :

— Tous les signaux sont au vert… Je sais que tu ne crois pas à tout ça, mais j'en suis certaine : vous êtes faits l'un pour l'autre !

Benjamin fait comme s'il chassait une mouche un peu trop collante, mais ne peut s'empêcher de sourire. Si même le Yi King est dans son camp, maintenant…

En face de lui, Axel s'empiffre de chips, profitant que sa mère soit occupée à servir des carottes râpées aux convives. L'enfant est radieux, et, soudain, l'après-midi au parc d'attractions semble très loin à Benjamin ; comme si le terrible souvenir commençait, tout doucement, à perdre de sa vivacité et de sa force. À cet instant-là, aux côtés de Rebecca, il se sent juste *bien*.

Une fois le repas terminé, Benjamin et Rebecca vont s'installer dans le grand hamac suspendu au fond du jardin. Elle se love contre son torse, pose sa main pile sur son cœur à lui, comme pour s'accorder au même rythme. Benjamin resserre les bras sur elle, ferme les yeux, savoure la plénitude qui l'envahit.

— Je t'aime, murmure-t-il instinctivement.

— Pourquoi ? demande Rebecca après quelques secondes de silence.

— Il y a une foule de choses que j'ai aimées en toi, dès les premières secondes, certaines avant même qu'on ait échangé la moindre parole. Ta façon de mettre du baume à lèvres, au cimetière. Ton bracelet de perles de rocaille, un peu trop grand. Ton foulard bleu avec des petits lamas. La manière dont tu croises les scratchs de tes baskets. Les mèches de cheveux qui s'échappent de ta queue-de-cheval...

— Alors tu es tombé amoureux de choses qui ne m'appartiennent pas vraiment, en fait... Voilà qui est déroutant, observe Rebecca en caressant le ventre de Benjamin.

— Comment ça ?

— C'est Solal qui m'a fabriqué ce bracelet à l'école, et je l'aime seulement parce que c'est lui qui l'a fait... Quant à mon foulard, c'est un cadeau de ma mère. Je le trouve terriblement moche, mais comme c'est elle qui me l'a offert, je le porte de temps en temps... Tu vois, ces objets ne me représentent pas du tout, en réalité.

— Au contraire, rétorque Benjamin. La réalité n'est qu'une question d'interprétation. Ces détails m'ont attendri, m'ont ému de la même manière que j'ai été touché la première fois que j'ai vraiment écouté de la musique classique.

— Mmm... Et si je fais des croix avec mes scratchs, c'est parce que Solal attachait toujours ses baskets de cette façon. On avait la même paire, tous les deux, et tous les matins, il insistait pour que je croise les scratchs moi aussi.

Rebecca s'interrompt, et les pépiements des oiseaux viennent remplir le silence.

— Je répondais toujours non. Solal me disait que je n'étais pas gentille de ne pas vouloir faire comme lui, et je rétorquais chaque fois que seuls les enfants attachaient leurs scratchs de cette manière. Que si je faisais la même chose, tout le monde me regarderait bizarrement. Il s'écriait « Mais on s'en fiche, maman », mais je n'en démordais pas. C'était tellement stupide, hein… Aujourd'hui, je donnerais n'importe quoi pour avoir été moins superficielle et avoir croisé mes scratchs pour lui faire plaisir…

— Et tu prétends que tous les détails que j'ai remarqués ne disent rien de toi ? Au contraire, ils disent tout… Et ils confirment à quel point je ne me suis pas trompé. Ce qui compte, ce n'est pas ce foulard ou ce bracelet, ce ne sont pas ces scratchs en tant que tels, c'est tout le sens qu'il y a au-delà des simples apparences.

— Si tu le dis…, murmure Rebecca.

À l'autre bout du jardin, Axel est occupé à faire de la balançoire. On entend le vieux portique qui grince à intervalles réguliers.

— Au fait, j'ai proposé à ta sœur qu'on emmène ton neveu au Jardin d'acclimatation, mercredi.

Benjamin est tellement abasourdi qu'il ne répond rien. Jamais il n'aurait imaginé que Rebecca puisse soudain s'investir avec autant de facilité… À moins qu'elle ne cherche à combler le vide laissé par Solal en s'occupant d'un autre enfant ?

— Pourquoi tu as fait ça ? demande-t-il malgré lui.

— Parce que tu n'es plus capable de le faire depuis l'accident de grand huit.

Benjamin voudrait nier l'évidence, mais il s'est déjà confié à Rebecca, il ne peut plus retirer ses paroles ou ses craintes.

— Quand le manège s'est encastré dans le bras métallique et que le temps s'est comme figé, j'ai eu l'impression que quelqu'un venait de me plonger la tête sous l'eau et appuyait de toutes ses forces pour que je ne puisse plus remonter à la surface. Tout s'est assourdi, tout s'est ralenti. Et au moment où j'ai de nouveau entendu les hurlements des personnes coincées dans le grand huit, je suis tombé à genoux. J'étais par terre, et j'ai vomi aux pieds d'Axel. Il s'est accroupi, il m'a regardé d'un air inquiet et m'a demandé : « Ça va, tonton ? Tu veux un peu d'eau ? » J'ai été tellement minable, ce jour-là. J'aurais dû le protéger, et c'est lui qui s'est retrouvé à se faire du souci pour moi... Pathétique.

Rebecca se redresse, fait tanguer le hamac. Elle plonge ses yeux dans ceux de Benjamin et déclare :

— Il n'y a rien de pathétique là-dedans. En revanche, ce qui serait pathétique, comme tu dis, ce serait de ne plus jamais t'occuper d'Axel parce que tu as peur de ne pas être à la hauteur.

Son ton se fait presque cassant, et Benjamin a beau être habitué à la façon dont la jeune femme peut passer de la tendresse à la dureté en un instant, il n'en est pas moins ébranlé. Rebecca poursuit, imperturbable :

— Donc mercredi, on l'emmène à Paris. Et ensuite, tu recommenceras à t'occuper de lui comme avant.

Benjamin se retient de répondre « Oui, chef », et à la place, embrasse la jeune femme sur la tempe.

31

Vendredi 24 mai 2019
362 jours après *le-jour-où*

— Après le décès de Solal, je suis restée des mois dans cet état de léthargie complète. C'était comme si j'étais morte à l'intérieur, comme si mon âme avait disparu en même temps que lui, mais que mon corps, lui, continuait à fonctionner. J'aurais voulu m'endormir un soir et ne plus jamais me réveiller, que mon cœur s'arrête dans mon sommeil puisqu'il n'avait plus la moindre raison de battre. Et chaque matin, quand j'ouvrais les yeux, j'avais le sentiment que mon corps me trahissait en s'obstinant à rester en vie…

Ce soir, Benjamin et Rebecca profitent de la douceur printanière pour se balader au parc Montsouris. Il lui tient la main en marchant, il sent qu'elle tressaille légèrement chaque fois qu'ils croisent des enfants qui s'amusent et qui rient aux éclats. La jeune femme se dévoile de plus en plus, par bribes. La plupart du temps, Benjamin se contente de l'écouter en retenant son souffle de peur qu'elle ne se ferme d'un seul coup. Il est souvent démuni face à ses confidences, ignore ce qu'il conviendrait de dire pour l'apaiser. Mais Rebecca lui a expliqué qu'elle n'attendait rien de lui dans ces moments-là, rien d'autre qu'une oreille attentive. Alors, quand elle se livre, il laisse le flot de paroles se déverser, s'imprégner en lui, en espérant alléger un peu Rebecca de son chagrin. Elle lui permet d'apprendre à la connaître, et c'est déjà beaucoup.

— Qu'est-ce qui t'a fait… remonter à la surface ? finit-il par demander.

Rebecca s'est arrêtée au bord du chemin pour observer une famille qui joue au foot. Le père, un homme d'une trentaine d'années à la carrure de rugbyman, fait mine de ne pas parvenir à récupérer le ballon que son fils fait progresser jusqu'à un but de fortune défendu par la mère. Un deuxième petit garçon, qui paraît plus jeune, est assis en tailleur sur la pelouse. Bras croisés, bouille renfrognée, il boude, et il n'y a même pas besoin d'entendre ses paroles pour comprendre qu'il est en colère de s'être fait piquer le ballon par son frère. Dépité, il arrache des poignées d'herbe pour les jeter juste devant lui. Rebecca sourit avec tendresse en le regardant.

— Je ne suis pas « remontée à la surface », comme tu dis, déclare-t-elle enfin, les yeux toujours rivés sur l'enfant boudeur. J'ai… appris à tenir sous l'eau, plutôt. Sans oxygène.

Benjamin ne comprend pas ce que signifie cette réponse. Sans doute même est-il attristé que Rebecca ne semble pas considérer sa présence comme une source d'oxygène, mais il évacue aussitôt cette pensée, refusant de ramener à lui la situation de la jeune femme.

— La seule chose pour laquelle je suis à peu près douée, c'est écrire. J'ai d'ailleurs commencé un livre sur Solal, et je crois que cette idée a émergé très vite dans mon esprit. Même s'il m'a fallu des mois pour parvenir à formuler ce besoin. Écrire sur lui, pour l'empêcher de disparaître complètement. Ça doit sembler absurde, ou narcissique, mais à un moment donné, c'est ce qui m'a fait tenir. Je sais parfaitement que tout le monde s'en fiche, d'un petit garçon de quatre ans tout ce qu'il y a de plus banal. Que personne n'a envie de lire le bouquin larmoyant d'une mère en deuil. Mais j'ai la vanité de croire que ce que je parviendrai à écrire aura un sens pour d'autres que moi... Que laisser une trace de lui ne sera pas vain...

Au loin, l'enfant qui boudait s'est relevé, a rejoint sa mère qui le hélait avec bienveillance. À présent, il défend avec elle le but délimité par deux buissons, et, à ses côtés, il a retrouvé le sourire.

— Je note tous les souvenirs qui me viennent, parfois aux moments les plus inattendus. J'accueille les images, les sons, j'essaye tant bien que mal de les capturer avant qu'ils ne s'enfuient loin de moi. Je me rappelle comment c'était, de le tenir dans mes bras, de sentir son petit torse, son petit corps contre moi, ses mains autour de mon cou quand je le portais parce qu'il n'avait plus envie de marcher. Je me rappelle comment c'était, de humer ses cheveux juste après le bain, de les lui ébouriffer, de l'embrasser sur la joue et de m'enfoncer dans ses pommettes rebondies. Comment c'était, de lui tenir la main dans la rue, quand il se tortillait dans tous les sens parce qu'il avait subitement envie de courir après un pigeon ou d'escalader un muret. Je me rappelle son rire un peu forcé, exagéré, quand il faisait une blague, sa façon de chanter à tue-tête les rares fois où il jouait dans sa chambre tout seul...

Ils se sont assis sur un banc, et le regard de Rebecca est comme perdu dans le vague. Benjamin ne saurait plus vraiment dire si elle s'adresse à lui ou si elle pense à voix haute.

— Je me rappelle tout ça, mais pour combien de temps encore ? Le timbre de sa voix disparaît déjà de ma mémoire, et il me faut regarder des vidéos pour m'en souvenir... Tout s'estompe, inéluctablement. Alors, écrire me semble être la seule arme à ma disposition pour lutter contre l'érosion et l'oubli. Parce que si j'oublie tout ce qui faisait que Solal était Solal, alors il n'existera plus du tout. Il ne restera rien de son passage sur terre, de ces 1 574 jours où il a respiré, joué, ri, dormi, pleuré, aimé… Ces 1 574 jours où il a rendu mon monde plus beau, plus doux, plus heureux, où il a donné un sens à ma propre existence en me faisant devenir mère.

En prononçant ces mots, Rebecca porte son auriculaire à sa bouche, commence à ronger son ongle sans s'en rendre compte. Benjamin sait à quel point ce geste anodin révèle toute la fragilité de celle qu'il aime désormais plus que tout. Elle lui a raconté tant de détails sur Solal et sa vie avec lui qu'il a presque l'impression d'avoir connu l'enfant, d'avoir connu Rebecca quand elle s'occupait de lui.

— Tu étais une maman formidable…, murmure-t-il.

— Sans doute, oui. J'*étais*, répète Rebecca avec une pointe d'amertume. Et depuis près d'un an, je ne suis plus mère du tout.

Benjamin voudrait dire à la jeune femme qu'il comprend qu'elle ait le sentiment de ne plus avoir d'existence à présent qu'elle ne peut plus se définir en tant que mère. Il voudrait qu'elle prenne conscience qu'elle était quelqu'un avant Solal et qu'elle sera quelqu'un après lui. Une personne à part entière, même si ça lui paraît intolérable. Pourtant, il préfère se taire, parce qu'il sait qu'il risquerait d'employer des mots qui la blesseraient, et c'est bien la dernière chose qu'il désire… Le dialogue entre eux est parfois si difficile à établir, si *éprouvant*.

À quelques mètres d'eux, sur la grande pelouse, les parents rangent leurs affaires pendant que leurs deux garçons ont délaissé le ballon de foot pour jouer au loup. Le soleil commence à décliner, il est temps de rentrer en famille.

— Je ne sais même pas ce que je vais pouvoir écrire qui sorte de l'ordinaire sur un enfant tout ce qu'il y a de plus banal… Un petit garçon qui, comme des centaines d'autres, boudait devant son bol de chocolat chaud le matin, qui courait à la fenêtre à chaque passage du camion poubelle, qui adorait les trains et les fusées et en dessinait partout. Dans un roman, tout a un sens, toute action a des conséquences et sert un but, un cheminement logique. Mais la vie, ce n'est pas comme ça… La vie réelle est chaotique, et imprévisible…

— Qui a décrété qu'un roman ne pouvait pas être chaotique ? Qui a décrété qu'un écrivain devait à tout prix suivre des règles et des codes ? demande Benjamin, surpris.

— Personne, sans doute. C'est juste dans l'ordre des choses… J'avais promis à Solal de l'emmener visiter le village du Père Noël en Laponie, quand il aurait cinq ans. J'ai attendu parce que je voulais qu'il puisse s'en souvenir quand il aurait grandi, qu'il n'oublie pas totalement ce voyage… Comme j'ai été stupide. On devrait toujours faire les choses au moment où l'on a envie de les faire, sans tergiverser, sans vouloir être raisonnable, sans remettre à plus tard. Parce qu'on ne sait jamais s'il y aura un « plus tard », en réalité. Et il suffit d'un minuscule grain de sable pour que le « plus tard » se transforme en « trop tard », pour que l'espoir se métamorphose en regrets. La pire erreur qu'on puisse faire, dans la vie, c'est d'être raisonnable. De temporiser, de douter, d'attendre. Au lieu de se contenter de vivre. J'avais mis de l'argent de côté pour emmener Solal en Laponie cet hiver, même si Louis trouvait ce projet stupide. Il n'arrêtait pas de répéter : « Quel est l'intérêt de dépenser autant de fric, franchement ? En plus, quand il saura que le Père Noël n'existe pas, il se dira que ce périple n'avait aucun sens ! »

Rebecca sourit tristement, comme chaque fois qu'elle mentionne le père de Solal. Elle ne dit jamais ouvertement du mal de lui, mais Benjamin n'a pas besoin d'être devin pour comprendre à quel point cet homme l'a fait souffrir. Il serre les poings malgré lui.

— Solal aurait adoré la Laponie. La magie de Noël, la neige à perte de vue, le froid… Il aurait adoré, j'en suis certaine…, chuchote Rebecca dans un filet de voix.

— Tu devrais peut-être… y aller sans lui, déclare Benjamin d'un ton hésitant. Y aller *pour* lui, se reprend-il quand Rebecca lève un regard dur vers lui.

— Aller toute seule en Laponie ? Quel sens ça aurait, au juste ? demande-t-elle d'un ton coupant, déjà sur la défensive.

— Ce serait une manière de tenir la promesse que tu lui avais faite, même s'il n'est plus là pour vivre ce voyage. Une étape du deuil…

— Une « étape » du deuil ? Parce que tu crois que je peux « faire mon deuil » de mon fils ? Que je *veux* faire mon deuil ? Tu ne comprends rien ! assène-t-elle soudain.

Benjamin retient un soupir ; encore une fois, Rebecca s'est empressée de se réfugier derrière les remparts qu'elle a érigés entre elle et le reste du monde. Il voudrait juste lever les mains en signe de trêve, mais il sait qu'il va être difficile de réapprivoiser la jeune femme à présent qu'elle s'est murée dans son chagrin. Alors, après quelques secondes de réflexion, il se contente de ces mots :

— Peut-être que je ne comprends rien, peut-être. Mais sache que si jamais tu changes d'avis et que tu veux faire ce voyage cet hiver, je viendrai avec toi.

Contre toute attente, les épaules de Rebecca s'affaissent brusquement et elle fond en larmes. Benjamin décide d'interpréter cette réaction comme un oui, et il répète, en enfouissant son visage dans les boucles brunes de la jeune femme :

— Je viendrai avec toi.

32

Dimanche 26 mai 2019
364 jours après *le-jour-où*

C'est à croire que tous les magasins se sont donné le mot, que peu importe les produits, il y a forcément une façon de créer une publicité en rapport avec cette journée particulière. Il y a les fleuristes, les parfumeries, mais aussi les enseignes d'électroménager et même les supermarchés. Les affiches en ville, les spots à la radio et à la télé, les prospectus dans la boîte aux lettres.

Impossible d'échapper à la fête des Mères. Benjamin n'avait jamais remarqué ce matraquage, mais aujourd'hui, il a l'impression d'être assailli de toutes parts, et il ne sait comment protéger Rebecca de cette surenchère.

Et Solal est mort le jour de la fête des Mères, il y a un an. Dans quelles circonstances, il l'ignore encore, mais ce hasard du destin paraît intolérable et d'une cruauté sans nom. Il voudrait avoir le pouvoir de lui faire oublier cette date, ou de les transporter quelques jours plus tard. Il voudrait arracher toutes ces affiches, emmener la jeune femme loin de tout ça – comme s'il suffisait de détourner les yeux ou de se trouver ailleurs pour que son chagrin s'amenuise.

Il a décidé de l'inviter à déjeuner au *Ciel de Paris*, le restaurant panoramique situé en haut de la tour Montparnasse, qui offre une vue spectaculaire sur la capitale. « Pour quelle occasion ? » a malgré tout demandé Rebecca ; il s'est contenté de l'embrasser sur la joue en murmurant : « Depuis quand me faut-il une raison pour t'emmener au restaurant ? » Elle a souri, pas dupe un instant, bien évidemment.

Quand ils entrent dans la grande salle déjà remplie d'autres couples et de familles, et que le serveur les guide de manière assez cérémonieuse vers leur table qui jouxte l'immense baie vitrée, la jeune femme reste un moment debout, bouche bée, à contempler la vue sur Paris. L'employé jette des coups d'œil impatients derrière lui, et Benjamin lui fait signe qu'il peut disposer même si Rebecca ne s'est pas assise sur la chaise qu'il a pris la peine de tirer. Si elle a envie de rester une heure à admirer l'horizon, Benjamin ne l'en empêchera pas.

Quand elle paraît rassasiée du spectacle, enfin, elle s'assoit et ouvre le menu posé à sa place. Elle le parcourt en silence durant plusieurs minutes, puis relève la tête vers Benjamin :

— Pourquoi tu as choisi cet endroit ? Tu voulais m'impressionner ? demande-t-elle d'un ton taquin.

— Pas du tout, dit Benjamin en riant. C'est juste que j'aime être là, au-dessus de Paris, de toutes ces maisons, de ces milliers d'êtres humains qui gravitent tout autour, à peine plus gros que des fourmis… On se sent minuscule. On ressent à quel point on n'est rien, à quel point on fait partie d'un tout et qu'individuellement, nos vies sont en réalité insignifiantes…

Instantanément, Benjamin voit le regard de Rebecca s'assombrir. Sa mâchoire se crispe, et elle caresse la serviette de coton blanc immaculé qui est encore pliée devant elle. Ses yeux reviennent à la baie vitrée, elle contemple la tour Eiffel qui se découpe dans le ciel ensoleillé.

— Tu essayes de m'expliquer quoi, au juste… ? Que je devrais *relativiser* ? Que Solal n'était qu'un être humain parmi des milliards d'autres et que sa vie importait finalement peu, si on se donne la peine de s'élever de quelques étages pour prendre de la hauteur ?

Voilà. Comme chaque fois, elle ramène la moindre de ses paroles à son fils. Chaque mot, chaque geste se fait en terrain miné. Et aujourd'hui, dans ce restaurant, Benjamin a pour la première fois un sentiment terrible de colère. Parce qu'il est impuissant, parce qu'il est insuffisant, parce qu'il se sent toujours, quoi qu'il fasse, *de trop*. L'ombre de Solal est trop grande.

— Tu prends tout mal, marmonne-t-il en fixant lui aussi son regard sur les toits de la capitale.

Lorsque Rebecca se tourne vers lui, ses yeux lancent des éclairs. Mais, cette fois, Benjamin n'a plus envie de tempérer les choses. Il est tellement attristé de la réaction de la jeune femme qu'il en oublie presque que c'est la fête des Mères, et que, peut-être, il pourrait encore se montrer conciliant. Juste aujourd'hui. Pour éviter que de nouveaux souvenirs douloureux se créent dans la mémoire de Rebecca et s'accrochent à cette date désormais détestée. Lui aussi aurait parfois besoin qu'elle le rassure, qu'elle lui témoigne de l'attention, de la bienveillance, de la tendresse. Lui non plus ne peut pas toujours se montrer fort et sûr de lui alors qu'à l'intérieur, il se sent tellement sur des charbons ardents… Rien que le fait de venir jusqu'ici, dans un métro bondé, constitue déjà un effort surhumain pour lui. Il a l'impression de passer son temps à repousser l'angoisse qui l'étreint, pour ne pas la laisser polluer ce qu'il tente de construire avec Rebecca. Chaque sortie est une lutte contre lui-même, contre cette faille béante qui s'est ouverte depuis l'accident du grand huit, et si son mal-être s'amenuise de jour en jour, c'est surtout parce qu'il refuse de céder du terrain. Comme lorsqu'ils ont emmené Axel au Jardin d'acclimatation, il y a quelques jours, et qu'il s'est senti heureux de voir à quel point la balade s'était bien passée, lui qui appréhendait tellement d'être de nouveau responsable de son neveu. Ce mercredi, il a accepté d'être épaulé par Rebecca, un peu comme si elle était les petites roues d'un vélo et qu'il avait besoin d'elle, momentanément, pour retrouver son sens de l'équilibre. Alors pourquoi la jeune femme ne peut-elle pas, parfois, agir de même, et ne pas retourner son chagrin et sa colère contre lui qui fait tout ce qu'il peut, absolument tout ce qu'il peut, pour lui tendre la main ?

— Je prends tout mal ? répète Rebecca d'une voix blanche.

À ce moment-là, il serait peut-être encore possible d'apaiser les choses. D'avoir un geste doux, une parole en guise de drapeau blanc. Mais Benjamin n'y parvient pas, et le silence s'installe. Lourd, dense. Le serveur, plus guilleret qu'auparavant, arrive pour prendre leur commande, lève son stylo, prêt à noter.

— Nous n'avons pas choisi, jette Rebecca d'un ton sans appel, la carte encore ouverte devant elle.

Penaud, l'employé répond qu'ils peuvent bien sûr prendre tout le temps qu'ils souhaitent, il reviendra plus tard.

— Mon fils était tout sauf « insignifiant ». Sa mort est tout sauf « minuscule », assène Rebecca sans ciller du regard.

Benjamin refuse de baisser les yeux.

— Je n'ai jamais dit que Solal était insignifiant, et encore moins que sa mort n'avait pas d'importance. Tu le sais très bien. Tu cherches juste à déverser ton chagrin et ta colère sur quelqu'un, et ce quelqu'un, c'est moi.

Rebecca hausse les épaules, imperméable à tout ce que peut dire Benjamin.

— Pour ses quatre ans, je lui avais acheté des baskets avec des semelles lumineuses, qui clignotaient, et il les aimait tellement qu'il fallait négocier chaque soir pour qu'il accepte de les retirer avant de se coucher. Son jeu préféré, c'était le Memory, juste parce qu'il voulait gagner la paire de cartes avec des cornets de glace dessinés dessus. Il regardait en boucle *Peter Pan* et faisait semblant d'avoir un crochet avec un vieux cintre que j'avais démonté. Il avait peur quand la porte de sa chambre n'était pas entrebâillée, ou quand j'oubliais de laisser une ou deux lignes de lumière sur son volet roulant. Il pensait que le soleil avait le même nom que lui.

Au fur et à mesure de cette liste de souvenirs, Benjamin sent qu'il se décompose intérieurement, même s'il s'efforce de rester impassible. Il voudrait se lever et prendre Rebecca dans ses bras, la serrer contre lui et lui affirmer que tout ira bien, qu'il est là et que tout ira bien. Mais ses jambes sont de coton, et il n'esquisse pas le moindre geste.

– Solal n'était pas insignifiant pour moi, répète Rebecca, incapable de se détacher de ces mots malheureux.

Au moment où Benjamin tend la main pour saisir la sienne de l'autre côté de la table, elle la retire avec brusquerie puis se lève. Elle referme le menu d'un geste sec, ramasse son sac à main posé à terre et, sans un mot de plus, tourne les talons. Benjamin la suit du regard, abasourdi, et l'observe disparaître, figé. Le couple installé à la table devant eux lui jette un regard compatissant, et il baisse les yeux, honteux de la tournure prise par les événements.

Le serveur choisit ce moment-là pour revenir et s'exclamer d'un ton enjoué :

– Peut-être puis-je vous proposer un petit apéritif ?

33

Mercredi 29 mai 2019
367 jours après *le-jour-où*

— Quand je pense que je suis allée m'acheter une robe pour ce déjeuner, moi qui ne mets que des jeans... Je ne sais pas pourquoi, mais je voulais que ce moment compte. Peut-être parce que Benjamin m'avait invitée à l'avance, peut-être parce que c'était un endroit un peu chic... Bref, j'ai ressenti le besoin de me faire belle, pour lui. De mettre une robe, de me faire un chignon, de me maquiller les yeux et les lèvres... Quelle idiote je fais !

Sophie de Leyret dévisage sa patiente, les sourcils froncés, puis se mord la lèvre inférieure comme si elle réfléchissait.

— Quel sentiment ça vous a procuré, de vous regarder dans un miroir et de vous apprêter pour aller le retrouver ? finit-elle par demander d'un ton sérieux.

Rebecca est, comme souvent avec la psychiatre, surprise de cette question qui lui semble complètement à côté de la plaque.

La jeune femme se revoit tracer un trait de khôl noir au ras de ses paupières, ce matin-là. S'observer dans le miroir et être tout étonnée de se trouver jolie, elle qui ne s'était pas maquillée depuis si longtemps. Elle qui, avant, ne sortait pourtant jamais sans fard à paupières, khôl et rouge à lèvres.

La dernière journée qu'elle a passée avec Solal, c'était le dimanche 20 mai 2018. Avant que Louis, comme d'habitude, ne vienne le récupérer à 18 heures. Ils étaient allés pique-niquer à la plage, et dès son réveil ce matin-là, Solal était impatient à l'idée de jouer dans le sable et de dévorer des sandwichs aux œufs durs et à la mimolette. Sans parler des tomates cerises sur lesquelles il avait lorgné avec gourmandise. Il avait fait de la pâte à modeler toute la matinée, sagement. Des spaghettis multicolores qu'il avait dressés dans une assiette de sa dînette, pour les offrir à sa mère ensuite. Rebecca avait fait semblant de les déguster, ce sont les meilleurs spaghettis que j'aie jamais mangés, je reviendrai dans votre restaurant, monsieur le cuisinier ! Puis elle avait convaincu le petit garçon de venir prendre un bain, et pendant qu'il pataugeait dans l'eau avec une multitude de jouets en plastique, elle s'était maquillée devant la glace de la salle de bains. Elle n'aimait pas l'éclairage artificiel du néon, mais jamais elle n'aurait laissé Solal seul dans la baignoire, même une dizaine de minutes. Après s'être rapidement coiffée, elle avait attrapé son tube de rouge à lèvres sur le bord du lavabo, l'avait ouvert puis tourné pour faire monter le bâton rosé. S'était rendu compte qu'il était cassé en deux, tout écrasé contre le bouchon en plastique. S'était tournée vers Solal, agacée.

— Tu t'es encore amusé avec mon rouge à lèvres ? avait-elle demandé, les poings sur les hanches.

Solal avait secoué la tête, la mine pourtant déjà penaude :

— Non, c'est pas moi…

— Tu t'es encore amusé avec mon rouge à lèvres, avait répété Rebecca, et cette fois, son ton n'était plus le moins du monde interrogateur.

Pour faire diversion et éviter le conflit, l'enfant avait attrapé son petit avion Playmobil et l'avait plongé dans l'eau tiède en imitant un bruit de vrombissement avec ses lèvres. Rebecca lui avait retiré le jouet des mains, l'avait forcé à la regarder, en colère.

— Je t'ai déjà dit cent fois que tu n'avais pas le droit de toucher à mon maquillage, Solal ! Mon rouge à lèvres est cassé, à cause de toi ! Qu'est-ce que tu ne comprends pas, à la fin ?

Le petit garçon avait répété, beaucoup moins sûr de lui, mais pourtant toujours incapable d'avouer la faute :

— Mais c'est pas moi...

Rebecca avait vu rouge, exaspérée que son fils s'ingénie à nier l'évidence au lieu de simplement demander pardon. Elle l'avait attrapé par le bras, l'avait extirpé de la baignoire sans ménagement, l'avait séché un peu trop vigoureusement, avant de l'envoyer dans sa chambre jusqu'à ce qu'il soit l'heure de partir pour la plage. Solal avait crié qu'il était désolé, est-ce que je peux descendre dans le salon, j'aime pas rester tout seul en haut... Mais elle n'avait pas transigé, était restée butée. Et quand, au bout d'une heure, elle était allée le rechercher, elle avait pris son visage en coupe et lui avait déclaré avec froideur :

— Faire une bêtise est pardonnable, Solal. Mais mentir ne l'est pas. Je déteste le mensonge, tu comprends ?

Il avait hoché la tête, les yeux pleins de larmes, et elle s'était relevée sans le prendre contre elle. Ils étaient partis à la mer et n'avaient plus reparlé de l'épisode de toute la journée.

Voilà la scène qu'elle avait revécue en se préparant pour Benjamin. Elle avait déposé le rouge sur ses lèvres avec délicatesse et tout était revenu. Sa colère, l'air contrit de Solal, son incapacité à relativiser ce qui n'était qu'une bêtise d'enfant, le câlin qu'elle n'était pas parvenue à lui faire après coup.

Qu'avait-elle ressenti en se pomponnant pour aller retrouver Benjamin ?

De la culpabilité, évidemment. Pour n'avoir pas réagi, à l'époque, comme une bonne mère l'aurait probablement fait. Pour être là aujourd'hui, devant son miroir, à se pomponner pour un homme, alors que son petit garçon est mort.

— Est-ce que ça ne signifie pas que dimanche, quand vous êtes arrivée au restaurant, vous étiez dans un état d'esprit… compliqué ? interroge la psychiatre après avoir écouté Rebecca se livrer. Et ce d'autant plus que c'était la fête des Mères, l'anniversaire de la mort de Solal… Vous étiez à fleur de peau, n'est-ce pas ? Et c'est tout à fait compréhensible.

— Où voulez-vous en venir, au juste ? se méfie Rebecca.

— Je pense simplement qu'il n'est pas très étonnant que ce déjeuner ait mal tourné. Parfois, quand on est au plus mal, on fait en sorte que les choses tournent au vinaigre. Consciemment ou inconsciemment. Pour se punir, pour se prouver que rien ne va…

— Vous dites que j'ai fait exprès de me disputer avec Benjamin et de le planter au restaurant, c'est ça ? Que lui, évidemment, n'y est pour rien ? la coupe Rebecca.

— Pas du tout.

La psychiatre ne dit rien d'autre, et Rebecca ne trouve plus de prises pour poursuivre la joute verbale. Elle se renfonce dans son fauteuil, renfrognée.

— Vous avez mis les choses à plat avec lui, depuis dimanche ?

— Non. Il ne m'a pas appelée ni envoyé de message, de toute façon.

— Je vois. Et vous ?

— Et moi, quoi ?

— Eh bien, l'avez-vous recontacté ?

Rebecca hausse les sourcils d'un air perplexe, puis émet un petit rire narquois.

— Bien sûr que non !

— Ce n'est pas à vous de faire le premier pas, c'est ça ?

La jeune femme hausse les épaules, butée.

— C'est vous qui êtes partie comme une furie du restaurant où il vous avait invitée, mais c'est à lui de revenir vers vous, donc, déclare posément la psychiatre, du ton le plus neutre possible.

Rebecca dirige son regard vers la fenêtre.

— Est-ce qu'il vous manque, depuis dimanche ?

La jeune femme tressaille instinctivement. Elle s'acharne à contempler le carré de ciel bleu sans rien dire, mais les rouages de son cerveau s'activent pour trouver quoi répondre. Au bout de quelques minutes de silence, son regard se reporte sur Sophie de Leyret qui l'observe attentivement. Rebecca finit par baisser la tête, vaincue.

— Vous pensez que je devrais l'appeler, j'ai bien compris.

— Absolument pas. Je me demandais simplement s'il vous manquait, rien de plus, rétorque la psychiatre d'un air impassible.

34

Dimanche 2 juin 2019
371 jours après *le-jour-où*

À midi, Benjamin emmène son neveu déjeuner dans son restaurant préféré, un endroit qui ne paye pas de mine, mais qui propose de composer son bol de salade grâce à un immense buffet de produits frais. Et ce que préfère Axel, ce sont les desserts : plusieurs machines de glaces à l'italienne aux parfums variés, ainsi qu'une table entière de fruits, pépites de chocolat, noix de pécan, sauces au chocolat ou au caramel, Smarties et autres sucreries pour agrémenter la glace choisie. Le paradis sur terre, en somme.

Ils étaient censés aller tous les trois au restaurant, normalement. Avec Rebecca. Mais il n'a aucune nouvelle d'elle depuis le dimanche précédent, depuis qu'elle l'a laissé en plan au *Ciel de Paris*, et il a mis un point d'honneur à ne pas être le premier à la recontacter. C'est peut-être idiot, c'est peut-être une marque d'ego déplacée, mais peu importe. Il a le sentiment d'être toujours celui qui arrondit les angles, qui fait fi de ses propres émotions pour éviter les conflits. Alors, bien sûr, il conçoit la souffrance inimaginable que doit représenter la mort d'un enfant, mais il voudrait aussi que Rebecca prenne conscience que ce chagrin ne peut pas, ne *doit* pas lui donner tous les droits. Il refuse que l'amour qu'il lui porte soit à sens unique, même s'il est prêt à la soutenir et à la protéger de tout son cœur… La conclusion est simple et éprouvante à la fois : si elle ne fait pas l'effort de revenir vers lui alors que c'est elle qui est partie du restaurant, c'est qu'il doit lâcher prise une bonne fois pour toutes, et admettre qu'ils ne sont pas faits pour être ensemble.

Après avoir garé sa voiture devant la maison d'Alice pour récupérer son neveu, Benjamin ne peut pourtant s'empêcher de vérifier pour la énième fois qu'il n'a reçu aucun texto, manqué aucun appel. Son cœur se serre à la pensée que, peut-être, Rebecca ne réapparaîtra pas. Après tout, il la connaît depuis à peine trois mois. Elle pourrait très bien ne plus jamais donner signe de vie. Il resterait là, à reprendre sa petite existence minable – qui, avant, ne lui semblait pas particulièrement minable, mais c'est une autre histoire –, à regretter la tornade venue tout chambouler pour rien.

— Tu es tout seul ? ne manque pas de s'étonner sa sœur dès qu'elle ouvre la porte.

Elle fait signe à son frère d'entrer et hèle Axel du bas de l'escalier.

— Oui, Rebecca a eu un empêchement, finalement, marmonne Benjamin en s'efforçant de paraître nonchalant.

Il n'a aucune envie de subir un interrogatoire, aussi fait-il mine de s'intéresser au grand cadre de photos de famille accroché dans l'entrée, même s'il est là depuis des années et n'a pas bougé. Sur tous les clichés, Axel est âgé de deux ou trois ans ; Alice n'a jamais trouvé le temps d'en mettre des plus récents.

À l'étage, on entend le petit garçon s'affairer et ranger sa chambre à la hâte avant de les rejoindre.

— Un empêchement ? répète Alice d'un ton surpris.

Benjamin s'absorbe dans la contemplation du carrelage, espère qu'Axel va vite descendre, pour qu'ils puissent tous les deux déguerpir.

Alice s'adosse contre le mur, croise les bras tout en observant le visage de son frère qui finit par s'empourprer.

— Vous vous êtes disputés, c'est ça ? demande-t-elle d'une voix dépitée, le considérant fautif avant même qu'il confirme quoi que ce soit.

— Je n'ai pas particulièrement envie de m'étendre sur le sujet, bredouille Benjamin, en sortant ses clés de voiture de la poche de son jean pour montrer qu'il est prêt à prendre la tangente.

— Comme tu veux, je ne m'en mêle pas, dans ce cas, déclare Alice en haussant les épaules.

Le jeune homme lève les yeux vers sa sœur, abasourdi. Elle est plutôt du genre à vouloir tirer les vers du nez coûte que coûte, et le fait qu'elle s'avoue si vite vaincue est pour le moins étonnant. Devant son air méfiant, Alice secoue la tête en souriant :

— Quoi ? Tu t'attendais à une leçon de morale ou une séance de torture ?

— C'est vrai que ça te ressemblerait davantage..., rétorque Benjamin, toujours sur ses gardes.

— Qu'est-ce que tu veux que je te dise... ? Le Yi King a été formel, l'autre jour : Rebecca et toi, vous allez être heureux ensemble. Il n'y avait pas de demi-mesure, dans ce tirage, pas de zones d'ombre, pas d'obstacles insurmontables, donc je n'ai aucune inquiétude quant à votre avenir, précise Alice avec le plus grand sérieux.

Benjamin retient un soupir face à cette explication excentrique, et c'est à ce moment-là qu'Axel dévale l'escalier et saute dans ses bras, on y va, tonton, je meurs de faim ! Le jeune homme sourit, toujours ému que l'enfant soit si enthousiaste à la perspective de passer du temps avec lui.

L'oncle et le neveu passent l'après-midi au Muséum d'histoire naturelle, et Benjamin est soulagé que tout se passe bien, même sans la présence rassurante de Rebecca. Aucun début de crise d'angoisse à l'horizon, voilà qui est positif, songe-t-il. Pourtant, quand il rentre chez lui en fin de journée, c'est en traînant les pieds. Il n'était pas pressé de repartir de chez sa sœur et de se retrouver seul dans son appartement. Il a même hésité à aller se faire un cinéma, mais a renoncé au dernier moment. Le coup de blues qui s'abat sur lui après avoir passé l'après-midi avec Axel ne le quitte pas, bien qu'il soit heureux d'avoir égayé son neveu. Il va mieux, les faits sont là. Peut-être que c'est simplement le temps qui fait son œuvre ; quoi qu'il en soit, il est soulagé d'avoir l'impression de retrouver tout doucement la personne qu'il était avant cet accident de manège. Il y a toujours les cauchemars et, parfois, les flashes de réminiscence, mais tout semble moins à vif malgré tout. Il reprend pied, peu à peu.

Lorsqu'il arrive sur le palier de son étage et qu'il ouvre la lourde porte où un grand chiffre trois a été peint au pochoir il y a des années, il tombe nez à nez avec Rebecca, assise en tailleur devant son appartement, occupée à lire un roman. Elle lève les yeux vers lui, esquisse un sourire penaud.

— Qu'est-ce que tu fais là ? demande Benjamin, désarçonné de la revoir.

— Je... je pensais attendre à l'extérieur, mais quelqu'un m'a laissée entrer, alors..., bredouille-t-elle en se cramponnant à son sac à main, comme s'il pouvait lui donner du courage.

Benjamin ne répond rien. Il glisse sa clé dans la serrure, pénètre chez lui sans inviter la jeune femme à le suivre. Malgré tout, elle se lève et lui emboîte le pas, referme la porte derrière eux.

— J'ai eu tort, lance-t-elle, alors qu'il lui tourne encore le dos.

Il dépose les clés dans le vide-poche de l'entrée, lève le regard vers elle. La fixe d'un air sans doute plus triste qu'il ne le voudrait. Alors elle s'approche de quelques pas, sans pour autant oser pénétrer dans son espace vital, puis elle répète :

— J'ai eu tort…

Benjamin hausse les épaules pour ne pas flancher tout de suite.

— Ça veut dire que tu es désolée, c'est ça ? demande-t-il sans animosité, juste pour être certain de comprendre l'attitude surprenante de la jeune femme.

Elle hoche la tête, se mord la lèvre inférieure, visiblement embarrassée.

— Et il t'a fallu une semaine pour t'en rendre compte ? insiste Benjamin.

Il n'éprouve pas la moindre colère, mais il doit avouer qu'il n'est pas déplaisant de pousser Rebecca dans ses retranchements. Depuis sept jours qu'il se morfond sans elle, son instinct lui souffle de ne pas effacer l'ardoise aussi facilement.

Elle hoche à nouveau la tête, baisse les yeux, croise les bras un peu comme si elle avait soudain très froid, et à cet instant-là, les faibles remparts qu'il avait érigés pour se protéger s'effondrent. Il fait un pas pour la serrer de toutes ses forces contre lui. Il ferme les yeux et hume l'odeur au creux de son cou, cette odeur si familière qui lui a tellement fait défaut.

— Tu m'as manqué, lâche Rebecca dans un chuchotement, et il sourit sans qu'elle puisse le voir, rassuré.

Quand il s'écarte d'elle, quelques minutes plus tard, il déclare avec aplomb :

— De toute façon, je ne m'inquiétais pas outre mesure, puisque trois pièces de vingt centimes ont décidé de notre avenir et scellé notre destin !

Ce soir, il enverra un texto à Alice pour lui dire qu'elle avait raison. Toutes les femmes adorent avoir raison, de toute façon.

35

Samedi 6 juillet 2019
406 jours après *le-jour-où*

Demain, Rebecca va fêter ses trente-trois ans, et Benjamin a eu envie de marquer le coup en préparant un week-end surprise à Londres. L'emmener loin du quotidien et de son passé, dans une ville où ils pourront se forger de nouveaux souvenirs à deux… Il n'a jamais été très doué pour organiser et planifier, mais pour elle, il a voulu faire cet effort. Il a réservé l'Eurostar, trouvé un appartement par Airbnb à deux pas de Hyde Park, dressé une liste de restaurants et de bars sympas et très bien notés sur Internet, et est même allé retirer des livres à la banque. Il voudrait que tout soit parfait, ou du moins qu'il n'y ait aucune fausse note.

Hier soir, quand Benjamin lui a annoncé qu'il l'emmenait en week-end pour son anniversaire, Rebecca a essayé de lui soutirer des informations sur la destination mystérieuse, mais il est resté de marbre.

— Dis-moi au moins ce que je dois emporter…, a-t-elle tenté de négocier d'un air faussement boudeur.

— Pas la peine d'insister ou d'essayer de marchander, je resterai muet comme une carpe ! a-t-il répété à plusieurs reprises en souriant devant les signes d'impatience de Rebecca.

Si elle est souvent – trop souvent à son goût – mélancolique, il y a malgré tout de plus en plus de moments où il a le sentiment d'accéder à sa « vraie » personnalité, à celle qu'elle était avant que son fils meure et que le chagrin la submerge. Des éclairs où elle se montre malicieuse, enjouée, taquine, volubile.

Quand ils arrivent à la gare qui fourmille de monde et de valises malgré l'heure très matinale, Benjamin constate sur le panneau d'affichage que leur train est malheureusement retardé. Les deux mots « Retard indéterminé » clignotent en jaune sur l'écran bleu vif, et il pousse un profond soupir, déjà ennuyé que tout ne se déroule pas comme prévu.

— Je suppose qu'on va à Londres ? demande Rebecca en remarquant les sourcils froncés de Benjamin.

Il hoche la tête sans répondre. À quelques mètres d'eux, deux hommes d'une vingtaine d'années parlent du retard de l'Eurostar, et il tend l'oreille au cas où ils auraient plus d'informations qu'eux.

— Un « accident de personnes », répète-t-il après avoir écouté leur discussion. Eh bien, ça signifie probablement qu'on n'est pas près de partir…

La main de Rebecca se crispe dans la sienne.

— Le doux euphémisme de la SNCF pour dire que quelqu'un s'est suicidé sur les voies…, murmure-t-elle comme pour elle-même.

— Je vais aller au guichet pour essayer d'avoir plus de précisions, d'accord ? Peut-être qu'il n'y aura qu'une heure ou deux de retard, tu sais…, déclare-t-il pour la réconforter.

Mais elle serre sa main un peu plus fort dans la sienne pour l'empêcher de la lâcher. Il s'attarde sur son visage, constate soudain qu'il est livide.

— Ça ne va pas ? Ne t'en fais pas, on va trouver une solution ! On peut en profiter pour aller prendre un café, si tu veux.

Mais Rebecca s'est figée. Ses yeux ne quittent plus l'écran qui annonce les départs, ils sont rivés à ce

« Retard indéterminé » qui clignote. Autour d'eux, les gens s'affairent, se pressent, courent pour attraper leur train tandis que la jeune femme ressemble à une statue. Benjamin tente de l'entraîner avec douceur à l'écart, ils ne peuvent pas rester indéfiniment au beau milieu du hall, ils risquent de se faire bousculer... Mais elle ne bouge pas d'un pouce, comme hypnotisée. Il lui caresse la joue pour essayer de la faire revenir auprès de lui, mais son regard demeure étrangement vide, elle semble à mille lieues de là.

— Dis-moi..., murmure-t-il à son oreille.

Il n'y a que ces deux mots qu'il soit capable de prononcer quand Rebecca se fait lointaine et inaccessible. « Dis-moi... » C'est comme une prière pour qu'elle le laisse entrer, pour qu'elle accepte d'ouvrir une infime brèche.

Ses yeux ne bougent pas et elle paraît toujours absente, mais elle articule quelques mots, qui le glacent aussitôt.

— Solal est mort comme ça.

Benjamin retient son souffle, mais comprend au bout de quelques instants de plomb que Rebecca ne compte pas – ne peut pas – en dire davantage. Alors, démuni, il la prend dans ses bras, sent à quel point tout son corps est tendu.

— Dans... un accident de train, c'est ça ? propose-t-il en ne sachant pas vraiment s'il a le droit de poser des questions.

Rebecca émet un petit rire désabusé.

— Non. Ça n'avait rien d'un accident. Si seulement..., chuchote-t-elle si bas que Benjamin doit se pencher vers elle pour être certain de saisir ses quelques paroles.

Une voix métallique annonce *via* un haut-parleur que l'Eurostar à destination de Londres Saint-Pancras aura un retard de cinquante-cinq minutes, mais ni Benjamin ni Rebecca n'y prêtent plus attention.

— Son père s'est levé un matin, a regardé par la fenêtre et il s'est dit : « Tiens, il fait drôlement beau, aujourd'hui. Le temps idéal pour aller m'asseoir avec mon fils sur une voie de chemin de fer et attendre qu'un train nous écrase. » C'est ça qu'il s'est passé. Pas un accident.

Le cœur de Benjamin a un loupé. Il lui faut quelques instants pour que son cerveau intègre les mots qui viennent d'être prononcés. Soudain, il a du mal à déglutir, comme si sa gorge était tapissée de papier de verre.

— Tu veux dire qu'il s'est..., commence-t-il à demander, avant de se taire, incapable de poursuivre.

— Il a emmené Solal pour se suicider avec lui, oui. Il a choisi le dimanche de la fête des Mères, juste avant de devoir me le ramener pour la semaine. Il a choisi ce jour-là...

Le regard de Rebecca se tourne enfin vers Benjamin. Ses yeux sont si tristes qu'il en a mal au ventre. Une rage inattendue déferle en lui, et il est obligé de serrer les dents pour la contenir. La jeune femme est comme statufiée, et loin, tellement loin.

— Si ce mec n'était pas mort, je serais capable d'aller le tuer, lâche Benjamin, submergé par la colère et l'impuissance.

Rebecca sourit tristement.

— Mais ça ne ramènerait pas Solal..., murmure-t-elle en lui caressant la mâchoire avec tendresse.

36

Dimanche 28 juillet 2019
427 jours après *le-jour-où*

Il leur arrive, de temps à autre, de retourner au cimetière où ils se sont rencontrés. Rebecca tient à s'occuper des tombes qui lui paraissent laissées à l'abandon ; parfois même, au printemps, elle était venue avec des petits pots de pensées qu'elle avait déposés çà et là sur les marbres les plus nus. Elle avait choisi cette fleur uniquement pour le symbolisme de son nom, pour matérialiser cette idée que quelqu'un pense encore au défunt enterré à plusieurs mètres en dessous d'eux. Benjamin, lui, prétend se contenter d'accompagner la jeune femme pour lui faire plaisir, mais il ne manque jamais l'occasion de se recueillir quelques instants devant la tombe de Tiago qui, elle, est toujours abondamment fleurie. Chaque fois, il y dépose un caillou, pour laisser une trace de son passage et une preuve qu'il *n'oublie pas*. Il a beau aller nettement mieux et avoir petit à petit vaincu les crises de panique qui le submergeaient, il n'oublie pas. Il n'oublie pas qu'il est encore en vie quand Tiago, lui, repose sous terre.

Cet après-midi, après être passés un court moment chez Selim et sa femme pour les féliciter de l'arrivée de leur bébé et leur offrir de minuscules chaussons de naissance, ils font donc une halte au cimetière. Lorsqu'ils franchissent la grande porte métallique, Benjamin aperçoit un couple occupé à nettoyer le marbre anthracite de la tombe du jeune homme, et aussitôt il tressaille et s'immobilise. Rebecca suit son regard, comprend qu'il s'agit des parents de Tiago.

– Tu veux que je vienne avec toi ? demande-t-elle, consciente du malaise de son compagnon.

La main enfoncée dans la poche de son jean noir, Benjamin fait tourner entre ses doigts la pierre blanche qu'il a rapportée de Hyde Park. Ils avaient réussi à partir à Londres, finalement, et même si les révélations de Rebecca avaient été terribles, ce week-end à deux avait semblé salvateur. La jeune femme, si forte, était visiblement parvenue à mettre un couvercle sur ses émotions, et ils étaient revenus d'Angleterre avec des souvenirs à eux. Des souvenirs rien qu'à eux. Le premier *fish and chips* de Rebecca, son large sourire et ses doigts poisseux. Les innombrables selfies ratés devant Big Ben, Benjamin ne parvenant jamais à avoir dans le cadre la célèbre horloge et leurs deux têtes entières. La visite au musée Madame Tussauds, où Rebecca avait fait semblant d'être une statue de cire, allant jusqu'à berner un groupe de touristes allemands. Elle s'était assise à côté d'un George Clooney impassible, avait croisé les jambes et pris une pose de pin-up, et les visiteurs s'étaient demandé qui pouvait bien être cette star qui ne leur disait rien. Le tour dans le London Eye, où Benjamin avait pesté contre la file d'attente interminable, pendant que Rebecca lui fourrait des M&M's dans la bouche pour l'empêcher de trop râler. Des souvenirs *rien qu'à eux*, qui permettaient sans doute au passé de prendre un tout petit peu moins de place…

Rebecca tente de faire avancer Benjamin vers la tombe de Tiago. Il revient à la réalité, serre un peu plus fort le caillou blanc ramassé à Londres.

— Je ne peux pas y aller, ce serait déplacé… Je vais attendre qu'ils partent, répond-il d'une voix atone.

Rebecca hoche la tête, n'insiste pas. Elle entraîne Benjamin à quelques travées de là, viens, tu vas m'aider à enlever les fleurs flétries, il y en a un paquet avec cette chaleur…

Durant une demi-heure, ils s'affairent en silence, et elle respecte le fait que Benjamin n'ait pas envie de parler. Quand il aperçoit au loin les parents de Tiago qui remontent l'allée menant à la sortie du cimetière, il se redresse et époussette son jean à la va-vite.

— Je vais déposer mon caillou et je reviens, d'accord ?

Rebecca l'observe s'éloigner, pensive. Elle le regarde s'agenouiller devant la tombe du garçon, poser la main sur le panneau de marbre où sont inscrits son prénom et son nom en lettres dorées. Du coin de l'œil, elle voit soudain la mère qui pénètre à nouveau dans le cimetière et se dirige à pas rapides vers la tombe de son fils. Sans doute a-t-elle oublié quelque chose, songe Rebecca en se redressant pour rejoindre Benjamin qui ne s'est rendu compte de rien et qui risque d'être pris par surprise. La femme arrive près de la tombe de son fils, paraît étonnée d'y trouver quelqu'un d'autre. Sur le visage de Benjamin se lit l'embarras, comme s'il venait d'être pris en train de commettre quelque chose de répréhensible.

— Bonjour… Vous connaissiez mon fils ? finit-elle par demander, après quelques secondes d'hésitation.

On voit qu'elle cherche à se rappeler si elle a déjà vu Benjamin, mais que sa mémoire ne lui livre aucun indice. Le jeune homme croise le regard de Rebecca, paraît apeuré comme un animal pris dans les phares d'une voiture qui fonce sur lui en pleine nuit. Elle tente de lui sourire avec bienveillance, ça va aller, ne panique pas, je suis là.

— Pas vraiment..., murmure-t-il à contrecœur. J'étais là le jour de... l'accident. Au parc d'attractions, précise-t-il, tout en songeant que ce détail est d'une évidence telle qu'il ferait mieux de se taire.

— Oh...

La mère de Tiago referme la bouche, visiblement ébranlée. Elle croise les bras de façon à se frotter doucement les épaules, comme si, d'un seul coup, elle avait froid, malgré le soleil plombant de fin juillet qui étouffe toute la France depuis plusieurs semaines. Son regard bleu glacier revient à Benjamin ; elle paraît attendre une suite qui n'arrive pas. Elle ouvre la bouche puis se ravise, peut-être voudrait-elle lui demander de lui raconter ce qu'il a vu ce jour-là, peut-être a-t-elle peur de ce qu'il pourrait lui confier.

— Votre fils... Il voulait rejoindre une jeune fille avec qui il avait discuté dans la file d'attente, et du coup, je lui ai proposé de passer devant moi..., explique alors Benjamin avec lenteur, en prenant un soin particulier à choisir les bons mots, si tant est qu'il existe de bons mots dans de telles circonstances.

La femme écarquille les yeux, sans vraiment comprendre ce que Benjamin lui dit.

— Ça aurait dû être moi, dans ce manège, assène-t-il enfin, rouge de honte. Il a pris ma place, il n'aurait jamais dû être dans ce grand huit au moment où il a déraillé. Ça aurait dû être moi, répète-t-il, dans l'espoir qu'enfin, la femme en face de lui réagisse.

Qu'attend-il, au juste, en lui révélant cela ? Qu'elle l'insulte, qu'elle fonde en larmes, qu'elle le gifle et l'accuse d'être responsable de la mort de son enfant ? Qu'elle s'acharne sur lui et qu'il ait enfin le sentiment d'être puni, d'être légitimement haï ?

Mais rien de tout cela n'arrive. La mère de Tiago hoche la tête, et si elle paraît soudain très peinée, son visage reste dépourvu de toute colère. Elle fixe longtemps Benjamin, finit par sourire avec tristesse.

— Ne comptez pas sur moi pour vous réconforter... Qu'est-ce que vous voudriez que je vous dise ? Je serais malhonnête si j'affirmais que je n'aurais pas préféré que n'importe qui d'autre meure à la place de mon fils... C'est atroce de dire ça, mais c'est humain... Malgré tout, vous vous sentez coupable de ce qui n'est en réalité qu'un terrible hasard. Vous n'êtes pas responsable. Vous auriez dû être à sa place et c'est lui qui s'est retrouvé dans ce grand huit, soit. Vous êtes en vie et il est mort. En quoi aurait-il été plus juste que ce soit vous qui mouriez ? Vous pensez que votre vie vaut moins que la sienne ?

Elle parle avec une douceur qui fait encore plus souffrir Benjamin, sans qu'il sache pourquoi. Il ne veut pas que cette mère se montre bienveillante ou compréhensive avec lui.

La femme regarde la tombe de Tiago, cherche quelque chose des yeux.

— Je pensais avoir oublié mes lunettes de soleil ici, mais elles doivent être dans la voiture... Mon mari m'attend, je vous laisse, lance-t-elle à Benjamin, juste avant de poser la main sur son avant-bras.

Il sursaute, surpris par ce contact physique.

— Ça va aller, murmure la mère de Tiago, avant de le quitter.

Rebecca se rapproche de Benjamin, le prend par la taille, et tous deux observent la silhouette qui s'éloigne rapidement.

— Il va falloir réussir à te sortir de cette culpabilité lancinante... Tu n'es pas plus responsable que le conducteur du train qui a écrasé Solal, tu sais. Ce pauvre homme est peut-être encore traumatisé et persuadé qu'il aurait pu empêcher ce qui est arrivé..., murmure Rebecca en posant sa tête contre le torse de

Benjamin. Alors que ça n'a aucun sens. On n'empêche jamais rien…

Le jeune homme caresse les cheveux emmêlés de sa compagne, songeur. Au bout de quelques instants, elle reprend la parole :

– Comme c'était la fête des Mères, j'avais envie de demander à Louis s'il était possible, exceptionnellement, d'échanger nos week-ends. Mais je n'ai pas osé le faire, parce que je savais que ça allait être compliqué et qu'il n'y avait quasiment aucune chance qu'il accepte. Il n'y avait plus le moindre dialogue, entre lui et moi. J'ai renoncé par peur d'un énième conflit. Et peut-être que si j'avais insisté, rien ne serait arrivé. Qui peut savoir ?

– Il aurait refusé et ça n'aurait rien changé. Ou il aurait accepté et ça aurait juste retardé le moment où…, rétorque Benjamin.

– Sans doute. Ça ne sert à rien de ruminer encore et encore sur comment les choses auraient pu se passer autrement… Et c'est valable pour toi aussi, tu comprends ?

Benjamin ne répond rien, mais serre un peu plus fort la jeune femme contre lui.

PASSÉ

37

Dimanche 20 mai 2018
7 jours avant *le-jour-où*

Rebecca et Louis sont séparés depuis à peine un mois et demi, et la jeune femme a l'impression qu'elle ne parviendra jamais à s'habituer au rythme de la garde alternée. Ne voir son fils qu'une semaine sur deux. Se languir de lui quand il n'est pas là, tout en essayant d'en profiter pour faire toutes les corvées : les courses, le ménage, les lessives. Avoir constamment le sentiment que le temps est compté quand Solal est là pour la semaine, vouloir faire le plus de choses possible avec lui pour que les moments ensemble comptent deux fois plus qu'avant : confectionner des cupcakes au glaçage coloré, aller avec lui à des spectacles, faire des balades à vélo, lui lire plusieurs livres à la suite chaque soir pour retarder le moment du coucher…

Qui fait un enfant pour manquer la moitié de sa vie ? Qui fait un enfant pour ne pas savoir ce qu'il vit la moitié du temps ?

Évidemment, Louis ne cherche absolument pas à faciliter les choses. Il est tellement convaincu qu'il n'est responsable de rien, qu'il fait tout pour envenimer chaque bribe de discussion. Lorsqu'il vient chercher Solal, il ne daigne prononcer quelques mots que s'ils sont nécessaires, et n'écoute pas Rebecca quand elle tente de lui parler de la semaine que leur fils a passée. Ses yeux sont vides et les rares fois où elle croise son regard, c'est comme si Louis ne la *reconnaissait* pas. Comme si elle était une inconnue, une étrangère. Le plus souvent, il se contente de lancer à Solal « Allez, c'est l'heure de partir, dépêche-toi de mettre tes chaussures », d'un ton légèrement agacé. Il a toujours son smartphone à la main, par peur de manquer un appel précieux ou simplement pour se donner une contenance.

Quand Solal est chez lui, Rebecca n'a que très rarement des nouvelles. Il ne laisse pas l'enfant téléphoner, même s'il prétend chaque fois, avec un sourire détaché, que Solal est entièrement libre d'appeler sa mère mais que, visiblement, il n'en ressent pas le besoin. Lorsqu'elle téléphone, Louis prend un malin plaisir à ne pas décrocher, voire à envoyer un texto quelques minutes après pour lui dire qu'il est vraiment désolé, mais qu'il n'a presque plus de batterie. Que c'est dommage, mais que Solal s'est déjà endormi – à 19 h 30 ! Que ce n'est pas de chance, ils sont partis se promener et n'ont pas beaucoup de réseau. Et ainsi de suite. Rebecca ronge son frein, espère qu'avec le temps, Louis changera et n'aura plus comme unique objectif de lui faire du mal. Qui sait, peut-être même qu'un jour, ils pourront entretenir une relation cordiale, pour Solal ? Peut-être cessera-t-il de la haïr, peut-être cessera-t-elle enfin de l'aimer.

Car, malgré ce qu'il a fait, malgré son attitude glaciale et son absence de regrets, Rebecca ne parvient pas encore à ne plus rien ressentir pour celui qu'elle pensait être l'homme de sa vie. Elle se sent stupide de ne pas réussir à tuer un amour qui n'a plus rien de réciproque, mais tout s'est effondré de façon si brutale et inattendue qu'on dirait que son cerveau et son cœur ne peuvent pas encore admettre la vérité, accepter l'échec, le rejet. L'*abandon*. Chaque fois qu'elle ouvre la porte à Louis, elle se retrouve face à celui qu'elle a aimé passionnément depuis son adolescence, celui qui était son pilier, sa boussole, sa moitié. Chaque fois qu'elle referme la porte sur lui et Solal qui s'en va en sautillant, elle se retrouve exsangue, à chuchoter en boucle pour tenter, en vain, de s'en convaincre : « L'homme en face de moi n'est pas Louis *à l'intérieur*. L'homme que j'aime encore est mort. » C'est comme si une chose incompréhensible avait pris possession de l'esprit de Louis, ne lui laissant que son apparence corporelle. Parfois, Rebecca se sent si fragile, si brisée, qu'elle se force à se remémorer toutes les paroles atroces qu'il a pu prononcer. Juste pour ne pas oublier que ces mots sont sortis de sa bouche, que sa froideur et sa cruauté ne sont pas imaginaires, que si tout est peut-être pardonnable, rien n'est pour autant *rattrapable*.

Ou peut-être juste pour se faire du mal et se punir, se punir d'en être là où elle en est à présent, d'être ce qu'elle est devenue. Seule. Une mère à mi-temps.

Elle aurait voulu passer plus de temps avec Solal, aujourd'hui. Ils sont allés à la plage et Rebecca avait préparé un pique-nique pour déjeuner sur le sable ; mais cet après-midi, elle a demandé au petit garçon de s'occuper seul, car elle avait des copies à corriger et son cours pour les troisième à terminer. Solal s'est installé dans le salon, juste à côté du bureau de sa mère, et il a sorti son circuit de train en bois. Il ne joue jamais dans sa chambre, pour être le plus près possible de Rebecca, sentir sa présence, lui parler même si elle lui fait régulièrement « Chut ! » quand elle tente de se concentrer sur son travail.

— Tu m'aides à construire un circuit, maman ? a-t-il demandé à plusieurs reprises.

— Je finis ça et je viens jouer avec toi, mon chaton. Laisse-moi encore un petit moment, d'accord ? a-t-elle répondu à plusieurs reprises elle aussi, tout en surveillant d'un œil distrait l'heure à la grande horloge vintage accrochée au mur.

Le temps file bien plus vite qu'elle ne le voudrait, et quand elle éteint enfin son ordinateur pour s'installer en tailleur au sol avec le petit garçon, il est déjà 17 h 45. Louis va arriver pour récupérer Solal dans un quart d'heure. Vite, vite, elle assemble les rails, ajoute le pont mobile et le tunnel sonore.

— Mais il est tout petit, ce circuit ! Moi, je voulais qu'on en construise un très grand, avec tous les rails ! s'exclame Solal d'un ton déjà boudeur.

— Je sais, mais ton père va arriver...

L'enfant serre les dents, croise les bras. Rebecca essaye de lui caresser le visage, mais il recule aussitôt, en colère.

— Tu avais dit que tu jouerais avec moi.

À ce moment-là, la sonnette de la porte d'entrée retentit ; avant d'aller ouvrir, Rebecca s'agenouille devant son fils.

— Je te promets qu'on fera le plus grand circuit possible dimanche prochain, dès que tu rentreras. Je suis désolée de ne pas avoir eu le temps aujourd'hui, j'avais beaucoup de travail, est-ce que tu veux bien me pardonner ?

L'enfant hoche la tête lentement, sans croiser le regard de sa mère.

— On mettra tous les rails et tous les tunnels ? marmonne-t-il, et Rebecca sait qu'il est prêt à arrêter de bouder.

— Oui, c'est promis, sourit-elle en le soulevant dans ses bras.

Ensemble, ils vont ouvrir la porte d'entrée. Louis a les yeux cernés, sans doute passe-t-il sa semaine en célibataire à faire beuverie sur beuverie, songe Rebecca avec une pointe de mépris. Il adresse un signe de tête froid à la jeune femme, embrasse rapidement Solal sur la joue.

— Allez, c'est l'heure de partir, dépêche-toi de mettre tes chaussures, déclare-t-il d'un ton pressé, comme si un programme très chargé les attendait et qu'il ne fallait surtout pas perdre une minute.

De la fenêtre du salon, Rebecca, comme chaque fois, observe Solal s'installer dans son siège-auto, regarde la voiture noire démarrer puis disparaître au coin de la rue. Le cœur serré à la perspective de se retrouver encore seule dans cette maison trop grande et tellement exécrée qu'elle commence déjà à faire des cartons alors qu'elle vient à peine de la mettre en vente.

Son regard tombe sur le circuit de train inachevé. Elle fait quelques pas dans l'idée de ramasser les morceaux de rails pour les ranger dans la grande caisse en bois, puis elle se ravise. Le circuit peut bien rester dans un coin de la pièce jusqu'à dimanche prochain, après tout. Solal sera ravi de le retrouver dans une semaine et de continuer sa construction dès son retour.

Et cette fois, elle prendra le temps de jouer avec lui. Ils prendront tout le temps qu'il faudra.

38

Dimanche 27 mai 2018
le-jour-où

Rebecca est passée chez ses parents pour le déjeuner, même si elle n'avait pas le cœur à faire quoi que ce soit hormis se languir du retour de Solal à 18 heures. Mais elle savait que sa mère serait heureuse de la voir le jour de la fête des Mères, alors elle a fait l'effort de lui acheter une boîte de macarons et de les lui apporter. Même si elle a compris depuis longtemps qu'elle ne doit rien attendre ou espérer de la part de Louis, la jeune femme ne peut s'empêcher de se sentir triste que ce dernier n'ait pas proposé à Solal de lui téléphoner, juste pour qu'il prononce ces quelques mots insignifiants et pourtant désormais essentiels : « Bonne fête maman. » Bien sûr, elle sait exactement ce que Louis dirait si elle se risquait au moindre soupçon de reproche ; que ce n'est pas à lui de penser à ce genre de choses, et qu'en plus elle récupère Solal en fin de journée, donc il n'y a vraiment aucune raison que leur fils téléphone avant.

Peut-être qu'un jour, ce sentiment insupportable de ne faire qu'errer les jours où Solal se trouve chez son père s'amenuisera, voire disparaîtra. Peut-être. En attendant, Rebecca tente de s'occuper et de tromper la solitude du mieux qu'elle peut. En allant courir le long de la plage, de plus en plus longtemps. En préparant ses cours, en faisant du tri dans la maison en prévision du déménagement. En rendant visite à ses parents, même s'ils ne sont jamais dupes de sa mélancolie et de sa difficulté à s'adapter à une vie qu'elle n'a en rien voulue. Sa mère a souvent des paroles maladroites, sans s'en rendre compte. « Tu vas avoir davantage de temps pour toi, ce n'est peut-être pas plus mal, il vaut mieux en prendre ton parti… » Du temps pour elle ? Rebecca n'a que faire d'avoir du temps pour elle ; ce qu'elle veut, c'est être avec son fils. C'est pouvoir le border chaque soir, c'est pouvoir entrebâiller la porte de sa chambre quand elle monte se coucher, juste pour vérifier qu'il dort paisiblement. C'est l'accueillir à bras ouverts dans son lit à 7 heures du matin, le prendre contre elle en lui chuchotant de lui laisser quelques minutes pour émerger. C'est pouvoir le consoler chaque dimanche soir, pas seulement un sur deux, quand il ronchonne parce qu'il n'a pas envie d'aller à l'école le lendemain ; c'est lui proposer de prendre un grand bain en faisant des bulles de savon pour penser à autre chose qu'à la fin du week-end.

Ce qu'elle voudrait, c'est avoir la certitude qu'elle ne *manquera* rien de sa vie, qu'elle sera à ses côtés chaque fois qu'il aura de la fièvre ou une gastro-entérite, chaque fois qu'il se blessera et qu'il faudra lui mettre un pansement sur le genou, chaque fois qu'il aura du chagrin après une journée d'école compliquée… « Ça ne sert à rien de se morfondre », lui a déjà lancé sans grande diplomatie sa mère, sans doute plus parce qu'elle ne sait pas comment redonner le moral à sa fille que parce qu'elle serait indifférente à la situation. Alors Rebecca évite désormais de confier le spleen qui ne la quitte pas depuis cette séparation absurde ; elle tente de faire bonne figure quand elle voit ses parents et se convainc qu'à force de faire semblant, elle finira peut-être par ressentir moins durement les choses.

À 17 heures, elle range à la va-vite le salon et la cuisine en regardant trop régulièrement l'horloge du four. La dernière heure sans son fils est toujours la plus longue.

La sonnette retentit à 17 h 36. Elle le sait parce que, après avoir jeté un coup d'œil au four, elle vérifie sur son téléphone portable que l'heure affichée est bien la bonne. Perplexe, elle se demande si ce pourrait être Louis qui lui ramène Solal avec un peu d'avance, mais ça lui paraît peu probable, car il est toujours d'une ponctualité rigide.

Elle baisse le volume de la musique qu'elle a mise pendant qu'elle s'attelait au ménage dans la cuisine. Un vieux CD de Ace of Base, qu'elle a l'habitude d'écouter en boucle. Solal adore *All That She Wants*, et souvent, ils dansent tous les deux sur cette chanson : Rebecca ferme le volet du salon, éteint la lumière pour que la pièce soit plongée dans la pénombre, ne laisse que son téléphone allumé en lampe de poche pour qu'il y ait quand même une petite source lumineuse, et elle monte le son et commence à se déhancher, tandis que Solal bondit en riant aux quatre coins de la pièce.

Elle tourne le verrou pour ouvrir la porte d'entrée, déjà le sourire aux lèvres à la perspective de, peut-être, retrouver son fils.

Et puis.

Ce n'est ni Louis ni Solal devant la maison, mais un homme qu'elle n'a jamais vu. Des yeux noirs légèrement bridés malgré un type européen, une barbe de quelques jours. Un air grave, presque solennel. Un uniforme bleu marine instantanément identifiable, même si Rebecca, dès le premier échange de regard, *sait*. Bien sûr, elle ignore ce qui s'est passé, elle ignore les mots que va prononcer ce policier, et une voix dans sa tête lui chuchote qu'elle se trompe, que ça ne peut pas être ça, qu'elle a vu trop de films, qu'il faut toujours qu'elle pense au pire à cause de son imagination débordante.

Bien sûr.

Mais quand le policier entrouvre les lèvres pour parler, aussitôt, un instinct quasi animal la fait violemment refermer la porte d'entrée. Elle se retrouve seule dans le couloir, déjà pantelante. De l'autre côté, l'homme sonne à nouveau, sans doute pris au dépourvu par sa réaction. Il frappe doucement à la porte, ouvrez-moi, madame, s'il vous plaît, j'ai besoin de vous parler. Paniquée à l'idée qu'il puisse actionner la poignée et entrer de force, lui adresser la parole, sans qu'elle ait d'autre arme à sa disposition que ses mains pour se boucher les oreilles en chantant à tue-tête (ce qu'elle faisait les rares fois où ses parents se disputaient durant son enfance), elle tourne le verrou. Se sent immédiatement soulagée ; personne n'entrera chez elle sans qu'elle le veuille.

Personne.

Personne ne viendra annoncer quelque chose qu'il est hors de question qu'elle entende.

Personne.

Tant qu'aucun mot ne s'est envolé dans les airs, c'est qu'il ne s'est rien passé. Elle est protégée, comme si elle venait de répandre une poudre magique à l'entrée de la maison. Solal va bien, il va très bien. Elle a encore le pouvoir d'empêcher tout ça, d'empêcher le cataclysme de tout faire exploser.

Elle se laisse tomber à terre, remonte ses genoux contre sa poitrine, enfonce un peu plus ses index dans les oreilles, ferme les yeux jusqu'à ce que des taches de couleur éclatent dans le noir, se concentre sur les battements sourds de son cœur affolé.

Tant qu'elle restera là, sans bouger, presque sans respirer, rien ne pourra arriver.

Rien ne pourra arriver.

39

Mardi 5 juin 2018
9 jours après *le-jour-où*

Toutes ces questions qui tournent en boucle, qui ne s'estompent jamais, qui ne s'interrompent jamais.

Solal adorait les trains, tous les trains. Son circuit en bois est toujours au beau milieu du salon. Avant que ses parents débarquent, lui préparent à la va-vite un sac avec des vêtements pris au hasard et l'entraînent de force hors de chez elle – Tu viens avec nous, tu ne restes pas dans cette maison –, elle a songé à le défaire, à le ranger. Il ne servira plus, a-t-elle osé penser. Il ne servira plus, alors autant remettre tous les rails dans la grande caisse. Elle s'est agenouillée pour saisir la petite locomotive rouge et ses trois wagons aimantés, mais sa main n'a pas esquissé le moindre mouvement. Comme paralysée.

En état de choc.

Vide.

Morte.

Son père l'a relevée de force en l'attrapant tant bien que mal par les aisselles, ce n'est pas le moment de toucher à ce circuit, Rebecca, viens, on y va.

Alors, à regret, elle a abandonné la locomotive en bois, la préférée de Solal. Elle a abandonné la locomotive comme elle a abandonné son fils.

Son père a fermé la porte à clé derrière eux, en prenant soin de tourner également les deux verrous, comme si quoi que ce soit de *grave* risquait encore d'arriver.

Comme si quoi que ce soit avait encore la moindre importance, à présent.

Solal adorait les trains, tous les trains. Rebecca aurait voulu l'emmener visiter la cabine de conduite d'un TGV, elle s'était dit qu'elle se renseignerait au moment des journées du patrimoine, voilà qui aurait transporté de joie le petit garçon.

Les questions continuent de ricocher dans sa tête, comme des cailloux bien trop tranchants.

Qu'a dit Louis à leur fils, ce jour-là ? Lui a-t-il proposé d'aller voir passer les trains, lui a-t-il promis qu'ils allaient vivre une grande aventure, allez, viens, bonhomme, je t'emmène marcher sur de vrais rails, tu vas adorer ! Ou l'a-t-il pris par la main après s'être garé à proximité du passage à niveau, est-ce que Solal rechignait parce qu'il n'avait pas envie de marcher, viens, je te dis, arrête de faire un caprice, je t'ai demandé de me suivre, alors obéis !

Le conducteur du train a-t-il paniqué quand il s'est rendu compte que, quoi qu'il fasse, il ne pourrait pas éviter de percuter les deux silhouettes qu'il apercevait assises sur les rails ?

Les percuter les broyer les traîner les déchiqueter.

A-t-il fermé les yeux au moment de l'impact pour ne rien voir, pour nc rien *sentir*, s'est-il agrippé le plus fort possible à son tableau de bord ? Rebecca l'imagine sortir de sa cabine après, faire quelques pas sur le chemin caillouteux pour voir, pour *savoir*, espérant sans doute qu'il ne s'agissait que d'un sanglier ou d'un autre animal. A-t-il eu la nausée, a-t-il laissé son déjeuner à moitié digéré se déverser sur les rails métalliques, ou est-il resté impassible, à se répéter : c'est un risque du métier, rien de plus qu'un risque du métier, ça arrive aujourd'hui, mais ce sera oublié demain… Rebecca se demande s'il a pu aller travailler comme avant le lendemain matin, ou s'il revoit la scène encore et encore, chaque soir quand il peine à trouver le sommeil. Se sent-il coupable de quelque chose qu'il n'aurait de toute façon jamais pu empêcher, ou touille-t-il son café dégueulasse à la machine en murmurant à ses collègues ébahis : vous savez pas ce qui m'est arrivé dimanche, les gars ?

Rebecca voudrait savoir et en même temps elle voudrait ne surtout jamais savoir si Solal a eu peur, ou si Louis lui a fait croire à un jeu tout du long. Tu vas voir, bonhomme, on s'assoit là tous les deux, et un train va arriver, un vrai train, tu imagines, tu n'en auras jamais vu un d'aussi près, je te le promets ! La mère qui d'un seul coup n'en est plus une pense à son petit garçon. Est-ce que Solal était ravi, à frapper dans ses mains comme chaque fois qu'il était excité, ou est-ce qu'il sentait, tout au fond de lui, du haut de ses quatre ans, que quelque chose ne tournait pas rond, pas rond du tout, et qu'ils n'avaient absolument rien à faire sur ces rails ? Aurait-il voulu se lever et partir, Louis l'en empêchait-il en le maintenant fermement contre lui ? Est-ce qu'il a sangloté, moi, je veux maman, quand est-ce qu'on va chez maman, dis ? Est-ce que Louis était énervé, furieux, ou seulement submergé de chagrin, dévoré par une folie impossible à maîtriser ? A-t-il agi comme un robot, sans la moindre émotion, simplement concentré sur l'objectif atroce qu'il s'était fixé ? A-t-il choisi le jour de la fête des Mères uniquement par vengeance ? A-t-il choisi d'emporter Solal uniquement parce qu'il était aveuglé par la haine qu'il éprouvait pour elle ?

Louis avait-il repéré les horaires de passage des trains, avait-il prémédité son geste ou est-ce qu'il s'est juste levé d'une humeur massacrante ce matin-là ? Est-ce qu'il était en train de se beurrer une tartine et, en voyant à quel point le ciel était bleu, avait simplement songé que c'était un beau jour pour mourir, un jour parfait pour aller se jeter sous un train avec son fils ?

Est-ce que Solal a eu mal ?

Est-ce que Solal a eu mal.

Est-ce qu'il s'est vu mourir, est-ce qu'à quatre ans, on a la moindre idée de ce que peut bien représenter la mort ?

Le dimanche précédent, lorsque Louis était venu récupérer Solal à 18 heures, Rebecca lui avait tendu le bon de commande que l'école demandait de compléter.

— La photo de classe a lieu le 29 mai, il faut cocher « parents séparés » si on souhaite acheter deux pochettes, avait expliqué la jeune femme d'une voix atone.

Louis n'avait même pas pris le papier, n'y avait même pas jeté un coup d'œil.

— Ça va aller, merci, avait-il marmonné.

Et la conversation avait été close. Solal était parti s'installer dans la voiture et Louis ne s'était pas retourné. Rebecca était étonnée qu'il ne souhaite pas acheter une pochette, qu'il se désintéresse à ce point des photos alors que c'est lui qui s'était toujours occupé de faire les albums de famille.

À présent, elle ne peut s'empêcher de penser que la réaction de Louis n'était rien d'autre que la preuve qu'il *savait*. Il savait que Solal n'irait pas à l'école le 29 mai, il savait qu'il n'y aurait aucune photo à commander, il savait que le compte à rebours était lancé.

Elle ne parle à personne de cette certitude atroce, elle la garde pour elle, l'enfouit bien profondément et la laisse grandir, grandir en lui arrachant des lambeaux de cœur jour après jour, comme du lierre qui petit à petit fissure et rogne le mur de brique auquel il s'accroche et s'attaque.

Il savait.
Il savait et elle n'a rien vu.
Rien vu.
Rien empêché.
Et même, rien *senti.*

Son fils est mort et elle n'a rien *senti.* Ne dit-on pas que les mères ont un instinct infaillible ? N'aurait-elle pas dû percevoir que quelque chose de terrible se produisait à l'instant même où ce maudit train broyait le corps de son petit garçon, ne lui laissant aucune chance de s'en sortir ?

Que faisait-elle donc de si important, à 15 h 36 ? L'heure exacte de l'impact, on le lui a dit, ou bien elle l'a lu dans un rapport, comme si cette information avait la moindre importance, comme si quelqu'un, quelque part, voulait que désormais, chaque jour à 15 h 36, son cœur se glace et se liquéfie.

15 h 36. Tic tac, tic tac. Chaque jour, les minutes s'égrènent jusqu'à 15 h 36. Chaque jour, elle est en apnée jusqu'à cette heure. Chaque jour, un train lui percute le cœur à 15 h 36 et elle voudrait supplier, supplier pour que tout s'arrête, pour mourir elle aussi et que plus jamais aucune horloge ne vienne la narguer en affichant triomphalement ce putain de 15 h 36.

Parce que ce dimanche-là, elle y a réfléchi, à 15 h 36, elle était en train d'étendre une lessive, juste après être rentrée de chez ses parents. Elle pestait contre les taches de sauce tomate sur le jogging gris clair de Solal qui n'étaient pas parties au lavage. Un jogging tout neuf, qui plus est. Elle râlait en découvrant que son pantalon de toile noir avait un gros trou au niveau du genou et était bon à jeter. Dire que sa grand-mère l'avait choisi chez *Jacadi*, alors même que Rebecca passait son temps à lui répéter que ça ne servait à rien d'acheter des vêtements hors de prix à Solal, qui grandissait trop vite et se salissait trop souvent. Cet enfant ne prenait soin de rien et elle comptait bien lui en toucher deux mots à son retour !

Voilà ce qu'elle faisait à 15 h 36, le jour de la fête des Mères. Son petit garçon se faisait réduire en bouillie par un train pendant qu'elle étendait sa lessive en se promettant de l'enguirlander dès son retour.

Jamais elle ne pourrait confier ça à qui que ce soit. Jamais.

Elle n'avait rien vu, rien empêché, rien senti.

2 h 27

Le temps a cessé de s'écouler
Durant 2 h 27.

2 h 27 à peine, c'est ce qu'il a fallu
Pour que le cours des choses reprenne,
Pour que les voyageurs arrivent à bon port,
Sans doute agacés d'avoir perdu
Ces heures si précieuses
Et qui ne se rattraperont jamais.

2 h 27 à peine, c'est ce qu'il a fallu
Pour que la procédure soit enclenchée
Pour que l'enquête soit menée
Pour que les rails soient nettoyés
Pour que son petit corps soit
Ramassé
Dissimulé
Emmené.

2 h 27 à peine, c'est ce qu'il a fallu
Pour qu'un enfant qui jouait qui babillait qui boudait,
(*mon* enfant)
Pour qu'un enfant semblable à tous les autres de son
âge (*mon* enfant)
Soit rayé de la surface de la terre
Comme s'il n'avait jamais existé.

Le temps a cessé de s'écouler
Durant 2 h 27.

2 h 27 seulement.
Mais pour moi,
L'horloge est fracassée, les aiguilles sont figées
À jamais.

PRÉSENT

40

Vendredi 23 août 2019
385 jours avant *le-jour-d'après*

Très vite, Benjamin a eu envie de donner un double de ses clés à Rebecca – c'était peu après leur dispute au restaurant de la tour Montparnasse. Très vite, il a eu envie de beaucoup, avec elle. De partager, de vivre ensemble, de construire. Il se souvient encore de la façon dont elle a réagi quand il lui a tendu ses clés, la méfiance et l'hésitation dans son regard, au point qu'il a fini par déclarer sur le ton le plus désinvolte possible, pour ne surtout pas montrer que le manque d'enthousiasme de la jeune femme le perturbait – le blessait, peut-être même :

— Tu n'es pas obligée de les prendre, tu sais. C'était juste une idée comme ça…

— Si, si, c'est gentil, même si je ne sais pas à quoi elles pourront me servir…, avait-elle répondu, visiblement perplexe. Je ne vais jamais venir chez toi en ton absence, de toute façon ! avait-elle ajouté en riant.

Les épaules de Benjamin s'étaient affaissées malgré lui. Mais il avait accepté sans broncher, sans rien confier de son trouble.

Il attendrait qu'elle soit prête à vivre avec lui, voilà tout.

Il avait compris qu'il ne fallait surtout pas la brusquer. Peut-être était-il trop impatient, après tout. Trop fusionnel.

Les semaines, puis les mois avaient passé, et, sans que ni l'un ni l'autre ne mette de mots sur la situation, ils étaient devenus quasiment inséparables. Rares étaient les soirées passées en solitaire, rares étaient les nuits où ils ne dormaient pas à deux, que ce soit chez lui ou chez elle. Parfois, elle restait même la journée à écrire dans un de ses carnets, pendant qu'il bouclait une traduction, et Benjamin se mordait la lèvre pour éviter de lui faire remarquer qu'ils étaient presque toujours ensemble et qu'un seul appartement suffirait...

Il fallait que ce soit elle qui ouvre les yeux, qui ait l'idée, qui propose une vie commune. Il en était convaincu. Sinon, elle détalerait en moins de temps qu'il n'en fallait pour le dire.

Alors, il y a quinze jours, quand Rebecca a entrepris de fouiller dans le tiroir de son bureau et qu'elle a mis un temps infini à mettre la main sur ce qu'elle cherchait, Benjamin ne s'attendait absolument pas à ce qu'elle pose une clé devant lui. D'un air triomphant, qui plus est. Il a haussé les sourcils, surpris, et elle a lancé sur le ton de l'évidence :

– Tu es en permanence ici, alors il serait temps que tu puisses aller et venir à ta guise, non ? Mon appartement est plus grand que le tien, en plus.

– Tu es en train de me dire quoi, au juste ? a-t-il demandé, n'osant pas interpréter des paroles qui peut-être ne signifiaient pas du tout ce qu'il espérait.

– Que tu pourrais venir t'installer ici. Enfin... Si tu en as envie, a répondu Rebecca, soudain plus hésitante. C'est juste parce que ça semble plus pratique, mais il n'y a rien d'obligatoire, bien sûr...

Benjamin a souri devant le doute de la jeune femme qui, apparemment, n'avait rien perçu de son empressement. S'il n'en avait tenu qu'à lui, ils auraient habité sous le même toit une semaine à peine après leur rencontre, alors comment pouvait-elle craindre qu'il refuse sa proposition ?

Ce matin, après avoir écrit deux heures d'affilée sans lever le nez, Rebecca sort courir. Benjamin fait mine d'hésiter à l'accompagner, mais elle l'embrasse sur la joue, en soufflant d'un ton taquin :

— Je sais que tu as du travail… Et ce n'est pas comme si le sport était ta passion, n'est-ce pas ?

Alors il reste chez elle, en se demandant s'il devrait dire « chez eux », désormais. Il a donné le préavis pour son appartement, et depuis, il transfère petit à petit ses affaires chez Rebecca, comme si s'y prendre progressivement risquait moins de lui faire peur ou de la faire changer d'avis.

Le cœur léger, il va dans la cuisine pour se préparer un café. Contemple autour de lui ce qui jusqu'à présent constituait l'univers assez secret de Rebecca, en ne pouvant s'empêcher de se sentir chanceux qu'elle l'accueille enfin à bras ouverts et accepte de partager son quotidien avec lui.

Comment se retrouve-t-il, moins d'une heure plus tard, hagard et livide, assis sur le lit de la chambre de Rebecca, les bras ballants, à regarder par la fenêtre sans rien voir du ciel nuageux ? Il ne saurait pas vraiment dire comment tout s'est enchaîné. Son regard est d'abord tombé sur les carnets Moleskine dans lesquels Rebecca note ses idées pour le livre qu'elle s'est promis d'écrire pour son fils. Il serait malhonnête d'affirmer que Benjamin n'a jamais eu envie de parcourir ces feuillets, d'entrer dans l'intimité de la jeune femme. Mais il a toujours mis un point d'honneur à respecter le fait que ces lignes n'appartenaient qu'à elle ; un jour, elle lui fera lire son manuscrit, quand il sera prêt, quand *elle* sera prête. Ça n'empêche pourtant pas Benjamin de se sentir parfois comme *mis à l'écart*.

Alors ce matin-là, tandis que Rebecca est partie courir, il s'est autorisé à explorer un peu l'appartement, juste parce qu'il a envie de la connaître davantage, juste parce qu'il aimerait tout savoir d'elle et tout partager. Il a caressé les robes accrochées à des cintres dans sa penderie, des robes qu'il ne l'a encore jamais vue porter, et d'autres qu'au contraire il reconnaît. Il a ouvert les tiroirs de son chiffonnier, a touché les étoffes, respiré l'odeur de la lessive de Rebecca, qu'il sait à présent distinguer les yeux fermés. Il a regardé les livres disposés sur le rebord de la fausse cheminée de sa chambre : des romans, quelques guides de voyage, un vieux dictionnaire de prénoms.

Il a ramassé une paire de magazines féminins abandonnés au pied du lit, les a posés sur la table de chevet de Rebecca. En voulant refaire le lit rapidement, il a trouvé une pince à cheveux égarée sous la couette, l'a mise dans sa poche dans l'idée de la ranger dans la salle de bains, dans le pot rempli de barrettes et d'élastiques. Le cœur léger, il a regonflé son oreiller, puis celui de Rebecca et, ce faisant, a remarqué sur le matelas un gros carnet à spirale, avec une couverture cartonnée illustrée par Benjamin Lacombe. Une petite fille aux immenses cheveux blond pâle et au visage porcelaine, qui serre dans ses bras un faon au regard triste. Le carnet était censé se fermer grâce à un ruban rouge collé aux deux côtés de la couverture, mais il n'était pas noué, et le satin pendait, formant des arabesques sur le drap-housse.

Benjamin a caressé la fillette à l'air maussade, a songé que ce matin, Rebecca était restée au lit pendant qu'il préparait le petit déjeuner. Il croyait qu'elle avait du mal à émerger, mais elle devait être occupée avec ce carnet. Il a hésité. Devait-il le laisser tel quel ou le poser sur la table de chevet, aux côtés de *Marie Claire* et *Glamour* ? Il a fait enfin le choix de ne pas y toucher, de délicatement replacer l'oreiller de Rebecca dessus. Mais quand il a remarqué qu'une photo dépassait des pages, il n'a pu s'empêcher de la tirer du cahier.

Rebecca et Solal à la mer, qu'on voit courir en riant vers un objectif tenu par… Louis, sans doute. Qui d'autre ?

La gorge serrée, Benjamin a joué avec le ruban rouge défait, a songé qu'il l'était peut-être *à dessein*.

Un goût métallique dans la bouche, comme si son corps savait déjà qu'il ne trouverait rien de bon dans ces pages, Benjamin a ouvert le carnet. A regardé les clichés de Solal, essaimés un peu partout à l'intérieur, du nourrisson endormi dans son berceau vitré à la maternité au petit garçon de quatre ans fier de faire le poirier dans un jardin. Il a observé l'air heureux de Rebecca sur les photos où elle posait avec Solal et Louis, ça lui a fait comme un coup de poignard dans la poitrine. Il a dévisagé cet homme, a tenté de déceler la folie à venir dans son regard azur trop paisible.

Et puis il a commencé à lire ce qu'il pensait être une sorte de journal intime, mais qui s'est vite avéré être un cahier écrit par Rebecca pour Solal, depuis la découverte de sa grossesse à aujourd'hui. Chaque « lettre » débutait par la date, suivie de « Mon ange ». Benjamin a parcouru en diagonale les premières années de ravissement, attendri. A évité les pages qui suivaient la mort du petit garçon, comme par pudeur. Il a sauté aux derniers feuillets noircis par l'encre, avec l'espoir un peu coupable que Rebecca parle de lui à son fils.

Mais il n'y avait pas un mot le concernant. Rebecca a écrit moins d'une dizaine de fois cette année, c'est sans doute peu, mais elle n'a quoi qu'il en soit jamais éprouvé le besoin de mentionner Benjamin.

Comment ne pas en conclure qu'il n'est pas important pour elle ?

Elle confiait à Solal où elle en était du livre qu'elle écrivait pour lui. Elle confiait son projet un peu fou d'aller en Laponie à Noël, puisqu'elle le lui avait promis, même si elle ne savait pas vraiment le sens qu'un tel voyage pourrait avoir, sans lui. Elle ne précisait même pas qu'elle devait partir avec Benjamin.

Puis ses yeux sont tombés sur une phrase qu'il a dû relire plusieurs fois pour être certain de bien en comprendre le sens.

« Il reste ce livre à écrire et ce voyage à accomplir, et ensuite ce sera fini, ensuite je pourrai te rejoindre et ne plus lutter contre cette douleur que rien n'apaise. »

La gorge nouée, Benjamin a tenté de trouver une autre signification que celle qui paraissait à la fois évidente et complètement incongrue. Il s'est laissé tomber sur le lit de Rebecca, l'index toujours posé sur la phrase manuscrite.

« Ensuite ce sera fini. »

Voilà comment il se retrouve là, le visage décomposé et le cœur en miettes.

Hagard et livide.

Il reste ainsi de longues minutes. Jusqu'à entendre la porte d'entrée s'ouvrir puis claquer.

Alors, lentement, les mains tremblantes, il referme le carnet, se lève tant bien que mal pour le remettre à sa place sous l'oreiller. Il rejoint Rebecca qui fait des étirements dans le salon. Ses joues sont rosies par l'effort, ses cheveux collés à son front par la sueur.

Il grimace un sourire faux, ça t'a fait du bien ? Elle sourit en retour, radieuse, oui, mais il faisait très chaud, j'aurais dû partir plus tôt !

Il l'observe pendant qu'elle boit une longue rasade d'eau directement à la bouteille.

Il ne dit rien de plus.

Se contente de se tenir à la table pour ne pas s'effondrer sur le carrelage.

41

Samedi 24 août 2019
384 jours avant *le-jour-d'après*

Il n'a rien dit la veille, parce qu'il était trop en état de choc après la lecture du carnet, sans doute. Peut-être aussi parce qu'il lui aurait fallu admettre qu'il avait lu quelque chose qui ne lui appartenait pas, qu'il avait pénétré l'intimité de Rebecca en son absence. Peut-être parce qu'une partie de lui refuse de croire ce qu'elle a pu écrire, ce qu'elle peut projeter de faire.

« Ensuite ce sera fini. »

Depuis hier, il observe Rebecca d'une manière différente. Comme si le temps leur était compté, comme si tout ce qui se passait entre eux depuis près de six mois n'était qu'une chimère à laquelle lui seul avait voulu croire.

Il ne sait pas s'il devrait aborder le sujet frontalement, s'il devrait au contraire ne jamais en parler. Elle est là, assise en face de lui, occupée à lire des blogs de voyage sur la Laponie pour préparer ce qui sera quoi, son ultime projet avant de se foutre en l'air ? Comment peut-elle paraître si sereine, si déterminée, comment peut-elle lever la tête et lui sourire comme si de rien n'était, comment peut-elle lui proposer d'emménager chez elle si elle n'envisage aucun véritable avenir ?

Est-il possible qu'elle ait écrit ces phrases sur un coup de tête, un soir où tout lui paraissait trop lourd à porter, un soir où elle se sentait si seule que la mort était devenue, un instant, la seule issue tolérable ?

« Ensuite ce sera fini. »

Que disent de lui ces quelques mots terribles ? Qu'il ne vaut rien, qu'il n'est en tout cas pas suffisant.

— Ça tombe bien, décembre est une bonne période pour apercevoir des aurores boréales..., commente Rebecca, le nez sur l'écran de son ordinateur portable. Solal aurait adoré ça, j'espère qu'on pourra en voir, ajoute-t-elle de ce ton mélancolique qui chagrine et exaspère Benjamin à la fois.

Il hoche la tête, distrait. Rebecca prend des notes sur une feuille de papier, elle compare les horaires de vols, la localisation des hôtels. Tout ça est tellement grotesque, songe brusquement Benjamin. Une colère sourde monte en lui, lui vrille l'œsophage et lui serre la gorge comme si une main l'étranglait de l'intérieur.

— Et l'été prochain, on pourrait peut-être aller aux États-Unis, qu'est-ce que tu en penses ? J'ai toujours rêvé de visiter New York, et aussi la Floride ! lance-t-il d'un air faussement enjoué, juste pour tester la réaction de la jeune femme.

Il craignait qu'elle ne laisse rien paraître, mais elle lève les yeux vers lui, visiblement troublée. Attristée, même. Elle le regarde comme on regarde un enfant qu'on s'apprête à décevoir. Le même regard un peu coupable qu'a eu sa mère le jour où elle lui a confirmé les doutes qu'il avait depuis plusieurs semaines déjà – tu as raison, mon chéri, le Père Noël n'existe pas, mais ce n'est pas grave, tu sais, tu auras tout autant de cadeaux sous le sapin...

— Qu'est-ce qu'il y a, ça ne va pas ? demande-t-il, amer. Les USA, ça ne te tente pas, peut-être ?

— Non, ce n'est pas ça... C'est juste que..., bredouille Rebecca, soudain très pâle.

Elle s'interrompt, dévisage Benjamin avec une telle douceur qu'il en a mal au ventre. Les secondes s'égrènent, silencieuses. Il attend qu'elle reprenne la parole, qu'elle termine sa phrase, mais ses yeux s'emplissent de larmes et elle se mord la lèvre, submergée d'émotion.

— C'est juste que quoi ? insiste-t-il pour l'obliger à s'ouvrir enfin.

Il espère de toutes ses forces que les phrases écrites dans ce maudit carnet sont réversibles.

— Rien... Ne t'en fais pas, se reprend-elle soudain. C'est juste que l'été prochain, c'est très loin pour moi. J'avance au jour le jour, et pour l'instant, je suis incapable de me projeter dans un an... Ne m'en veux pas, s'il te plaît, demande-t-elle en s'efforçant de sourire faiblement.

À ce moment-là, il pourrait lui avouer que la veille, il est tombé sur le carnet qu'elle écrit à Solal. Il pourrait la mettre au pied du mur, lui demander si son unique objectif est de partir en Laponie avec lui puis, dès leur retour, d'aller s'allonger sur une voie de chemin de fer pour que la boucle soit bouclée.

Il imagine déjà son regard de bête blessée. Sa façon de murmurer des excuses insuffisantes : « Je suis désolée, je ne voulais pas te faire de mal, je ne t'ai jamais caché que je n'attendais plus rien de la vie... » Elle ajouterait peut-être une de ces détestables phrases de sagesse, du genre : « L'amour, ça ne peut pas seulement être deux solitudes qui se rencontrent... », et il aurait envie de vomir. Elle tenterait sans doute de s'expliquer, de lui faire comprendre son projet, comme s'il pouvait y avoir quoi que ce soit à comprendre : « Savoir que bientôt, tout sera terminé, c'est ce qui m'a fait tenir bon chaque matin, ce qui m'a permis de me lever et de ne pas flancher... »

Terrassé, il finirait par se montrer pathétique, en lui demandant pourquoi, dans ce cas, elle l'a embarqué dans cette histoire. Pourquoi elle a accepté de le revoir. Il passerait pour un faible ou un geignard : « Je pensais que tu t'étais attachée à moi, que tu m'aimais, qu'on s'aidait l'un l'autre... Je pensais qu'on *construisait* quelque chose, tous les deux... », et elle ne saurait pas quoi lui répondre.

Le chat de Rebecca vient se frotter contre la jambe de Benjamin en ronronnant – sa façon à lui de réclamer quelques croquettes quand il s'aperçoit que sa gamelle est vide. Benjamin baisse machinalement la main pour le caresser entre les oreilles.

Peut-être même qu'il en viendrait à lui demander ce qu'il va advenir du chat, une fois qu'elle se sera suicidée. Même seulement prononcé dans sa tête, ce mot lui paraît plus aiguisé que du papier de verre.

« Parce que tu crois qu'un chat va me retenir à la vie ? » lui dirait-elle en secouant la tête pour elle-même. « Un chat qui n'est même pas à moi... »

Benjamin serrerait les dents. Rebecca lui a déjà raconté que le félin a été offert par Louis à Solal juste après leur séparation, et qu'elle s'est sentie obligée de le recueillir et de s'occuper de lui, *après*. Quand bien même elle n'aurait pas la moindre affection pour lui.

« Un chat, non... Sans doute pas. Mais moi ? » tenterait Benjamin, en se détestant pour les trémolos perceptibles dans sa voix. Rebecca tendrait la main pour lui caresser la joue, mais il reculerait aussitôt en voyant son regard attristé. Il comprendrait enfin que quoi qu'il dise, elle ne changerait pas d'avis. « Je n'y arrive pas, sans mon fils. Et... je ne veux pas y arriver, de toute façon. Je ne veux pas lui *survivre*, tu comprends ? » ajouterait-elle.

Benjamin secouerait la tête, furieux et désespéré à la fois. Il se lèverait sans mot dire, bousculerait le chat qui filerait sans demander son reste, puis repousserait violemment la chaise sous la table. « J'ai besoin de prendre l'air », lâcherait-il avant de tourner les talons.

Voilà la scène qui se déroulerait s'il prenait son courage à deux mains et osait affronter Rebecca. Rien de bon ne pourrait sortir de cette discussion, il en est soudain certain.

La jeune femme s'est replongée dans la lecture d'un blog sur la Laponie, et Benjamin choisit de taire ce qu'il a appris. Peut-être même peut-il se raccrocher à l'idée pas si folle que ça que Rebecca ait changé d'avis depuis le jour où elle a écrit ces terribles mots.

Ou à l'idée que Rebecca change d'avis en cours de route.

Pour l'instant, il se sent vidé de toute énergie, et serait bien incapable de rester à côté de la jeune femme sans rien laisser paraître. Aussi se lève-t-il pour déposer un baiser sur sa joue et lui rappeler qu'il va passer un moment avec Selim, mais qu'il ne rentrera pas tard, c'est promis.

Rebecca acquiesce, murmure un « Je t'aime, tu sais », sans lever les yeux de l'ordinateur. Inconsciente de la vague de chagrin qu'elle fait ainsi déferler chez son compagnon.

Benjamin sort donc rejoindre Selim pour boire un verre à proximité du jardin du Luxembourg ; son ami ayant lourdement insisté la veille, s'il te plaît, ne me laisse pas en rade, j'ai besoin de m'aérer une heure et de faire autre chose que changer une couche ou donner un bain à un nourrisson d'un mois qui s'époumone à longueur de journée...

Benjamin n'a pas du tout la tête à discuter avec qui que ce soit en terrasse, mais il imaginait mal poser un lapin à Selim.

— Eh bien, tu n'as pas l'air dans ton assiette ! s'inquiète son ami quand Benjamin s'installe en face de lui, à une table en plein soleil.

— C'est plutôt à moi de te dire ça, il me semble... Tu as des valises si énormes sous les yeux que j'ai cru qu'un saint-bernard était attablé, marmonne Benjamin, du ton le plus insouciant possible.

La stratégie fonctionne : Selim embraye aussitôt sur son quotidien et sa fatigue. Visiblement, il a plus que besoin de souffler et de s'épancher.

— M'en parle pas... Je n'ai jamais été aussi lessivé de ma vie. Personne ne m'avait dit que s'occuper d'un bébé serait aussi épuisant !

Selim parle des nuits trop courtes et trop hachées, de coliques et de régurgitations, de bodies tachés et de couches qui débordent, et Benjamin l'entend sans véritablement parvenir à l'écouter. Une vingtaine de minutes plus tard, son ami s'interrompt pour enfin avaler une longue gorgée de bière.

— Et toi, alors ? Tout est toujours au beau fixe avec Rebecca ? demande-t-il en reposant son verre.

Benjamin jette un coup d'œil à Selim qui a fermé les yeux, offrant son visage mat aux rayons du soleil. Il aurait envie de lui dire que rien n'a jamais été « au beau fixe » avec Rebecca, que tout, depuis leur rencontre, est si compliqué que ça le rend parfois malade. Il aurait envie de lui dire qu'il ne sait plus quoi faire et qu'une partie de lui regrette d'être tombé si amoureux et de s'être lancé tête baissée dans une histoire qui était peut-être perdue d'avance. Mais Selim est à mille lieues de ce qu'il vit. Jamais il ne comprendrait.

Alors Benjamin se contente de répondre avec un enthousiasme feint :

— On nage en plein bonheur.

Selim hoche la tête, sourit sans ouvrir les yeux.

— Je suis heureux pour toi, mon pote… C'est sincère. Tu le mérites.

42

Mercredi 28 août 2019
380 jours avant *le-jour-d'après*

— Vous ne vous sentiriez pas soulagée, s'il était au courant de vos intentions ?

La voix de la psychiatre est particulièrement douce, aujourd'hui, presque hypnotisante. C'est du moins l'effet que ses paroles produisent sur Rebecca depuis le début de la séance, mais peut-être est-ce simplement dû au fait qu'elle n'a pas beaucoup dormi les nuits précédentes. Trop de choses dans sa tête. Soulagée ? Non, « soulagée » serait loin d'être le mot en accord avec ce qu'elle ressentirait s'il découvrait ce qu'elle projette. Et pour l'instant, tout ce qu'elle éprouve, c'est une immense culpabilité de ne pas être totalement honnête avec Benjamin, en n'osant pas lui parler de ce qu'elle compte faire.

— Il ne comprendrait pas. Il se sentirait trahi, il risquerait de tout ramener à lui, alors que ça n'a rien à voir avec lui…

— Vraiment ? Vous pensez sincèrement que votre… choix ne le concerne pas ?

— J'ai pris ma décision il y a des mois, avant même de le rencontrer. Je me suis fait la promesse d'écrire ce livre pour qu'il reste quelque chose de Solal ; je n'ai tenu que grâce à cette perspective. Et puis Benjamin m'a mis en tête cette idée un peu folle d'aller en Laponie pour réaliser le rêve de Solal. Sans lui. Et j'ai décalé… la *fin*.

Je me suis fixé une date, une date que je ne dépasserai en aucun cas. Quoi qu'il puisse arriver.

Le ton de Rebecca se fait déterminé, son regard devient dur malgré elle.

— Je vois. Vous parlez de Noël, je suppose ?

La jeune femme hoche la tête, sans pour autant croiser le regard de la psychiatre.

— Toutes les dates, toutes les fêtes me ramènent à Solal. C'est comme si rien n'existait en dehors de lui, comme si le moindre de mes souvenirs était rattaché à lui. La galette des Rois : comme il boudait quand il découvrait que la fève ne se trouvait pas dans sa part. Les crêpes à la Chandeleur et la façon dont il insistait toujours pour rajouter du sucre glace sur l'épaisse couche de Nutella que j'avais déjà tartinée. Pâques et son excitation à la perspective d'aller chercher les œufs en chocolat cachés dans le jardin, la manière dont il scrutait le ciel dès l'aube dans l'espoir d'apercevoir une cloche avec des ailes. Je pourrais faire une liste infinie de toutes ces fichues dates qui ne me font plus penser qu'à Solal. Son anniversaire, le mien. Les vacances scolaires. La fête des Mères. Et puis Noël, évidemment. Noël…

Le regard de Rebecca s'embue légèrement, et Sophie de Leyret n'esquisse pas le moindre geste, préférant laisser la jeune femme poursuivre son monologue.

— Que peut-il y avoir de pire que Noël… Quel sens peut avoir Noël quand l'enfant qu'on a vu naître n'est plus là ? Solal n'est plus là pour collectionner les catalogues de jouets et les découper en prévision de sa liste au Père Noël, il n'est plus là pour me supplier d'aller acheter un sapin dès le mois de novembre, pour insister pour choisir le plus grand du magasin alors que notre salon était trop petit pour accueillir un arbre immense. Il n'est plus là pour laisser un verre de Coca au Père Noël, parce qu'il n'aimait pas le lait froid. Il n'est plus là pour ouvrir les cases du calendrier de l'avent que je lui avais fabriqué, dans lesquelles je mettais des babioles que j'avais collectées au fil de l'année écoulée. Il n'est plus là, et j'ai déjà, bien malgré moi, passé un Noël sans lui. Le plus atroce des Noëls. Je n'en passerai pas un deuxième toute seule.

Rebecca s'interrompt, sa mâchoire se crispe. Sophie de Leyret, silencieuse, griffonne quelques mots sur son calepin, et on n'entend plus dans la pièce que le frottement de son stylo à encre sur le papier.

— Donc pour vous, être avec Benjamin, c'est toujours être « toute seule » ? finit-elle par demander avec douceur au bout de quelques minutes.

— Benjamin ne peut pas remplacer Solal, rétorque Rebecca sur le ton de l'évidence.

— Bien sûr que non. Mais il pourrait redonner un sens à beaucoup de choses. Il pourrait être la source de nouveaux souvenirs, qui n'effaceraient en rien ceux que vous avez forgés avec votre fils...

Rebecca hausse les épaules sans rebondir. La psychiatre se redresse dans son fauteuil, comme si elle avait soudain besoin de se rapprocher de la jeune femme pour lui parler, pour faire en sorte que ses paroles l'atteignent enfin.

— Vous donnez l'impression de vous être tellement accrochée à votre projet d'en finir d'ici la fin de l'année que vous n'êtes désormais plus capable du moindre... ajustement. Le « contrat » que vous avez passé, vous ne l'avez passé qu'avec vous-même, vous savez. Vous ne trahirez personne en y renonçant ou en changeant d'avis. Vous ne trahirez personne en choisissant la vie.

Le regard de Sophie de Leyret se fait presque inquisiteur, et Rebecca ne peut s'empêcher de détourner les yeux. Tout paraît si facile, dit comme ça. Comme s'il suffisait d'un claquement de doigts pour qu'un bonheur sans nuage s'installe.

— Je suis attachée à Benjamin, évidemment. Très attachée. Mais mon amour pour lui ne peut pas rivaliser avec la douleur qui est en moi depuis si longtemps. La joie qu'il m'apporte ne parvient pas à atténuer ce chagrin intolérable. Ce n'est pas une question de volonté ; je ne peux pas me lever un matin et décider d'être heureuse, ça ne marche pas comme ça.

— Vous croyez qu'on ne peut pas *décider* d'être heureux, vous croyez que le bonheur nous tombe dessus et qu'on n'a aucun contrôle sur la situation ?

— Vous ne comprenez pas... Je ne *peux* pas construire quoi que ce soit avec lui ; rien que de l'imaginer, j'en ai le vertige... Avec Louis, j'étais dans un degré d'intimité qui me paraît impossible à recréer avec qui que ce soit. Ça avait pris des années, pour se connaître aussi bien l'un l'autre. Pour me sentir à l'aise, pour m'autoriser à être totalement moi-même, sans la moindre gêne ni la moindre honte. J'ai grandi avec lui, j'ai changé avec lui. Je pouvais mettre un jogging en guise de pyjama, je pouvais avoir les cheveux gras le dimanche, ne pas m'épiler régulièrement, être de mauvaise humeur sans devoir me justifier... Comment serait-il possible de recréer une telle intimité avec un autre homme ? Je n'en ai pas le courage...

— Mais les débuts d'une histoire d'amour sont aussi positifs, enivrants, grisants... Découvrir l'autre, sentir sa curiosité, son désir, son attachement... L'intimité entre deux personnes n'est en rien une question de temps, qui plus est. On peut se sentir en symbiose totale avec quelqu'un qu'on vient de rencontrer, comme on peut ne jamais se permettre d'être vraiment soi-même avec une autre personne, malgré les mois qui passent.

— Qu'est-ce que vous voulez que je vous dise ? J'ai toujours préféré la sécurité à l'attrait de la nouveauté.

La psychiatre acquiesce sans quitter Rebecca des yeux. Elle ouvre la bouche pour dire quelque chose, mais se ravise au dernier moment. Se passe la langue sur les lèvres pour les humecter, ou pour se donner le temps de la réflexion. Enfin, elle se penche un peu plus vers Rebecca, comme pour lui signifier que les mots qu'elle s'apprête à prononcer ne sont pas à prendre à la légère.

— Pourtant, ce que vous pensiez être la sécurité ne l'était absolument pas, vous en êtes consciente ? Donc il serait peut-être temps d'ouvrir le champ des possibles. Parce que vous n'êtes pas seule. Quoi que vous pensiez ou ressentiez, aussi grande que votre souffrance puisse être au quotidien, vous n'êtes plus *seule*. Visiblement, cet homme est là pour vous, et même si je sais que mon rôle est de vous laisser cheminer à votre rythme, permettez-moi malgré tout de vous faire remarquer que si vous l'avez laissé entrer à ce point dans votre vie, c'est qu'il mérite sans doute d'être au centre de vos décisions à venir.

43

Lundi 2 septembre 2019
375 jours avant *le-jour-d'après*

Rebecca a écrit la majeure partie de la journée, et si Benjamin n'a aucune idée de ce qu'elle peut bien taper à l'ordinateur, il remarque pourtant que son travail est laborieux. Son bureau est installé juste devant la grande baie vitrée du salon, et régulièrement elle lève la tête, comme pour chercher l'inspiration. Son regard se perd dans la contemplation du ciel pendant de très longues minutes, puis elle semble revenir à la réalité et ses doigts recommencent à pianoter sur son clavier.

Benjamin, lui, travaille affalé dans le canapé avec son ordinateur portable. Rebecca a proposé d'acheter un deuxième bureau pour qu'il soit mieux installé, mais il lui a expliqué que chez lui, il avait déjà l'habitude – mauvaise, il le reconnaît – de traduire à moitié allongé sur son divan.

Très souvent, il l'observe écrire, réfléchir aux mots qu'elle va choisir, se ronger l'ongle de l'auriculaire lorsqu'elle hésite. Elle ne se rend jamais compte que son regard s'attarde sur elle, elle est bien trop plongée dans ses pensées. Il ne dit rien, mais il ne peut s'empêcher de songer que chaque phrase qu'elle inscrit dans son fichier Word, chaque mot qui noircit la page blanche, l'éloigne de lui. Chaque mot écrit pour son livre l'éloigne de lui et la rapproche de la *fin*. Le sentiment d'impuissance est vertigineux. C'est comme s'ils marchaient tous les deux au bord d'un immense gouffre et que, pour l'instant, elle acceptait qu'il la tienne pour ne pas qu'elle tombe. Mais qu'il était pourtant pleinement conscient que le moment où elle lui lâcherait une bonne fois pour toutes la main allait très bientôt arriver, et qu'il ne pourrait pas lutter contre sa volonté à elle.

Il devra lâcher prise et la laisser sauter dans le gouffre. Le seul espoir qui lui reste, c'est qu'au moment de plonger, elle jette un regard en arrière et se rende brutalement compte qu'il lui suffit de reculer d'un pas pour que tout change.

Pour que *tout* change.

— C'est ton histoire, que tu racontes ? demande-t-il au moment où elle éteint l'ordinateur, signe que sa séance d'écriture est terminée.

Rebecca ne parle quasiment jamais de son livre, et il est très rare que Benjamin ose la questionner tant il a le sentiment de ne pas avoir sa place dans cette bulle. Ce n'est pas qu'il ait peur d'elle, c'est plutôt qu'il se sent tenu à l'écart de ce pan de la vie de la jeune femme.

— Non... Je n'écris pas une autobiographie, ni même une biographie de Solal. Surtout pas... J'ai noté, amassé, consigné le plus de souvenirs de lui que j'ai en moi ; tout ce qui me manque, tout ce qui me bouleverse. Les moments de bonheur, les rires, les colères... J'ai passé des mois à fouiller ma mémoire pour tenter de ne rien oublier ou négliger. C'est la matière première du livre. Et à présent, je transforme tout. J'intègre tous ces souvenirs dans une fiction. Je crée un fil, une histoire, j'invente des personnages qui, s'ils ne sont pas réels, n'en sont pas moins vrais.

Benjamin hoche la tête, pas certain de bien comprendre le projet de la jeune femme.

— C'est un roman, tu vois. Un roman dans lequel tout ce qui est l'essence même de Solal se retrouvera, sans que personne le sache en dehors de moi et de ceux qui auront connu mon fils. C'est une fiction, mais dans laquelle toutes mes émotions auront leur place, par le biais de personnages de papier… Personne n'a envie de lire le témoignage larmoyant d'une mère qui a perdu son fils, et je n'ai aucune envie d'écrire ce genre de livre. Par contre, un roman qui permet de transcender et d'exorciser la réalité, ça, j'en suis capable. J'en suis capable, et ce sera le plus bel hommage que je pourrai rendre à Solal.

Benjamin sourit avec douceur, dévisage Rebecca qui détache ses cheveux, comme toujours après avoir écrit. Ses doigts fins se perdent dans les mèches brunes, puis elle glisse son élastique rouge vif autour de son poignet.

— Je crois qu'on n'a plus grand-chose dans le frigo, je vais aller faire quelques courses… Tu as envie de quelque chose en particulier pour dîner, ce soir ? demande-t-elle en cherchant des yeux son sac à main.

Il est toujours sidéré de sa faculté à être dans un quotidien tout ce qu'il y a de plus normal, comme si elle ne vivait que dans l'instant présent, sans jamais penser au mur de béton qu'elle a érigé au loin, et dans lequel elle compte s'encastrer dans quelques mois.

Dans moins de quatre mois, si la date butoir est Noël.

Quatre mois.

Au tout début, la colère l'a submergé, une colère telle qu'il devait régulièrement serrer les poings de toutes ses forces durant plusieurs minutes pour s'empêcher de crier ou d'envoyer tout valdinguer dans l'appartement. Il a eu envie de planter là Rebecca et de tourner les talons pour ne plus jamais la revoir. La quitter avant qu'elle ne le quitte de la plus atroce et absurde des manières. La quitter comme on arrache un pansement d'une plaie pas encore cicatrisée, d'un geste sec et en crispant la mâchoire.

Puis il y a eu le déni. Il s'est convaincu que jamais Rebecca ne pourrait mettre son plan à exécution ; impossible, puisque entre eux, c'était fort, c'était intense, c'était unique. Il l'aime comme il n'a jamais aimé personne avant, il l'aime comme si elle faisait partie de lui, comme s'il lui était destiné depuis toujours, et tant pis si c'est cliché, si c'est mièvre, si c'est naïf. Tout au fond de lui, il sait que l'évidence qu'il ressent depuis le début est réciproque, quand bien même elle préférerait lutter contre ses sentiments. Alors, il n'y a eu qu'un pas vite franchi pour se persuader que la meilleure solution, c'était de rester à ses côtés, de continuer à la soutenir jusqu'à ce qu'elle retrouve enfin goût à la vie avec lui. L'amour peut tout, s'est-il répété.

Et aujourd'hui, dix jours à peine après être tombé sur ce fichu carnet, au moment où Rebecca lui propose en souriant d'aller acheter de quoi préparer un plat de lasagnes, il en vient à se dire que le mieux est sans doute d'accepter la situation telle qu'elle est, même si ça semblerait fou à n'importe qui d'extérieur à leur couple. Accepter qu'elle n'ait pas envie de rester dans un monde où son fils n'est plus, accepter de ne pas parvenir à la ramener sur la terre ferme et de devoir la laisser dériver loin de lui, accepter qu'elle soit seulement de passage dans son existence. Il n'y a sans doute que de cette manière qu'il pourra tenir bon. Profiter de sa présence sans jamais oublier qu'elle ne sera qu'éphémère. Prendre ce que Rebecca a encore à lui offrir, l'aimer de toutes ses forces sans trop penser à ce qui adviendra. Se dire que lorsqu'il l'a rencontrée, elle aurait tout aussi bien pu être atteinte d'une maladie mortelle incurable, d'un cancer en phase terminale, d'une leucémie foudroyante qui l'aurait emportée en quelques semaines. Se convaincre que ça aurait été pire, mais qu'il serait évidemment resté sans se poser la moindre question. Il l'aurait soutenue jusqu'au bout.

Et c'est ce qu'il va faire, même si les circonstances sont différentes.

Plus facile à dire qu'à faire, songe-t-il en se levant pour l'accompagner. Mais il refuse d'avoir le cœur lourd en permanence, ça n'aurait aucun sens. S'il reste avec Rebecca, c'est pour qu'ils soient heureux dans le temps qui leur est imparti. Et c'est ce qu'il a choisi. Il ne peut pas envisager les choses autrement, de toute façon, puisque sans elle, il se sent perdu.

Complètement perdu.

Dans la rue, elle marche en le tenant par la taille, et il ferme un instant les yeux pour savourer la sensation de son bras autour de son corps. Lorsqu'ils passent devant l'école primaire du quartier, Rebecca ralentit instinctivement, et Benjamin adapte sa foulée à la sienne. Elle finit par s'arrêter à quelques mètres de la grille, observe les ribambelles d'enfants qui sortent dans la rue retrouver leurs parents. Son regard se fige sur une petite fille en pleurs, qui marche en tenant la main de son père. Visiblement, elle n'a pas passé une bonne journée à l'école.

— C'est la rentrée des classes, aujourd'hui..., murmure pensivement la jeune femme.

Benjamin se fait la réflexion que les cartables des enfants paraissent excessivement lourds ; que peuvent-ils bien avoir à transporter ? La main de Rebecca serre la sienne un peu trop fort, et il s'approche tout près d'elle pour la prendre dans ses bras.

— Solal aurait dû entrer en CP, aujourd'hui. Je lui aurais acheté son premier cartable, on y aurait inscrit son prénom sur une étiquette en cuir. Il aurait choisi sa trousse, je lui aurais préparé un goûter pour la récréation du matin, j'aurais proposé une banane et il aurait insisté pour des gâteaux, des Mikado, je suis sûre...

À quelques mètres d'eux, un homme d'une trentaine d'années passe en courant, en portant sur ses épaules son fils, qui rit aux éclats. Rebecca les suit du regard sans rien dire, jusqu'à ce qu'ils disparaissent au coin de la rue.

— Je me souviens de la première rentrée de Solal, en maternelle. Il avait deux ans et demi. Presque tous les autres enfants étaient en pleurs et s'agrippaient à leurs parents, et lui les a regardés d'un air surpris, comme s'ils étaient des extraterrestres. Il m'a embrassée sur la joue, a lancé un « Au revoir, maman ! » à la va-vite, avant de disparaître dans la classe. Il était tellement impatient de découvrir tous les jouets, et je suis restée là, les bras ballants, un peu décontenancée par son attitude… Il n'avait peur de rien.

Rebecca déglutit avec difficulté, détourne le regard et recommence à marcher pour s'éloigner de l'école. Elle murmure quelque chose d'autre, mais si bas que Benjamin est obligé de lui demander de répéter.

— Il n'avait peur de rien, chuchote-t-elle à nouveau, sous le coup d'une émotion difficile à contenir. Mais je ne sais pas si ce jour-là, il a eu peur…

44

Samedi 14 septembre 2019
363 jours avant *le-jour-d'après*

Quand Rebecca avait prononcé cette phrase, devant la grille de l'école primaire le jour de la rentrée scolaire, Benjamin n'avait pas réagi plus que ça. Il avait simplement senti, comme chaque fois, le désarroi et le chagrin immense de la jeune femme, et s'était contenté de la serrer fort contre lui, juste pour lui faire comprendre qu'il était là pour elle. Qu'il était certes impuissant, mais qu'elle n'était plus seule pour autant et qu'il était prêt à porter avec elle son fardeau dans l'espoir que peu à peu il lui paraisse un tout petit peu moins lourd.

Elle avait dit que ça la rongeait de ne pas savoir si Solal avait eu peur le jour de sa mort. S'il avait été terrorisé à l'approche du train lancé à pleine vitesse ou s'il n'avait eu conscience de rien, si même le choc avait été trop fulgurant pour qu'il ressente la moindre douleur.

Et Benjamin avait compris à quel point ce devait être intolérable de rester dans cette ignorance à jamais.

— Il y a des questions auxquelles il est impossible d'avoir une réponse, il faut réussir à accepter de ne jamais savoir… Puisque plus personne n'est là pour raconter comment les choses se sont déroulées…, avait-il murmuré en respirant les cheveux de Rebecca lovée contre son torse.

Il avait caressé son visage sans le voir, avait senti les traces humides sur ses pommettes.

— Il cst encore là, pourtant... Il sera toujours là, avait-elle fini par rétorquer d'une voix sourde.

— Je sais, je sais, avait-il chuchoté pour l'apaiser.

— Tu ne comprends pas..., avait-elle ajouté comme pour elle-même. Tu ne comprends pas...

Il n'avait pas réagi, blessé par ses paroles et par sa façon de toujours le tenir à distance.

Et puis, aujourd'hui, au moment où il presse une orange pour préparer un jus à Rebecca, cet échange lui revient à l'esprit, sans qu'il sache exactement pourquoi. Il a soudain le sentiment que quelque chose lui a échappé ce jour-là, que quelque chose continue de lui échapper malgré ses efforts pour mettre le doigt dessus.

Rebecca le rejoint dans la cuisine, les yeux encore ensommeillés et les cheveux emmêlés par la nuit. Elle est tellement belle, songe-t-il avec un attendrissement qui ne faiblit en rien malgré les mois qui défilent. Elle se place derrière lui, passe ses bras autour de ses hanches et pose la tête contre son dos. Tous deux restent comme ça quelques minutes, à savourer en silence cette intimité providentielle.

Jusqu'à ce que Benjamin rouvre les yeux et achève de presser son orange. Jusqu'à ce qu'il demande un peu par hasard :

— Qu'est-ce que ça signifiait, l'autre jour, quand tu as dit que Solal était encore là ?

— Je ne me rappelle pas avoir dit ça, répond Rebecca au bout de quelques instants de réflexion.

— Si... Tu as dit que tu ne saurais jamais s'il avait eu peur ce jour-là, et je t'ai répondu qu'il te faudrait vivre sans savoir, puisque plus personne n'était là pour témoigner. Tu as ajouté que pourtant, il était toujours là. Ça voulait dire quoi ? insiste Benjamin, sans trop savoir pourquoi il tient tant à creuser cela.

Rebecca desserre les bras, tourne les talons pour aller jusqu'à la bouilloire posée sur le plan de travail. Elle ouvre le robinet, la remplit d'eau, et Benjamin observe ses gestes qui paraissent délibérément lents, comme si elle cherchait à gagner du temps afin de savoir quels mots prononcer. Quand elle coupe l'eau, elle reste figée avec la bouilloire à la main, les yeux fixés sur l'évier en aluminium, et c'est à ce moment précis que Benjamin comprend qu'il a visé dans le mille. Son estomac se noue aussitôt, instinctivement, même s'il n'a pas la moindre idée de ce que la jeune femme va bien pouvoir lui dire. Il pensait avoir découvert toutes ses zones d'ombre, tous ses secrets, mais il semble que ce ne soit pas encore le cas.

Enfin, elle repose la bouilloire sur son socle, sans appuyer sur le bouton pour faire chauffer l'eau. Elle se tourne vers lui, plonge les yeux dans les siens en se mordant la lèvre inférieure, pensive. Il donnerait n'importe quoi pour être dans sa tête et savoir ce qui s'y passe.

— Je ne parlais pas de Solal.

Benjamin tressaille, tente de comprendre. Les épaules de Rebecca s'affaissent.

— Je ne parlais pas de Solal, en disant qu'*il* était encore là et qu'il le serait toujours..., ajoute-t-elle en baissant les yeux, comme si soutenir le regard de Benjamin était brusquement trop difficile.

Il a envie de demander plus d'explications, mais sa bouche est trop sèche, sa langue trop pâteuse pour qu'il parvienne à articuler le moindre son. Son cerveau n'a pas encore saisi ce que Rebecca s'apprête à avouer, mais son corps, lui, pressent le coup de massue qui va tomber.

— Je parlais de Louis.

Benjamin ouvre la bouche, reste paralysé, incapable d'additionner deux plus deux.

— Il a survécu. Solal est mort et Louis a survécu. Il a été traîné par la locomotive sur plus de trente mètres, et il s'en est sorti. Il a perdu son pied gauche, c'est tout. Le chirurgien a dit que c'était un miracle. Un *miracle*, répète Rebecca avec une moue de dégoût.

Benjamin frissonne, croise les bras pour se donner une contenance. Pour encaisser le choc.

— Juste après le…

Rebecca s'interrompt, et Benjamin comprend qu'il lui est impossible de prononcer le mot « accident » mais qu'elle n'en trouve pas d'autre.

— Juste après, reprend-elle les sourcils froncés, ils ont plongé Louis dans un coma artificiel. Le médecin a expliqué à mon père qu'au vu de son traumatisme crânien, il était préférable que Louis ne soit plus conscient, car la douleur physique serait trop *insoutenable*. Ils l'ont laissé dans sa jolie bulle pendant deux semaines, pendant que notre fils était enterré et que le monde entier s'effondrait pour moi. Et ensuite…

Rebecca émet un rire narquois, ses pupilles s'étrécissent de colère froide.

— Ensuite, il s'est réveillé comme une fleur. Il a demandé à voir Solal, et quand un interne a fini par lui apprendre qu'il était mort, Louis n'a rien trouvé de mieux que d'écarquiller des yeux ronds et de déclarer d'une voix sans doute chevrotante qu'il ne se souvenait plus de rien, mon Dieu, comment une telle atrocité était-elle possible, il ne pouvait y croire…

Rebecca imite le ton de son ex-conjoint avec un cynisme mordant, et Benjamin sent ses mâchoires se serrer.

— Il a tenté de faire croire qu'il s'agissait d'un accident, qu'il avait probablement voulu traverser la voie avec Solal, qu'il avait été *imprudent*. Il a affirmé que même s'il ne se souvenait pas de ce jour-là, l'amour qu'il portait à son fils était inconditionnel, qu'il avait toujours été un bon père et que jamais il n'aurait été capable d'une telle monstruosité… Mais ses mensonges n'ont pas tenu longtemps et, depuis, il attend son procès au fond d'une cellule en se prétendant toujours amnésique…, souffle la jeune femme d'une voix sourde.

Une rage intense remonte dans l'œsophage de Benjamin à la vitesse d'une boule de flipper, et ses mains se crispent si fort sur le plan de travail que ses articulations deviennent blanches. L'ex-conjoint de Rebecca est encore en vie, quelque part. En prison, peut-être, mais en vie.

S'il en avait la possibilité, il irait tuer cet homme de ses propres mains, lui qui n'a jamais été capable de la moindre violence physique en trente-huit années. Il le frapperait de toutes ses forces, sans que personne puisse le maîtriser ou l'arrêter, il le frapperait jusqu'à avoir les mains en sang. Il le frapperait jusqu'à ce qu'il rende son dernier souffle, et après ça, il le frapperait certainement encore, quand bien même son corps serait inerte. Il n'a jamais ressenti une telle fureur animale.

Louis se trouve derrière des barreaux, et il n'y a sans doute que ça qui le protège de ce que Benjamin pourrait lui faire.

PASSÉ

45

Samedi 1er septembre 2018
98 jours après *le-jour-où*

Solal est mort il y a un peu plus de trois mois. Louis a passé cinq semaines à peine à l'hôpital avant d'être transféré à la prison du Havre où il attend un procès qui n'aura sans doute pas lieu avant des années. « En espérant qu'un amnésique puisse être jugé responsable de ses actes au moment des faits », s'insurge son père, qui a constamment le cœur au bord des lèvres en pensant à ce qu'a fait son ex-gendre. « Oui, parce qu'une chose est sûre : tout ça tombe drôlement à pic, et je mets ma main au feu qu'il ne recouvrera pas la mémoire avant de comparaître… », affirme sa mère, dont les yeux lancent perpétuellement des éclairs.

Rebecca survit. Son père serre les poings et siffle régulièrement entre ses dents que si Louis se trouvait face à lui, il ne se retiendrait pas et tuerait cet assassin de ses propres mains. Sa mère éponge discrètement ses larmes avec un mouchoir en papier et rumine, comment un père peut-il en arriver à de telles extrémités, je ne comprends pas, ils avaient tout pour être heureux… Bien sûr, elle ne prononce pas ces mots devant sa fille, mais c'est ce qu'elle répète dès qu'elle parle de ce qui s'est passé avec une amie, une collègue, sa coiffeuse, le boulanger du quartier. Puisque à Fécamp, tout le monde est au courant, évidemment. La mort de Solal a fait la une des journaux locaux bien plus longtemps que celle des journaux télévisés nationaux, avec leur reportage de quelques minutes le lendemain du drame. Le témoignage du conducteur du train est parvenu à fuiter, venant ainsi contredire très vite les affirmations de Louis selon lesquelles il n'aurait jamais pu vouloir le moindre mal à son petit garçon. Il y a même eu des pseudo-analyses psychologiques de la personnalité de Louis, dressées par de prétendus experts qui ne le connaissaient pourtant ni d'Ève ni d'Adam, et qui cherchaient malgré tout à prouver que son geste était parfaitement explicable, voire prévisible.

Prévisible ?

Ce mot a tambouriné sur les parois de la cage thoracique de Rebecca, comme si son cœur risquait d'exploser. Prévisible, ça signifie qu'il aurait été possible d'empêcher le massacre, qu'il aurait peut-être suffi d'un rien pour faire dévier le fil du destin et que Solal soit encore de ce monde. Et surtout, prévisible, ça signifie qu'il y a forcément des coupables. Des personnes qui n'ont rien vu, qui n'ont rien fait, qui n'ont pas été assez attentives et vigilantes, qui ont voulu croire que tout irait bien. Une personne en particulier. Et cette personne, c'est Rebecca, bien sûr. Qui d'autre ? Qui d'autre qu'elle aurait dû se rendre compte que Louis était au plus mal et qu'il se laissait sombrer ? Qui d'autre qu'elle aurait dû sentir que son fils était en danger ?

Durant les quinze jours de son coma artificiel, elle a espéré qu'il ne se réveille jamais, s'est sentie soulagée, surtout, qu'il ne soit pas en capacité d'assister à l'enterrement de Solal. Il n'aurait rien eu à faire là, et une chose est sûre : malgré les médicaments qui l'abrutissaient à longueur de journée, elle aurait été capable de le tuer s'il avait osé être présent.

Quand les médecins l'ont réveillé, elle a tenté de se convaincre que c'était pour le mieux. Qu'ainsi, Louis allait payer pour le meurtre qu'il avait commis. Qu'il allait devoir vivre avec ça jusqu'à sa mort. Alors quand son père lui a annoncé que visiblement, Louis souffrait d'une « amnésie rétrograde post-traumatique », quelque chose en elle s'est encore un peu plus brisé. Comme si Louis était invincible, intouchable. Comme si, quoi qu'il fasse, une sorte d'immunité divine lui était accordée.

À la fin du mois de juin, sans en parler à ses parents, elle s'est rendue à l'hôpital où se trouvait encore Louis avant d'être transféré en prison. Son cerveau était bien trop embrumé pour qu'elle ait préparé sa visite, pour qu'elle ait pu posément réfléchir à ce qu'elle avait l'intention de lui dire ou de lui demander. Et quand elle a ouvert la porte de la chambre 201 pour se retrouver face à lui, assis dans son lit à regarder une émission à la télévision, aucun mot n'a pu franchir ses lèvres. Il a tourné les yeux vers elle, a paru attendre qu'elle parle en premier. Le silence s'est étiré, et Rebecca s'est cramponnée à la poignée de la porte pour se donner du courage. Soudain, face à cet étranger, elle était paralysée, incapable de formuler la moindre pensée, comme si elle avait brusquement tout oublié de sa propre langue.

Louis a penché la tête sur le côté, on aurait dit qu'il réfléchissait.

— Je ne me souviens plus de rien…, a-t-il lancé d'un ton presque implorant. Mais toi, tu sais que je n'aurais jamais pu toucher à un cheveu de Solal… Tu me connais mieux que quiconque, non ?

Rebecca a entendu une menace dans ses paroles, mais, comme toujours, face à Louis, elle n'était que doutes.

— Mon petit garçon me manque tellement…, a-t-il soupiré en baissant les yeux.

Et Rebecca a senti une hargne inédite enfler dangereusement dans sa gorge.

— Oh, vraiment ? Tu n'aurais peut-être pas dû l'assassiner, dans ce cas, a-t-elle déclaré d'une voix blanche.

Louis a levé les yeux, a planté ses iris dans les siens.

— C'était un accident, a-t-il martelé.

— Le conducteur a déclaré qu'il avait vu un homme et un petit garçon assis en plein sur les rails.

— Parce qu'il ne veut pas se sentir responsable, a aussitôt répliqué Louis.

— Il a aussi affirmé qu'à l'approche du train, l'homme s'était soudain relevé et avait tenté de sauter sur le côté. Mais qu'il avait dû être aspiré par la locomotive avant d'être percuté.

Louis a encaissé sans broncher. Ses yeux n'ont pas quitté ceux de Rebecca. Puis, lentement, il a fini par rétorquer :

— Ce ne devrait pas être permis de mentir avec autant d'aplomb.

Sonnée, la jeune femme a reculé de quelques pas. Les mots – ces mêmes mots qu'il avait employés lorsqu'elle l'avait accusé de boire en cachette – étaient si opportunément *choisis* que ce ne pouvait pas être une coïncidence. Louis est resté parfaitement impassible et elle s'est enfuie, laissant la porte grande ouverte.

Depuis, Rebecca a comme rayé Louis de son cerveau. Pour elle, il est mort en même temps que son fils. Lui aussi a été pulvérisé par un train lancé à pleine vitesse.

Elle ne lui posera plus jamais aucune question, elle préfère rester avec ses interrogations. Ne cherche même plus à savoir s'il feint son amnésie ou si elle est bien réelle ; dans tous les cas, le monstre est demeuré monstre. Aucune réponse ne pourrait l'apaiser. Aucune. Aucune réaction que pourrait avoir Louis ne saurait la réconforter. Il pourrait soudain se confondre en excuses, pleurer toutes les larmes de son corps en murmurant qu'il n'a jamais voulu ça, qu'il ne sait pas comment il a pu perdre pied à ce point, qu'il donnerait tout pour revenir en arrière et effacer ce qui s'est passé… qu'est-ce que ça changerait ? Il pourrait se murer dans le silence, être prostré, refuser tout dialogue… qu'est-ce que ça changerait ? Il aurait pu sauter par la fenêtre de sa chambre d'hôpital avant son transfert, il pourrait bien se pendre dans sa cellule exiguë ou se taillader les veines avec un morceau de savon sec et aiguisé… qu'est-ce que ça changerait ?

Elle n'éprouve même pas de colère vis-à-vis de lui, ce que personne ne parvient à comprendre. Tout son être n'est habité que par un immense chagrin qui la brise, encore et encore, matin après matin. Même si, au fond d'elle, elle se fiche de ce qu'il pourra advenir de Louis, elle voudrait avoir la force de tenir jusqu'au procès, pour Solal.

L'avocat de Louis l'a harcelée pour la rencontrer. Il a mis du temps pour y parvenir, car son père s'est employé à faire barrage ; mais la semaine dernière, Rebecca a fini par accepter de lui parler, à un moment où les anxiolytiques et l'antidépresseur faisaient suffisamment effet pour qu'elle ne ressente plus la moindre émotion, mais pas assez pour qu'elle se sente vaseuse au point de ne plus pouvoir tenir la moindre conversation. Ils se sont installés dans le jardin des parents de Rebecca, autour de la table en teck. Personne n'a proposé dc café au vautour, et la mère de Rebecca est restée à côté de sa fille, les bras farouchement croisés en signe de désapprobation. Elle ne se rappelle même plus vraiment les questions de l'homme au crâne chauve et luisant à cause de la chaleur. Le seul élément de cet échange laborieux qui lui soit resté en mémoire, c'est le sourire faussement compatissant qu'il a eu en notant à la va-vite une phrase qu'elle a prononcée, lentement et le regard figé sur la haie de thuyas derrière lui. « Louis s'est toujours bien occupé de Solal. » Sa mère a tressailli quand Rebecca a prononcé ces mots, et pourtant, ils étaient tout ce qu'il y a de plus vrai. Ça paraissait sans doute fou de déclarer une telle chose, à l'avocat de son ex-conjoint, qui plus est, mais c'était la vérité. Avant d'en arriver à le tuer, Louis s'était toujours bien occupé de leur fils. Avant leur séparation, il avait l'habitude de lui lire une histoire chaque soir avant de dormir, alors que Rebecca n'en avait que rarement le courage. Le matin, il s'appliquait pour discipliner les cheveux du petit garçon avec son gel, ce qui rendait Solal incroyablement fier ; je suis coiffé comme papa, se vantait-il en descendant l'escalier avant de partir pour l'école. Il jouait aux Duplo avec lui, ne rechignant jamais à construire pour la énième fois la caserne de pompiers ou la ferme. Solal racontait aussi à Rebecca comment se passaient les premières semaines chez son père : les déjeuners au *McDonald's*, les après-midi à la piscine ou au cinéma.

Il s'occupait bien de son fils. Jusqu'à ce qu'il décide que non seulement, il ne voulait plus s'en occuper, mais qu'en plus, personne ne devrait plus avoir la possibilité de le faire à sa place.

Rebecca a lu dans les journaux que Louis était dépressif. Qu'il n'était malheureusement pas si rare que, dans un contexte de séparation difficile, un des parents – presque toujours le père – voie son jugement s'obscurcir complètement, jusqu'à préférer emporter son enfant dans la mort plutôt que le laisser à son ex-conjoint. Son histoire n'a rien d'unique, a-t-elle songé, un goût métallique lui envahissant la bouche.

Rien d'unique et tout de prévisible, donc, à en croire ceux qui parlent sans rien connaître des deux personnes qui constituaient, il y a quelques mois à peine, sa famille.

Qui

Je ne sais plus qui je suis,
Sans toi.

J'ai le vague souvenir d'avoir existé,
Avant toi,
Mais cette époque me paraît
Si lointaine, si terne.

J'ai le vague souvenir d'un monde qui tournait,
Et où, pourtant, tu n'étais pas *(pas encore)*,
Mais cette époque me paraît
Si floue, si vaine.

J'ai le vague souvenir d'une vie
Où j'étais heureuse,
Une vie de laquelle tu étais absent,
Une vie où tu n'étais
Qu'un projet, un rêve d'avenir, un espoir,
Mais cette époque me paraît
Si irréelle, si fade.

Je ne sais plus qui je suis,
Sans toi.
Je ne sais pas qui je pourrais bien être,
sans toi.

Ces deux mots sont
Si coupants

Si cruels
Si intolérables
Que j'en ai
Le souffle coupé
Le sang gelé
Le cœur broyé.

Sans toi.
Qui suis-je
Sans toi.
Qui serai-je
Sans toi.

Qui.

46

Dimanche 16 septembre 2018
113 jours après *le-jour-où*

Solal est assis sur les rails, en tailleur. Il tend les bras vers Rebecca, crie « Maman… maman ! » pour qu'elle vienne le chercher. Au loin, on entend le vrombissement du train se rapprocher. Rebecca lit la panique dans les yeux de son fils, elle sent à quel point son petit corps est tendu vers elle. Il voudrait se lever mais n'y parvient pas, pour une raison qu'elle ignore. Elle lui hurle de la rejoindre, et des larmes commencent à dévaler les joues du petit garçon terrorisé. Elle voudrait bouger, courir de toutes ses forces vers lui pour le récupérer, l'extraire, le protéger, mais ses jambes ne répondent pas. Comme si la liaison entre son cerveau et ses muscles était rompue. Elle est figée de l'intérieur, incapable de se déplacer ne serait-ce que d'un millimètre. Condamnée à voir son fils se faire happer, broyer.

Condamnée à se réveiller en sueur et le cœur battant à tout rompre, encore et encore. Condamnée à faire ce cauchemar encore et encore. Condamnée à émerger sans pouvoir éprouver le moindre soulagement, ouf, ce mauvais rêve est terminé.

Le mauvais rêve n'est jamais terminé puisqu'il ne s'agit pas d'un mauvais rêve.

Son réveil d'adolescente indique 4 h 18. Essoufflée, elle finit par se lever pour tenter de dissiper le sentiment d'horreur qui la submerge. À pas lents, elle descend à la cuisine, se sert un grand verre de sirop de cassis – celui que réclamait toujours Solal quand il venait goûter chez ses grands-parents.

Elle est assise à la table depuis un moment déjà, les mains crispées autour de son verre vide et le regard dans le vague, quand son père la rejoint.

— Qu'est-ce que tu fais là ? demande-t-il après avoir sursauté, surpris de tomber sur elle dans l'obscurité.

— Je n'arrivais plus à dormir, c'est tout, répond laconiquement Rebecca.

Elle ne veut pas lui raconter le cauchemar qui la poursuit depuis des mois ; à quoi bon ? Personne ne peut rien pour elle, de toute façon.

Son père pousse un soupir, se rend aux toilettes sans un mot, puis revient s'asseoir à côté d'elle quelques instants plus tard. Il a toujours été un taiseux, et face au malheur sans nom de sa fille, la seule chose qu'il soit capable de faire depuis le début, c'est laisser éclater sa colère chaque fois que Louis est mentionné. Mais se montrer affectueux ou réconforter Rebecca, ce n'est pas dans ses cordes ; c'est une affaire de bonnes femmes, tout ça, bougonnerait-il si on lui reprochait quoi que ce soit. Alors il se contente de rester à côté de sa fille, en silence. Sa façon à lui de lui signifier qu'elle n'est pas seule au milieu de la nuit.

— J'aimerais ne plus me poser la moindre question, mais je n'y arrive pas… J'aimerais ne plus chercher à comprendre quelque chose d'incompréhensible, mais je n'y arrive pas… Comment Louis a-t-il pu en venir à vouloir tuer Solal ?

Le père secoue la tête, serre les dents. Dès que le prénom de Louis est lâché, il semble en proie à une fureur intense, donne l'impression d'avoir besoin de frapper dans des meubles ou des murs pour s'apaiser un peu.

— Son avocat affirme qu'il a perdu la mémoire et que la seule chose que Louis répète depuis son réveil, il y a des mois, c'est qu'il n'aurait jamais pu faire ce qu'on lui reproche... Et s'il y avait la moindre chance que ce soit vrai, papa ? Je ne parviens pas à croire qu'un père puisse en arriver à de telles extrémités, je n'arrive pas à croire que Louis ait prémédité ça, qu'il soit allé jusqu'au bout... Peut-être que tout le monde se trompe ? demande-t-elle, presque implorante.

Les yeux de son père, soudain, lancent des éclairs.

— Tu oublies le témoignage du conducteur. Il est accablant. Non seulement cette ordure est venue s'asseoir sur ces rails avec Solal, mais en plus il a été lâche au point de vouloir déguerpir au dernier moment, sans pour autant essayer de sauver son fils. Qu'est-ce qu'il te faut de plus pour que ton cerveau enregistre, une bonne fois pour toutes, que Louis est un meurtrier ?

Rebecca baisse la tête, honteuse de donner l'impression qu'elle cherche encore à dédouaner son ex-conjoint. Son père ne comprend pas. Il ne comprend pas qu'elle a passé seize années de sa vie aux côtés d'un homme qui n'avait absolument rien à voir avec le Louis d'aujourd'hui. Il ne comprend pas qu'elle ne soit toujours pas parvenue à accepter l'innommable.

— Mais... peut-être que le conducteur a mal vu, ou bien peut-être qu'il va revenir sur sa déposition et affirmer qu'il n'est plus sûr de rien, qu'il est possible qu'il s'agisse seulement d'un accident, que Louis a simplement pu se montrer imprudent en se promenant un peu trop près des voies...

Tout se mélange dans l'esprit de Rebecca. Si elle ne parvient pas à accepter que Louis ait voulu tuer leur fils, elle craint en même temps qu'il puisse s'en sortir sans payer pour ce qu'il a fait. Elle est rongée, en permanence, comme si une bête invisible la grignotait de l'intérieur.

Son père croise les bras, visiblement en colère. Il regarde par la fenêtre le jardin encore plongé dans l'obscurité, paraît réfléchir. Puis, d'un coup, il recule sa chaise en la raclant contre le carrelage et sort de la cuisine. Rebecca tressaille, regrette de s'être confiée à lui et de l'avoir contrarié. Le grand-père a perdu son petit-fils ; lui aussi a une douleur intolérable à porter.

Quelques minutes plus tard, il revient. Les sourcils froncés, il jette sur la table devant elle une enveloppe blanche.

Inscrits dessus au stylo-feutre noir, son prénom et son nom, son adresse.

L'écriture penchée de Louis, reconnaissable entre toutes pour celle qui a si longtemps partagé sa vie.

L'enveloppe a été ouverte à la va-vite, en arrachant le revers. Rebecca lève un regard interrogateur vers son père.

— C'est moi qui l'ai ouverte. Cette lettre a été déposée dans ta boîte aux lettres quelques jours après…

Il s'interrompt, et Rebecca comprend.

— Vu le cachet, Louis l'a postée… ce dimanche-là, crache son père avec dégoût. Comme tu étais ici, c'est moi qui ai relevé le courrier. Quand j'ai vu que cette lettre était de Louis, j'ai d'abord voulu te la donner. Et puis j'ai eu peur de ce qu'il pouvait avoir écrit, alors je l'ai ouverte.

Son père déglutit avec difficulté.

— Quand j'ai découvert le contenu, j'ai failli la jeter à la poubelle. C'était impossible pour moi de te donner cette horreur. Finalement, je l'ai rangée sans rien dire à personne. Je pensais ne jamais t'en parler, rien que le fait que ce tordu ait pu rédiger une lettre et la poster juste avant de… J'en ai des haut-le-cœur.

— Pourquoi me la donner maintenant, dans ce cas ? interroge Rebecca, soudain si épuisée qu'elle n'a même pas l'énergie de reprocher quoi que ce soit à son père.

Ce dernier époussette des miettes imaginaires sur la table de la cuisine.

— Pour que tu comprennes enfin que Louis n'a rien d'*humain*. Peut-être bien qu'il l'était, *avant*, mais il ne l'est plus. Tu ne peux plus avoir de compassion pour lui, ni même de doutes à son sujet.

La jeune femme hoche la tête, joue avec l'enveloppe sans pour autant en sortir le feuillet plié en quatre à l'intérieur. Son père se lève à nouveau, sa main s'avance vers l'épaule de sa fille, semble hésiter à avoir un geste de soutien, mais finalement recule. Des trucs de bonnes femmes, tout ça. Il sort de la pièce et Rebecca entend ses pas dans l'escalier.

Elle prend une profonde inspiration, va allumer le néon au-dessus de l'évier pour ne pas être trop éblouie, et se décide à lire ce que Louis a griffonné ce jour-là.

Fécamp, samedi 26 mai 2018

Je viens de lire trois histoires à Solal, avant de le border et de l'embrasser sur le front pour qu'il passe une bonne nuit. Je vois bien comme il est perturbé, en ce moment. Comme la vie que tu lui imposes, que tu nous imposes, n'est pas faite pour un enfant de quatre ans. Il n'y a que toi pour ne pas te rendre compte de ça, pour être égoïste au point de faire subir ça à notre fils. Quelle mère digne de ce nom peut préférer couper son propre enfant en deux plutôt que de se battre pour son foyer et sa famille ?

Tout ce que je t'avais demandé, c'était un peu de temps. Un peu de temps pour aller mieux, pour me retrouver, me reconstruire. Et même ça, tu n'as pas pu me l'accorder, peu importe les dommages collatéraux.

Je vois tout ce chagrin dans les yeux de Solal et je te hais d'avoir créé cet enfer.

Tous les matins de cette semaine, il m'a demandé dès le réveil : « C'est aujourd'hui que je vais chez maman ? » ; et, chaque fois, j'ai dû lui répéter que non, qu'il te reverrait dimanche. Que tu avais de toute façon beaucoup de choses à faire, que tu n'avais pas le temps de t'occuper de lui, mais que moi, j'étais là. Je suis certain que tu emploies toute ta semaine avec lui à lui laver le cerveau et à le monter contre moi, pour qu'il en vienne à te réclamer autant dès qu'il se trouve chez moi. Tu devrais avoir honte. Je pensais que tu serais capable de te comporter en adulte sensée et de faire passer le bien-être de Solal avant toute chose, mais force est de constater que tu préfères être dans l'amertume et la vengeance, alors même que c'est toi qui m'as quitté !

Demain, tout ira mieux.

Quand tu recevras cette lettre dans quelques jours, tu ne pourras t'en prendre qu'à toi-même. J'espère que tu prendras enfin conscience du mal que tu as fait, même si je doute que tu sois capable de te remettre le moins du monde en cause…

De toute façon, je ne m'en fais pas pour toi, va.

Tu seras libre de continuer ta vie comme si de rien n'était, en étant débarrassée de moi, qui plus est. C'était bien ce dont tu rêvais depuis des mois et des mois, tu me l'as assez répété. Tu pourras jouer à la mère éplorée, tu pourras faire ta victime ; sache que tu duperas peut-être tout le monde – tes parents, tes collègues, tes amies, tous ceux qui t'approchent ne serait-ce qu'un peu –, mais pas moi. Oh non, pas moi. Je te connais trop bien, Rebecca. Je te connais trop bien pour savoir qu'à la place de ton cœur, il n'y a rien de plus qu'un trou béant. Tu es incapable de ressentir la moindre émotion, tu es incapable de la moindre empathie, de la moindre sincérité.

Tu penseras sans doute que dans l'histoire, le monstre, c'est moi. Mais te demanderas-tu seulement ce que j'ai eu à endurer pour en arriver à vouloir mourir avec Solal ? Ressentiras-tu une once de culpabilité pour m'avoir mené à un point de rupture nerveuse tel que je ne sois plus capable de voir la moindre issue en dehors de celle-là, tel que j'en vienne à être convaincu qu'il serait impossible d'en finir en laissant mon fils entre tes griffes ?

Tout ce que je veux, c'est me protéger de toi.

Tout ce que je veux, c'est le *protéger de toi. Solal sera bien mieux mort que seul avec sa folle de mère. Tu finirais par le rendre aussi malheureux que moi. Tu finirais par le repousser, le rejeter dès qu'il ne te conviendrait plus, dès qu'il ne serait plus conforme à l'image que tu te fais de lui.*

Tu es toxique, Rebecca. Tu t'es servie de moi pendant toutes ces années, tu m'as transformé en un pantin bien docile. Et le jour où je n'ai plus été heureux, le jour où j'ai flanché, le jour où j'aurais eu besoin de compassion et de soutien, il n'y a plus eu personne pour m'épauler. Tu as tout démoli, sans le moindre remords, et je n'ai fait que subir tous tes choix, comme chaque fois. J'ai dû subir une séparation au pire moment de ma vie, en pleine dépression.

Tu m'as abandonné.

Alors, je sais, tu vas avoir de la peine, d'avoir perdu ton petit garçon. Tu vas te sentir brisée, tu vas avoir envie de mourir, peut-être même. Tu vas demander au ciel ce que tu as bien pu faire de mal pour que cette tragédie se produise. Tu vas détester le regard des gens ; leur pitié qui les fera changer de trottoir pour ne pas avoir à te croiser de trop près. Tu vas te demander chaque jour ce que tu aurais pu faire pour empêcher le désastre. Tu vas t'effondrer dès que tu verras une famille parfaite – un papa, une maman, un ou deux enfants qui gambadent avec insouciance –, une famille parfaite parce que vivante.

Tu vas sans doute penser ne pas être capable de t'en relever. Mais je te connais mieux que quiconque, ma chérie. Alors, je vais te rassurer : ça va passer. *Ça va passer, puisque tout ce que tu ressens n'est que pure fiction.*

Tu seras triste quelques semaines, quelques mois, peut-être même. Mais ça passera. Je t'imagine déjà dans ta petite vie, à te remettre à écrire tes bouquins comme avant. Et tu sais quoi ? Je suis certain que tu vas te servir de tout ça, que ça va être une source d'inspiration inépuisable. Tu diras à ton éditeur que l'écriture te permet d'exorciser ta douleur, ou une autre ineptie du genre. Peut-être même que tu as déjà commencé à prendre tout un tas de notes dans un de tes si précieux carnets.

Sèche donc tes larmes, va, puisque tout ça va t'être profitable, en réalité. Tout ça finira dans un de tes putains de bouquins, d'une façon ou d'une autre, puisque c'est la seule chose qui compte pour toi, depuis tellement longtemps. Grâce à moi, tu feras peut-être un best-seller, celui qui propulsera ton âme creuse tout en haut de l'affiche.

Mais ce que personne n'osera te dire, en dehors de moi, c'est que TU es responsable de tout ce qui est arrivé. Tu es coupable, et responsable.

Si tu n'avais pas fait tout ce que tu m'as fait, Solal serait encore en vie. Si tu m'avais accordé un tout petit peu de patience, on formerait encore une famille, tous les trois.

Si tu m'avais laissé guérir.

Tu as tué mon fils, et peu importe ce que concluront des personnes qui ne savent rien de nous.

Tu as tué mon fils.

Louis

P-S : J'allais oublier. Bonne fête des Mères !

47

Lundi 22 octobre 2018
149 jours après *le-jour-où*

Demain, ce sera l'anniversaire de Louis. Rebecca fume une cigarette dans la cuisine de ses parents, recrache vaguement la fumée par la fenêtre oscillo-battante ouverte. Sa mère déteste la voir reprendre cette habitude, mais ne sait pas quoi dire qui ne paraisse pas dérisoire ou déplacé. La première fois qu'elle est tombée sur sa fille en train de fumer, elle s'est exclamée : « Mais enfin, c'est mauvais pour la santé ! »

Et Rebecca lui a lancé un regard si désabusé qu'elle n'a pu que se mordre la lèvre, presque honteuse d'avoir pu laisser échapper des paroles aussi incongrues.

Son paquet de Royale Menthol dans une main et sa cigarette dans l'autre, Rebecca observe la voiture du voisin sortir du garage juste en face. Il laisse tourner le moteur le temps d'aller refermer la porte métallique, puis sa femme le rejoint en courant, perchée sur des talons hauts, s'installe dans le véhicule. Rebecca n'a aucune peine à l'imaginer se mettre du rouge à lèvres d'un geste précis et rapide en se regardant dans le miroir du pare-soleil. Vite, vite, on va être en retard. Vite, vite, il faut aller vite, tout le temps, ne pas perdre une minute jusqu'à ce soir. Elle est toujours surprise malgré elle de voir que le reste du monde continue de tourner alors que Solal n'est plus là, alors que plus rien n'a de sens. Les gens continuent de se dépêcher, de faire leurs courses, d'aller travailler sans se demander s'ils en ont envie, de repasser leur chemise pour la réunion du lendemain matin, de ne pas manger trop gras, trop sucré, trop salé, d'aller faire un petit footing le dimanche matin pour déculpabiliser du poulet-frites à venir pour le déjeuner. La course folle ne s'interrompt jamais, et ce n'est pas parce que Rebecca s'est mise sur le côté et refuse d'avancer, que ça y change quoi que ce soit.

Est-ce qu'à la cantine de la prison, ils vont prévoir un gros gâteau d'anniversaire avec trente-cinq bougies ? Avec tous les détenus qui se mettront à chanter en l'honneur de Louis ? Ça se passerait comme ça, dans une série américaine. Pourquoi Rebecca pense à de telles inepties, elle n'en a aucune idée. Son esprit vagabonde trop souvent loin de la réalité et du quotidien, de toute façon. C'est comme si elle flottait hors du temps en permanence.

Souvent, elle cherche les signes annonciateurs de l'enfer, les signes auxquels elle aurait dû prêter attention. La réaction de rejet incompréhensible qu'avait eue Louis pendant sa grossesse. La manière étrange qu'il a toujours eue de l'observer quand elle pleurait, comme un extraterrestre qui aurait tenté de comprendre ce que pouvaient bien signifier ces sillons d'eau ruisselante. Ce sentiment dérangeant qu'elle a éprouvé quasiment dès le début, celui d'être convaincue que si jamais, un jour, les choses devaient se corser, Louis ne serait pas là ; pire, qu'il serait le premier à l'accuser d'être responsable de tout. Elle se rassurait en se disant que cette conviction ne reposait sur rien de tangible, et que de toute façon, la vie n'imposait pas toujours d'épreuves.

Elle a eu tort, et aujourd'hui, elle ne peut s'empêcher de se dire que l'Univers lui a peut-être bien indiqué des issues de secours à intervalles réguliers, durant toutes ces années. Mais qu'elle n'a pas vu, pas écouté, pas compris.

Rebecca tire une longue bouffée sur sa cigarette, et repense à la lettre que Louis lui a écrite. Songe à quel point les mots étaient cruels et aiguisés de la manière la plus précise possible pour la mettre à terre. Le geste même de rédiger une lettre est une marque de machiavélisme, parce que Rebecca a toujours adoré les échanges épistolaires. Plus jeune, lorsque Louis lui demandait ce qu'elle voulait pour Noël, pour son anniversaire, ou même pour la Saint-Valentin, elle répondait invariablement :

— Une lettre !

Et Louis soupirait, agacé :

— Oh non, pas encore ça ! Choisis ce que tu veux, même quelque chose de cher, mais ne me demande pas de t'écrire, tu sais très bien que je n'ai rien à dire !

Ça n'empêchait pas Rebecca d'espérer chaque fois. Et d'être déçue chaque fois. De s'efforcer d'afficher un sourire comblé quand elle découvrait un flacon de parfum, un téléphone hors de prix, un bon pour un massage dans un institut. Elle avait fini par se faire une raison, bien sûr. Par se persuader que ça ne signifiait rien, que Louis n'aimait pas écrire et qu'elle ne pouvait pas lui jeter la pierre si ce n'était pas un domaine dans lequel il se sentait à l'aise.

Alors quand son père lui a donné la lettre de Louis et qu'elle a reconnu son écriture sur l'enveloppe, elle a compris qu'il n'avait pas fait ce geste au hasard. Elle n'a pas eu besoin de lire ses mots pour être aussitôt blessée, pour se sentir attaquée.

Louis sait exactement où frapper pour lui faire mal, il a toujours été très doué pour ça. Sans doute parce qu'il l'a observée pendant des années, parce qu'il la connaît par cœur. Cette lettre, ça voulait dire : « Tu te souviens de toutes les fois où tu as espéré que je t'écrive ? Eh bien, figure-toi que j'étais tout à fait capable de rédiger une lettre, ma chérie. C'est juste que je n'avais pas envie de faire le moindre effort pour que tu sois heureuse. »

Rebecca mentirait si elle affirmait ne pas avoir été brisée en lisant les deux pages manuscrites. Après avoir replié le feuillet en quatre et l'avoir rangé dans l'enveloppe, elle a posé le courrier sur sa table de chevet, sans trop savoir pourquoi elle ne voulait surtout pas se débarrasser de ce tissu de mensonges et d'insultes. Plusieurs fois, elle l'a relu, comme s'il y avait le moindre message codé à décrypter, comme si la méchanceté et la hargne de Louis pouvaient être interprétables autrement. Rebecca a eu tôt fait de connaître la missive par cœur, de pouvoir se la réciter presque inconsciemment la nuit, le regard rivé au plafond blanc.

Pas un instant elle n'a songé à lui répondre.

Mais aujourd'hui, alors qu'elle écrase son mégot de cigarette dans un pot de yaourt en verre, et qu'elle ouvre la fenêtre pour déposer le cendrier de fortune dans le jardin, elle sait ce qu'elle a à faire. Peu importe que ce soit dérisoire et même vain.

Elle monte à pas lents dans la pièce qui lui sert de chambre, décroche l'unique cadre du mur. Un grand pêle-mêle de photos qu'elle a offert à ses parents à Noël. Ils ne lui en voudront pas. Peut-être ne le remarqueront-ils même pas. Elle ouvre le verso du cadre, décolle délicatement une photo.

Un portrait de Solal, pris la première fois où Rebecca lui a acheté une barbe à papa. La montagne de coton rose pâle est encore plus grosse que le visage du petit garçon, et Solal sourit d'un air ravi, la bouche entourée d'un liseré de sucre fuchsia. Ses yeux pétillent de malice, et Rebecca se rappelle ses éclats de rire quand elle avait arraché un long bout de barbe à papa pour se faire une moustache. « On dirait le père Fouras ! » s'était-il écrié, hilare. Elle avait cru qu'il ne parviendrait jamais à dévorer son goûter en entier ; et pourtant, il n'en avait fait qu'une bouchée.

Comme il a l'air heureux, sur ce cliché… Comme il *était* heureux…

Rebecca glisse la photo dans l'enveloppe, sans le moindre message. Un instant, elle songe à répondre à son cruel « Bonne fête des Mères ! » en écrivant au dos du cliché « Bon anniversaire ! », mais elle en est incapable. Elle se contente donc de mettre les coordonnées de Louis, d'ajouter un timbre.

Qu'il n'oublie pas de penser à leur fils demain, surtout.

Qu'il n'oublie pas ce qu'il a fait.

Le monde entier ne saura jamais

J'aimerais hurler ma colère au monde entier ;
Ma rage, ma rancœur, mon amertume.
J'aimerais déverser mon chagrin sur la terre entière ;
Ma peine, mon désespoir, ma solitude.
J'aimerais confier tout ce qui me ronge au monde entier ;
Mes remords, ma culpabilité, mon impuissance.
J'aimerais livrer mes questions à la terre entière ;
Est-ce que j'aurais pu
Lutter, empêcher, sauver
Est-ce que j'aurais dû
M'opposer, anticiper, pressentir
Est-ce que j'ai le droit
De me laisser couler
Est-ce que j'ai le droit
De vivre encore
Alors que tu n'es plus là
Alors que je ne t'ai pas protégé
Alors que j'ai failli

Est-ce que j'ai le droit
De vivre encore
Alors que tous les jours
Les trains continuent de passer
Comme si de rien n'était
Sur des rails
Qui auraient dû devenir
Un sanctuaire, un mausolée

J'aimerais que le monde entier
Me prenne dans ses bras et me berce
Jusqu'à ce que je m'apaise, jusqu'à ce que je m'abandonne.
J'aimerais que la terre entière
Me serre contre elle et chante à mon oreille
Jusqu'à ce que je lâche prise, jusqu'à ce que je m'éteigne.

J'aimerais.

PRÉSENT

48

Dimanche 29 septembre 2019
348 jours avant *le-jour-d'après*

Au fur et à mesure des semaines, Benjamin a emporté chez Rebecca les affaires dont il a besoin au quotidien, mais à force de procrastiner, il devient à présent urgent de vider le petit deux pièces avant l'état des lieux prévu lundi. Il se retient de se demander ce qu'il adviendra, dans quelques mois, si Rebecca devait ne plus être là. Se concentrer sur l'instant présent, remiser au grenier tout le reste…

Depuis plusieurs jours, lui et Rebecca se lèvent donc aux aurores pour trier ses affaires et les empaqueter le plus rapidement possible.

Alors que Benjamin achève de mettre ses ustensiles de cuisine dans des cartons, Rebecca se charge de vider la commode et la penderie de la chambre.

— Tout va bien, tu t'en sors ? lance Benjamin depuis la cuisine.

Rebecca le rejoint, une chemise hawaïenne orange vif à la main. Elle agite le cintre sous le nez du jeune homme d'un air exagérément dégoûté.

— Tu vas me dire que cette chemise, il t'arrive de la porter ?

Benjamin secoue la tête en souriant :

— Non, c'est bon, celle-là, tu peux la mettre dans le sac « À donner »…

— « À donner » ? Parce que tu penses sincèrement que c'est un cadeau à faire à quelqu'un ?

— Si le monde était peuplé de SDF habillés en chemise hawaïenne, il serait beaucoup plus doux, crois-moi ! déclare Benjamin avec aplomb.

Rebecca pousse un « Pff ! » narquois avant de retourner dans la chambre. Quelques minutes plus tard, elle revient avec trois boîtes de préservatifs en carton brillant à la main.

— Et ça, tu veux en faire quoi ?

Benjamin descend du tabouret sur lequel il était grimpé pour attraper des flûtes à champagne au fond d'un placard. Quand il comprend ce que Rebecca a déniché dans un de ses tiroirs de commode, il ne peut s'empêcher de rougir.

— Heu... Tu peux les mettre à la poubelle, je... hum, je n'en aurai plus besoin, répond-il, le regard fuyant.

Rebecca s'amuse de son embarras.

— Tu es sûr que ça ne te sera plus utile ?

— Certain, maugrée-t-il en emballant à la va-vite les flûtes dans du papier journal.

— Et tu ne penses pas que ça vaudrait le coup de les mettre dans le sac « À donner », justement ?

Benjamin hausse les épaules, évite à dessein le regard taquin de Rebecca.

— Je m'imagine mal apporter des boîtes de capotes à la Croix-Rouge...

— Ah bon ? Tu ne trouves pas que le monde serait plus doux si les SDF en chemise hawaïenne pouvaient draguer couverts ? lance-t-elle, amusée.

— Ah ! Ah ! Ah ! Très drôle. Mets-les dans le sac qui te plaît, ça m'est égal. Mais c'est vrai que les jeter, ce serait quand même du gâchis...

Rebecca affiche un sourire triomphant et tourne les talons pour aller finir les cartons de la chambre. Juste avant qu'elle ne disparaisse de sa vue, Benjamin ajoute :

— Mais, dans tous les cas, mets les boîtes bien au milieu, entre plusieurs couches de vêtements, pour qu'elles ne se voient pas trop, d'accord ?

Rebecca s'immobilise, observe quelques instants le jeune homme, semblant se demander s'il plaisante ou s'il est véritablement aussi mal à l'aise que ça.

— Quoi ? demande-t-il avec ce sourire gêné qui l'attendrit tant.

— Non, rien, répond-elle avec de la tendresse dans le regard. Tu es parfois si mignon...

Benjamin lève les yeux au ciel et remonte sur le tabouret pour achever de vider les placards en hauteur. Il faut qu'ils se dépêchent un peu s'ils veulent avoir tout empaqueté aujourd'hui, d'autant que la communion d'Axel est dans moins de deux heures.

À 11 h 30, quand Benjamin et Rebecca entrent dans l'église aux côtés des parents de Benjamin, d'Alice et de Stéphane, il se rend compte qu'il aurait peut-être dû s'habiller avec davantage d'élégance : autour d'eux, tout le monde est sur son trente et un, et il doit bien être le seul adulte en jean... Jamais il n'aurait pensé qu'une communion serait aussi solennelle qu'un mariage ! Rebecca porte une robe noire toute simple, avec seulement quelques empiècements de dentelle qui lui donnent un côté chic. Mais de toute façon, elle serait magnifique dans n'importe quelle tenue, songe Benjamin en la regardant se faufiler entre deux rangées de bancs.

Il est soulagé qu'elle ait accepté de venir à la communion d'Axel, parce qu'il déteste les cérémonies de toutes sortes qui ont lieu à l'église : même s'il respecte les idées et croyances de chacun, il ne peut s'empêcher de trouver tout ça absurde et d'un ennui atroce. Il sait d'avance qu'il va falloir s'asseoir et se relever à intervalles réguliers, chantonner des paroles dont personne ne cherche vraiment à comprendre la signification, et écouter un curé hors d'âge baragouiner des passages de la Bible qui ne font sens pour personne, ou en tout cas, pas pour lui. Mais voilà, ce jour est important pour sa sœur, et rien que pour ça, il ne manquerait le moment pour rien au monde. Rebecca n'était pas vraiment emballée à la perspective de l'accompagner – elle lui a raconté que le seul intérêt d'une église, pour elle, était de pouvoir s'y réfugier en été, quand il y faisait plus frais qu'à l'extérieur. Il a compris que tous les deux, ils étaient sur la même longueur d'onde en ce qui concernait la religion, et a aussitôt déclaré :

— Ce n'est pas grave, je proposais juste comme ça, mais tu n'es en rien obligée de m'accompagner ! Moi-même, ça me gonfle tellement que je ne risque pas de te jeter la pierre…

— Bien sûr que je vais venir avec toi. C'est ma place, d'être à tes côtés, non ? a-t-elle rétorqué sur le ton de l'évidence, et Benjamin a senti son cœur s'emplir de joie en entendant ces quelques mots qui signifiaient beaucoup.

Coincés sur leur banc, ils sont épuisés de s'être levés à l'aube pour faire le maximum de cartons, et la perspective d'écouter des prières pendant plus d'une heure les étourdit déjà. Néanmoins, ils se prennent tous les deux au jeu et fredonnent les refrains entraînants des différents chants prévus pour la cérémonie, même si Benjamin désespère quand il voit la liste des textes encore inscrits sur le livret de communion d'Axel. Jamais ils n'arriveront au bout, c'est impossible. Son ventre gargouille déjà ; il aurait dû emporter un paquet de chips ou de biscuits…

Quand la cérémonie s'achève, aux alentours de 13 heures, il ne peut se retenir de pousser un soupir de soulagement. Sa mère, assise juste devant lui, se retourne pour lui adresser un regard réprobateur, et il articule un « Désolé » muet pour s'excuser. Une dame âgée, au visage si ridé qu'on croirait la terre d'un fleuve asséché, s'arrête à l'extrémité de chaque rangée de bancs en agitant un panier en osier qui se remplit peu à peu de pièces de monnaie. Les personnes assises se passent le panier de main en main, le donnent au rang derrière elles, jusqu'à ce qu'il revienne à la vieille femme qui attend d'un air grave. Visiblement, on ne plaisante pas avec la quête, dans cette église.

Benjamin fouille les poches de son jean et de sa veste de costume. Rien hormis son téléphone et sa carte bleue. Il s'approche de l'oreille de Rebecca et murmure discrètement :

— Dis-moi que tu as de quoi mettre dans le panier… Sinon, la mamie risque de sortir un bazooka de sous sa robe… Sauve-nous, s'il te plaît, supplie-t-il d'un air faussement terrorisé.

Rebecca affiche un sourire mystérieux et s'empresse de fouiller dans l'immense besace rouge vif qui lui sert en ce moment de sac à main. Benjamin lui tend le panier, presque fébrile, pourvu qu'elle ait un ou deux euros pour leur sauver la mise ! Enfin, la jeune femme lui prend l'objet des mains et y place avec fierté une poignée de préservatifs, avant de le faire passer à son voisin de droite qui lui jette un regard interloqué. Benjamin déglutit avec difficulté et espère soudain de tout son cœur que ses parents ou sa sœur ne vont pas choisir ce moment précis pour se retourner.

— Qu'est-ce que tu fais ? chuchote-t-il à Rebecca qui, elle, a visiblement l'air de beaucoup s'amuser.

— Tu le vois bien ! On a dit « pas de gâchis », donc je fais don de tes préservatifs à l'Église, je suis sûre que ça sera très utile. J'en aurais bien mis davantage, mais le panier aurait été rempli, et je me suis dit que ça n'aurait pas été très sympa pour les gens qui n'avaient pas encore donné pour la quête.

Elle l'observe d'un air malicieux, et il ne sait plus quoi répondre. Il n'a qu'une envie, sortir de cet endroit sans se retourner, en priant pour que personne ne s'exclame haut et fort d'un ton outragé : « Qui a bien pu déposer des préservatifs dans le panier ? Non mais c'est une honte ! Un scandale ! Dans la maison de Dieu, en plus, mais où va le monde ! »

Quand enfin, ils sont invités à quitter l'église, Rebecca s'approche de lui pour lui demander du ton le plus innocent possible :

— Du coup, il m'en reste encore pas mal dans mon sac : tu crois que si on les enveloppe dans du papier cadeau, on peut les offrir à Axel pour sa communion, ou est-ce que ça risque d'être mal interprété ?

Benjamin sourit malgré lui, et met sa main devant la bouche de Rebecca pour l'empêcher de continuer ses âneries. Celle-ci se dégage en riant et ajoute :

— J'ai vérifié : ils ne seront périmés qu'en 2024, ça lui laisse un peu de marge, quand même !

Sur le parvis de l'église, il l'embrasse de toutes ses forces pour la faire taire, et ses lèvres ne rencontrent que les dents de la jeune femme, tellement elle rit à ses propres plaisanteries. Il se recule d'un pas pour la contempler, et il songe qu'il serait intolérable que leur histoire s'achève d'un claquement de doigts. Quand il voit Rebecca aussi spontanée, quand il perçoit, durant quelques minutes à peine, la femme qu'elle devait être, *avant*, il se dit qu'il n'est pas acceptable qu'elle mette son projet à exécution.

Il se battra. Il ne sait pas comment, mais il ne renoncera pas à elle de cette manière.

49

Vendredi 15 novembre 2019
301 jours avant *le-jour-d'après*

L'hiver n'a même pas encore débuté qu'il fait déjà un froid glacial, le genre de temps que Rebecca déteste et qui lui donne uniquement envie de se terrer sous un plaid avec un mug de thé vert brûlant pour se réchauffer les mains. Mais Benjamin, enthousiaste et mystérieux dès le réveil, ne l'entend pas de cette oreille.

— Je t'emmène faire quelque chose qu'on n'a encore jamais fait ! s'exclame-t-il au saut du lit, en jetant à la jeune femme encore à moitié endormie un jean et un pull en mohair.

Du plus loin qu'il s'en souvienne, il a toujours aimé les premières fois. Ces moments qui se gravent instantanément dans la mémoire. La première fois qu'il a réussi à faire du vélo sans roulettes, avec sa mère qui joignait les mains devant sa bouche, incapable de dissimuler son stress et son émotion. La première fois qu'il a demandé à une fille de sortir avec lui, devant la grille du collège – elle s'appelait Julie, et avait répondu non d'un air si désolé que Benjamin avait eu envie qu'un tremblement de terre vienne l'engloutir pour que personne ne soit témoin de cette humiliation. La première fois qu'il a mangé une huître, son grand-père qui lui avait répété « Il faut tout gober d'un coup en aspirant, gamin, tout d'un coup ! », l'impression d'avoir bu la tasse avec le sel qui lui était remonté jusque dans le nez.

Et avec Rebecca, des premières fois, il en a déjà tellement vécu... La première fois qu'ils se sont embrassés, la première fois qu'ils ont fait l'amour, la première fois qu'ils se sont disputés, évidemment. Mais aussi la première fois qu'il s'est réveillé le matin à côté de son corps encore endormi, de son visage à moitié caché par les mèches brunes emmêlées. La première fois qu'ils ont mangé des œufs à la coque, son air ravi de découvrir les mouillettes au beurre demi-sel saupoudrées de paprika. La première fois qu'il l'a vue avec ses lunettes, elle qui porte en permanence des lentilles de contact. La première fois qu'elle s'est brossé les dents à côté de lui, devant le miroir rond de la salle de bain, la façon qu'elle a eue de tenir ses cheveux pour prendre de l'eau au robinet et se rincer la bouche.

Et ils en ont encore tellement à vivre, mais une partie de lui est consciente qu'ils n'ont peut-être plus beaucoup de temps. Ça lui brise le cœur de penser qu'une sorte de compte à rebours atroce est lancé, et qu'il doit se dépêcher, profiter de Rebecca au maximum au cas où elle *disparaîtrait* du jour au lendemain.

Alors, il la presse de s'habiller, il l'entraîne dehors par la main, direction la station de métro la plus proche.

— Tu m'emmènes où, au juste ? demande Rebecca, un peu méfiante.

— Tu verras quand on y sera..., répond Benjamin, un sourire malicieux aux lèvres.

Une demi-heure plus tard, la jeune femme s'immobilise, hausse les sourcils avec étonnement.

— Le marché de Noël ?

Benjamin secoue la tête, toujours tout sourire et ravi de son effet de surprise.

— Raté... Je t'emmène faire du patin à glace ! s'exclame-t-il en contemplant le ciel morne pourtant peu assorti à son enthousiasme.

Ils attendent une quinzaine de minutes dans une file essentiellement constituée de parents avec leurs enfants. Rebecca observe une petite fille d'une dizaine d'années avancer péniblement en s'agrippant de toutes ses forces à la rambarde en bois qui encercle la patinoire, et elle tressaille lorsque l'enfant finit par vaciller puis tomber sur ses fesses.

— Une fois, on est allés à Rouen pour le marché de Noël, avec Solal. Ses yeux ont brillé dès qu'il a aperçu la patinoire, mais il était trop petit pour faire du patin. Alors, on est restés de l'autre côté de la barrière vitrée, et on a regardé longtemps les chanceux qui évoluaient sur la glace… Louis piaffait d'impatience, et il répétait toutes les cinq minutes : « On peut avancer, maintenant ? » Solal a été tellement déçu de ne pas pouvoir essayer…

Benjamin se mord les joues, son regard se perd dans le vide. Au bout de quelques minutes, Rebecca se tourne vers lui et remarque son visage fermé.

— Ça ne va pas ? demande-t-elle en caressant la barbe de quelques jours sur sa joue.

Malgré lui, il a un mouvement de recul, et la jeune femme fronce les sourcils, perplexe. Elle semble ne jamais comprendre la difficulté pour Benjamin de toujours sentir la présence de Solal et même de Louis. De toujours se sentir comme *en rivalité* avec ces fantômes.

— Si, si, tout va très bien, marmonne-t-il entre ses dents.

— Tu as l'air contrarié, pourtant, insiste Rebecca.

— Qu'est-ce que tu veux que je te dise ? J'ai l'impression qu'il n'y a jamais la moindre place pour moi, ou pour nous deux, d'ailleurs. C'est toujours la même chose, toujours les mêmes conversations entre nous. Je devrais sans doute être habitué, mais je n'y arrive pas. J'ai toujours l'espoir qu'on puisse passer un moment ensemble, un moment où tu sois entièrement présente, entièrement avec moi. Mais je le sais, tu me l'as expliqué cent fois, c'est impossible.

Rebecca hoche la tête, visiblement blessée.

— Tu préfères rentrer ? demande-t-elle dans un murmure.

— Non, je ne préfère pas rentrer. Je voudrais juste… je ne sais pas… Autre chose.

La jeune femme sourit avec tristesse, reporte son regard sur la petite fille qui commence enfin à lâcher la rambarde et à patiner par elle-même. Tout son visage est concentré, sa main droite prête à se cramponner à la paroi en cas de besoin, mais elle sourit. Elle est fière des efforts qu'elle fournit, et, de l'autre côté de la rambarde, sa mère l'encourage à chaque passage.

Rebecca laisse Benjamin donner leurs pointures à l'employée aux cheveux rose vif qui s'occupe de la caisse, puis ils vont s'asseoir sur un banc pour enfiler leurs patins à glace. Enfin, elle tourne la tête vers lui, et, n'arrivant pas à croiser ses yeux, lui prend le visage entre ses mains pour le forcer à la regarder.

— Je t'aime, déclare-t-elle d'un ton soudain sérieux.

Il hausse les épaules, détourne les yeux.

— Mais ça ne suffit pas, rétorque-t-il. Ça ne suffit jamais.

Tout son entrain s'est envolé. Les épaules de Rebecca s'affaissent légèrement ; elle voudrait lui expliquer combien les multiples trahisons de Louis l'ont démolie, l'ont vidée, au point qu'il ne reste plus rien de la femme qu'elle était *avant*, mais à quoi bon ? Benjamin a déjà entendu ce refrain des dizaines de fois.

— On va patiner ? demande-t-elle en se levant et en prenant Benjamin par la main pour tenter de lui insuffler un regain de bonne humeur. Allez, viens !

Benjamin se laisse entraîner, et Rebecca, consciente de l'importance de ce moment pour lui, ajoute en souriant :

— Notre première fois en patins à glace !

Il se déride enfin, et tous les deux entrent sur la patinoire. Rebecca avance avec aisance, elle a toujours été douée pour les sports de glisse, et même si elle n'a pas fait de patin depuis des années, elle se sent comme un poisson dans l'eau. Lorsqu'elle se retourne vers Benjamin, elle se rend compte qu'il avance en crabe sans lâcher la rambarde, manquant de se retrouver sur les fesses à chaque pas. Elle croise les bras, attend qu'il la rejoigne tant bien que mal, interloquée.

— Mais… tu ne sais pas en faire ? s'étonne-t-elle.

— Bien sûr que si, ronchonne aussitôt Benjamin, vexé. Je suis juste un peu rouillé, mais ça va vite revenir !

— On dirait pourtant que c'est la première fois que tu mets les pieds sur une patinoire, observe la jeune femme en s'efforçant de ne pas paraître trop moqueuse.

— Pas du tout. J'en ai déjà fait, une fois, au lycée, bougonne-t-il en avançant à la force de ses bras.

Rebecca tombe des nues. Elle virevolte quelques instants sur la glace, revient à la vitesse de l'éclair vers un Benjamin qui n'en mène pas large.

— Je ne comprends pas : pourquoi tu m'as amenée ici si tu ne sais pas patiner ?

Il hausse les épaules, relève le menton d'un air fier.

— Parce que… parce que je ne pensais pas que ça glisserait autant !

Devant sa mine déconfite et boudeuse à la fois, Rebecca ne peut s'empêcher d'éclater de rire. Benjamin a le don de l'attendrir et d'éveiller en elle un sentiment d'amour profond aux moments les plus improbables.

— Donne-moi la main, va. Je vais te guider, lance-t-elle avec bienveillance.

Benjamin hésite, ses yeux vont de la main tendue de la jeune femme à la rambarde en bois qui lui paraît beaucoup plus stable. Elle insiste en se retenant de le taquiner davantage, et il finit par céder, se cramponnant à sa main comme à une bouée de sauvetage.

Quelques mètres plus loin, ils commencent à tanguer et s'effondrent tous les deux sur la glace.

Le rire cristallin de Rebecca s'élève dans le brouhaha de la patinoire de Noël, et Benjamin ferme les yeux pour se concentrer sur ces éclats de bonheur sonore.

Il sait que c'est ce moment précis qui va se graver dans son esprit, celui qui lui reviendra en mémoire quand il repensera à la première fois où Rebecca et lui ont fait du patin à glace.

C'est son rire si spontané qu'il réentendra aussitôt.

50

Mercredi 4 décembre 2019
282 jours avant *le-jour-d'après*

— Vous êtes psychiatre, non ? Vous avez dû voir défiler un paquet de gens cabossés et démolis, depuis le temps que vous exercez ? Alors s'il y a une personne capable de répondre à cette question, c'est bien vous..., insiste Rebecca d'un ton morne.

Sophie de Leyret soupire et pose son carnet sur son bureau.

— Ça ne marche pas comme ça, et vous le savez, au fond de vous. Qu'est-ce que vous croyez, que je suis en mesure de vous donner une durée précise ? Chaque être humain traverse le deuil de façon personnelle et unique ; il n'y a pas de guide théorique, pas de données mathématiques...

— Oui, mais vous devez bien avoir l'idée d'une moyenne, non ? insiste malgré tout Rebecca.

La psychiatre secoue la tête, observe sa patiente d'un air compatissant.

— Combien de temps faut-il à une mère pour se remettre de la mort de son enfant ? répète-t-elle, refusant de lâcher prise tant qu'elle n'aura pas obtenu un semblant de réponse. En moyenne... Combien de temps ça prend quand la personne veut continuer à vivre ?

— Ça peut prendre des mois comme des années. Pourquoi me posez-vous cette question ? Est-ce que... vous songez à remettre votre...

— Laissez tomber, la coupe sèchement Rebecca, exaspérée de ne pas obtenir le moindre élément tangible de la part de quelqu'un qui exerce pourtant une profession scientifique.

Psychiatre, ça signifie médecin. Médecin, ça signifie chiffres, données, protocoles, traitements. Les êtres humains ne sont ni uniques ni exceptionnels, ils suivent des schémas. Tout peut être calculé, dans la vie. Du temps de digestion d'un aliment au temps de parcours entre deux villes, en passant par le temps nécessaire pour faire le deuil d'un enfant, Rebecca en est certaine.

Elle joue avec la boucle qui ferme son sac à main, signe de sa fébrilité. La psychiatre tente de l'amadouer en parlant avec douceur :

— Si je vous disais, par exemple, qu'il faut cinq ans pour parvenir à surmonter complètement la mort d'un proche, en quoi ça vous avancerait, au juste ?

Rebecca hausse les sourcils, ébranlée.

— Cinq ans ? Cinq ans..., répète-t-elle pour elle-même.

— Vous trouveriez ça long ? Injuste ? Expliquez-moi pourquoi cette question vous turlupine autant, tente Sophie de Leyret en reprenant son carnet.

— Est-ce que ça voudrait dire que le désespoir et la tristesse iraient en s'amenuisant au fur et à mesure de ces cinq ans ? interroge Rebecca.

— Sans doute. Le chagrin et la rage se transformeraient progressivement en une souffrance moins lancinante, plus supportable, plus douce, en un sens.

— Si l'envie de mourir disparaissait, est-ce qu'elle pourrait un jour être remplacée par une envie de vivre ?

— Probablement.

Rebecca reste silencieuse, essaye de digérer l'échange qui vient d'avoir lieu.

— Est-ce que je peux aimer Benjamin sans pour autant oublier et abandonner mon fils ? murmure-t-elle les yeux baissés.

— Évidemment. L'amour ne se divise jamais, il se multiplie.

Rebecca émet un petit rire narquois, comme chaque fois qu'elle estime que la psychiatre devient trop mièvre pour être crédible. L'amour se multiplie, non mais franchement, où a-t-elle lu ça ? Dans un livre de Walt Disney ?

— Quand je me réveille en pleine nuit et que je vois Benjamin allongé dans notre lit, il se passe quelque chose… à l'intérieur de moi. Il est là, endormi sur le dos, la main remontée à hauteur du visage, les doigts légèrement repliés. Il respire paisiblement, et il donne l'impression d'être… sans défense. C'est étrange de le formuler comme ça, mais c'est exactement ce que je ressens : il est *sans défense*. Serein…

Sophie de Leyret griffonne quelques mots sur son carnet, laisse le temps à Rebecca de poursuivre sa réflexion.

— Je le regarde, je me retiens de caresser sa peau pour ne pas troubler son sommeil, et l'élan d'amour qui m'emplit systématiquement à ce moment-là est si grand que je pourrais en pleurer. Je déteste dire des choses aussi fleur bleue, ça ne me ressemble vraiment pas, mais j'ignore comment formuler ça autrement… Et cette bouffée d'amour qui me submerge, je ne l'ai jamais ressentie que pour Solal. Cette impression d'avoir le cœur si gonflé et si rempli qu'il va exploser. Le sentiment de gratitude qui l'accompagne, comme si je m'estimais redevable vis-à-vis de je ne sais qui pour être encore capable d'éprouver si fort quelque chose de positif…

La voix de Rebecca tremble légèrement, et elle s'efforce de respirer calmement pour maîtriser l'émotion qui l'envahit.

— Le matin, quand je me réveille, j'ai conscience de la chance que j'ai de dormir chaque nuit aux côtés de Benjamin. Pas un jour ne se lève sans que je me fasse cette réflexion, sans que je me sente reconnaissante de l'avoir auprès de moi. Alors qu'il est tellement habituel, tellement normal d'oublier un bonheur, de le considérer comme acquis au point de ne même plus y penser quand il devient quotidien. Vous comprenez ce que je veux dire ?

— Tout à fait.

— Hier soir, en préparant le dîner, Benjamin est venu me prendre dans ses bras pour danser dans la cuisine. J'adore danser avec lui, même si je ne suis pas très douée pour suivre le rythme. Mais chaque fois, me retrouver contre son corps, à me balancer en fermant les yeux, me procure un bien-être que je n'avais encore jamais connu… Comme si j'étais à ma place, avec lui. *À ma place…* Comme si j'avais une conscience plus aiguisée du bonheur présent. Et c'est tellement intense que les sanglots en viennent à enfler dans ma gorge. Dans ces instants-là, je me sens si heureuse que j'en deviens triste. Vous avez déjà expérimenté ça ?

— Oui. Vous ressentez sans doute cette émotion douloureuse par crainte de la perte. Parce que vous savez à quel point tout peut être fugace, à quel point tout peut basculer sans prévenir…

Sophie de Leyret se contente de ces mots, préférant probablement que sa patiente chemine à voix haute, sans être guidée dans une direction autre que celle qu'elle désire prendre. Rebecca lui prête à peine attention, tant elle est perdue dans ses propres pensées.

— Mourir semblait être l'unique échappatoire depuis des mois, la seule issue de secours qui me permettait de tenir. Mais maintenant… J'aurai bientôt achevé mon manuscrit, le voyage en Laponie approche… Et moi, je suis perdue. J'ai de plus en plus l'impression que me suicider va exiger de la volonté, alors que depuis la mort de Solal, cette perspective insufflait en moi une immense bouffée de *soulagement*. C'était ma bouée de sauvetage. Est-ce que, parce que je touche du doigt ce à quoi je me suis accrochée depuis plus d'un an et demi, j'en viens à me dégonfler ? Est-ce que je suis *lâche*, tout à coup ?

La jeune femme lève soudain les yeux vers la psychiatre, attend une réponse. Une *sentence*. Sophie de Leyret penche la tête sur le côté, pensive, avant de déclarer :

— Vous êtes peut-être lâche, oui. Ou au contraire, très courageuse. Tout est une question de point de vue, en réalité. Tout est toujours une question de point de vue...

51

Samedi 21 décembre 2019
265 jours avant *le-jour-d'après*

Sans grande surprise, l'avion pour Helsinki est rempli de familles françaises qui ont toutes le même projet que Rebecca et Benjamin : aller visiter le village du Père Noël au moment des fêtes. L'ambiance sur le vol est plutôt électrique, la plupart des enfants sont surexcités et les parents ont du mal à calmer leur enthousiasme. Rebecca est particulièrement stressée, même si elle s'efforce de ne pas le montrer ; une partie d'elle se sent ridicule de s'être embarquée dans ce voyage qui n'a aucun véritable intérêt sans enfant.

Sans Solal.

Sans ses yeux qui s'illuminent, sans sa petite voix qui demande : « On arrive bientôt, maman ? »

En quoi cela pourrait-il bien l'aider d'accomplir ce périple, en réalité ? Il n'y a guère que dans les romans à l'eau de rose ou les téléfilms sirupeux diffusés à longueur de journée à cette période de l'année que l'héroïne pourrait sortir grandie et rassérénée d'être allée rendre visite au Père Noël pour faire son deuil… Qu'est-ce qu'elle croit ? Qu'après avoir rencontré un pauvre type avec une longue barbe blanche et un costume rouge, le fantôme de Solal lui apparaîtra et la remerciera d'avoir réalisé son plus grand rêve, avant de s'évanouir à jamais ?

Elle s'est accrochée à cette idée de voyage depuis des mois, comme elle s'est accrochée à ce livre à écrire. Elle s'est cramponnée de toutes ses forces à ces échéances, comme si quoi que ce soit pouvait donner le moindre sens à la mort de Solal.

Mais la vérité, c'est que rien ne donnera jamais de sens à quelque chose d'absurde et d'innommable. Rien.

L'avion commence à avancer sur le tarmac, lentement, avant de s'immobiliser sur la grande ligne droite de bitume prévue pour le décollage. Les réacteurs vrombissent, signe que l'engin va bientôt se lancer à pleine vitesse. Benjamin ne peut s'empêcher de s'agripper aux accoudoirs de son siège et de pousser un profond soupir. Rebecca se tourne vers lui, étonnée de son attitude. Lorsque l'avion démarre en trombe et accélère jusqu'à quitter le sol, Benjamin ferme les yeux, au moment où la plupart des passagers ont le regard rivé aux hublots pour observer la Terre qui rapetisse et qui s'éloigne.

— Ça ne va pas ? demande-t-elle en posant sa main sur la sienne.

Aussitôt, il retourne sa paume pour refermer ses doigts sur la main de la jeune femme. Benjamin sent comme l'avion est désormais suspendu dans les airs, et il déteste cette impression étrange et indescriptible d'être dans le vide, dans une vulnérabilité totale. Sous ses pieds, il n'y a plus rien, et cette seule idée lui donne le vertige.

— Tu as… peur ? insiste Rebecca d'un ton incrédule.

Benjamin voudrait pouffer de rire et s'exclamer avec virilité : « Peur ? Moi ? Bien sûr que non, pour qui tu me prends ? » Mais il sait pertinemment qu'il est beaucoup trop angoissé pour parvenir à duper qui que ce soit. Alors, il se contente de marmonner :

— Disons juste que je ne suis pas très fan de l'avion.

Comme Rebecca a toujours à cœur que les choses soient clairement dites, elle déclare :

— « Pas très fan », ça me paraît être un euphémisme vu la façon dont tu me serres la main. Je suis sûre qu'il n'y a plus la moindre goutte de sang qui y circule !

— D'accord, d'accord. Je suis terrorisé, ça te va ? Je déteste prendre l'avion, et je suis persuadé qu'on va s'écraser, je ne vois pas comment ça pourrait se passer autrement !

Rebecca sourit, visiblement amusée. Benjamin se renfrogne, agacé qu'elle ne prenne pas sa phobie au sérieux. Il lui lâche la main, s'agrippe à nouveau à l'accoudoir, mais elle pose encore sa paume sur son avant-bras pour le caresser.

— On va atterrir comme prévu dans moins de trois heures, et tout va très bien se passer. Je suis là, tu n'as pas à t'en faire, murmure-t-elle avec tendresse.

Benjamin regrette de ne pas avoir pris un quelconque cachet avant de monter dans cet engin de torture ; au moins, il aurait eu l'air moins idiot devant la jeune femme.

— Avant, moi non plus, je n'étais pas très à l'aise en avion. Je prenais toujours un Atarax avant un vol, et Louis se moquait de moi en répétant systématiquement : « Ça n'a pas de sens d'avoir peur, Rebecca, l'avion est le moyen de transport… »

— « … le plus sûr au monde », poursuit Benjamin, qui a lui aussi déjà entendu cette rengaine des dizaines de fois sans que ça parvienne jamais à le rassurer.

— Voilà, sourit la jeune femme en l'embrassant sur la joue.

— Comment se fait-il que tu n'aies plus peur, à présent ? demande Benjamin.

— Je ne sais pas. Je crois juste que… comme le pire est arrivé, je n'ai plus peur de rien…, déclare Rebecca en contemplant le ciel bleu éblouissant à perte de vue. J'avais peur de beaucoup de choses, *avant*. J'avais peur de prendre l'ascenseur et de rester coincée à l'intérieur, j'avais peur des tunnels en voiture, j'avais peur des bourdons, j'avais peur des effets secondaires des médicaments… La liste était interminable. Et puis Solal est mort, et il n'y a plus eu de raison d'avoir peur de quoi que ce soit.

Benjamin observe son visage de trois quarts en tentant de faire abstraction de l'immensité visible derrière le hublot. La jeune femme peut parfois sembler si proche et si distante à la fois. Quand il a la sensation diffuse d'être comme connecté à elle, elle fait toujours en sorte, en un mot, en un geste, de s'éloigner aussitôt de nouveau.

Comme un arc-en-ciel qu'on chercherait vainement à atteindre.

Une demi-heure plus tard, alors que Benjamin commence enfin à se détendre un peu – ou du moins, à parvenir à se concentrer tant bien que mal sur la lecture d'un magazine de société –, l'avion se met à trembler et il est comme aspiré brusquement vers le bas. Dans le haut-parleur qui grésille, une voix annonce : « Mesdames et messieurs, veuillez attacher vos ceintures, nous traversons actuellement une zone de turbulences. » Sans blague, songe Benjamin sans bouger. Il fait partie des personnes qui ne détachent jamais leur ceinture en avion, de toute façon. Il déglutit avec difficulté, tente de ne pas laisser l'angoisse le happer. Inquiet, il jette un coup d'œil à Rebecca et constate, à son plus grand étonnement, que celle-ci est livide. Ses yeux sont fermés, ses lèvres pincées, et tout son corps paraît encore plus crispé que celui de Benjamin.

Le jeune homme lui replace une mèche de cheveux brune derrière l'oreille, se retient de pousser un cri de frayeur quand l'avion recommence à tanguer violemment. Rebecca lui attrape la main et cette fois, c'est elle qui la serre de toutes ses forces.

— Je croyais que tu n'avais pas peur ? demande-t-il avant de fermer les yeux pendant une nouvelle turbulence.

C'est juste un mauvais moment à passer, se répète-t-il sans trop y croire. Il voudrait réussir à prendre Rebecca dans ses bras, mais pour ça, il faudrait que sa deuxième main accepte de lâcher l'accoudoir de son fauteuil.

— Je ne sais pas ce qu'il m'arrive, chuchote la jeune femme sans bouger.

— Il me semble que tu as la trouille, madame-qui-se-vante-de-n'avoir-peur-de-rien, propose Benjamin pour tenter de détendre l'atmosphère.

— Je n'ai pas éprouvé ce sentiment depuis si longtemps... Je ne comprends pas...

Benjamin entremêle ses doigts à ceux de Rebecca sans trouver quoi répondre. Bientôt, l'avion cesse de trembler et le commandant annonce que la zone de turbulences est désormais derrière eux.

La jeune femme sort son téléphone, met ses écouteurs et lance sa playlist. Ses yeux se perdent à nouveau dans la contemplation des nuages cotonneux en contrebas. Benjamin fait mine de reprendre son magazine mais ne parvient pas à lire la moindre ligne.

Parce qu'il ne peut s'empêcher de faire une équation qui lui paraît très simple. Rebecca n'avait plus peur de rien depuis la mort de Solal, puisque le pire s'était produit et que plus rien n'avait de sens. Mais si elle a eu peur en avion, c'est forcément parce qu'elle recommence, au fond d'elle, à tenir ne serait-ce qu'un peu à la vie, non ?

Quand on a peur de quelque chose, c'est toujours parce qu'on tient à la vie.

Parce qu'on ne veut pas mourir.

Il regarde discrètement la jeune femme, qui a fermé les yeux et qui bat la mesure d'un léger mouvement de tête.

Elle peut bien dire ce qu'elle veut, mais la frayeur qu'elle a ressentie est la preuve que tout n'est pas perdu.

52

Mardi 24 décembre 2019
262 jours avant *le-jour-d'après*

Benjamin et Rebecca sont arrivés dans la nuit de samedi à Rovaniemi, la capitale de la Laponie finlandaise, et la première chose qu'ils ont faite après s'être reposés quelques heures à l'hôtel, ça a été de se rendre au village qui abrite le bureau officiel du Père Noël. Ils ont observé les hordes de touristes qui se prenaient en photo avec un air béat devant les grands pylônes délimitant un cercle polaire imaginaire, puis sont entrés main dans la main dans le grand bâtiment au toit pointu, prêts à faire la queue pour rencontrer le « vrai » Père Noël. Benjamin a senti l'anxiété sourde qui se diffusait dans le cœur de Rebecca et s'est efforcé de paraître le plus léger possible. La jeune femme regardait tout autour d'elle : les boutiques, la décoration un peu kitsch, les néons aveuglants.

— C'est très… commercial…, a-t-elle murmuré d'un ton un peu dépité.

Benjamin aurait voulu lui dire qu'il était difficile de s'attendre à autre chose, que l'objectif était, comme dans n'importe quel lieu touristique, de gagner de l'argent en en faisant débourser aux visiteurs, mais il s'est abstenu. À la place, il a serré Rebecca par la taille et lui a chuchoté à l'oreille :

— Pour ton fils, ça n'aurait pas été commercial. Il aurait trépigné d'impatience dans la file d'attente, sa lettre à la main, et quand ça aurait enfin été son tour, il se serait assis sur les genoux du Père Noël pour lui lister tous les jouets qu'il voulait recevoir… Pas vrai ?

La jeune femme a souri, attendrie.

— Parfois, tu parles de lui comme si tu le connaissais. Comme si tu l'avais vraiment connu…

— C'est parce que j'ai l'impression de le connaître, à travers toi, à travers tout ce que tu me racontes…, a rétorqué Benjamin.

Lorsque tous les deux sont entrés dans la pièce réservée au Père Noël, Rebecca s'est immobilisée devant l'homme en costume rouge, qui portait une barbe blanche synthétique lui arrivant jusqu'à la taille. Il lui a fait signe d'approcher d'un geste de la main, et Benjamin l'a regardée aller s'asseoir sur le banc à côté de lui, préférant lui laisser cette drôle d'intimité. Adossé dans un coin du « bureau », il a observé Rebecca dire quelques mots au Père Noël, visiblement embarrassée, comme si elle se sentait ridicule d'être là, à faire semblant en mémoire de Solal. L'homme au visage mangé par la barbe blanche a articulé quelques syllabes lui aussi, inintelligibles pour Benjamin, puis Rebecca a sorti de son sac à main une enveloppe qu'elle lui a tendue avec une hésitation palpable. Il a hoché la tête, a pris la lettre et l'a déposée dans un grand coffre en bois à côté de lui, un coffre déjà débordant de centaines d'autres courriers de toutes les couleurs. Rebecca s'est levée, a tendu la main au Père Noël, surpris de ce geste, mais qui la lui a malgré tout serrée. Puis, la jeune femme a rejoint Benjamin, et ils sont sortis sans mot dire.

Une fois à l'extérieur, ils se sont éloignés en marchant dans la neige qui crissait, pressés de prendre leurs distances avec toutes ces familles ravies d'être là pour les vacances de Noël.

— Je ne savais pas que tu avais préparé une lettre, a fini par lancer Benjamin pour briser le silence un peu trop lourd.

— Je l'ai écrite avant de partir, je me suis dit que c'est ce que Solal aurait fait, si j'avais pu l'emmener pour ce voyage. À tous les coups, il aurait été tellement intimidé par le Père Noël qu'il n'aurait même pas réussi à lui parler une fois en face de lui. Alors, il lui aurait tendu la lettre qu'il aurait préparée et que je l'aurais aidé à rédiger...

Benjamin a hoché la tête. Il n'a jamais été particulièrement habité par l'esprit de Noël, mais, à cet instant-là, il a regretté un peu de ne pas avoir eu l'idée d'écrire une liste de vœux lui aussi. Il ne croit ni à la magie ni aux miracles, mais il est aussi adepte du « qui ne tente rien n'a rien ». Ça aurait été l'occasion de déposer son courrier en main propre, après tout. Et sa liste aurait été très courte, en réalité, parce qu'il se serait contenté d'écrire : « Cher Père Noël, la seule chose que je souhaite vraiment cette année, c'est de rendre Rebecca heureuse et qu'elle reste à mes côtés pour toujours. » Un seul souhait, mais quel souhait...

Ce soir-là, alors que la nuit est déjà tombée depuis plusieurs heures en Laponie, Benjamin emmène Rebecca marcher sur un lac gelé. Ils finissent par s'asseoir sur une couverture imperméable que le jeune homme a emportée. Et là, sans avoir besoin de communiquer, il sait que tous deux ressentent la même chose, l'impression d'être minuscules face à l'immensité de la nature silencieuse tout autour. Il n'y a plus que la neige, à perte de vue, et les étoiles qui trouent le ciel noir d'encre.

— Tu es sûr que c'est solide, au moins ? finit par demander Rebecca en touchant l'épaisse couche de glace sous le duvet neigeux.

— Ils disent que oui, dans le *Guide du routard*, rétorque Benjamin en souriant.

À nouveau, il note que Rebecca a peur que la glace puisse céder sous leur poids, alors que ça devrait lui être parfaitement égal. Elle tient à la vie, se répète-t-il comme un mantra. Elle tient à la vie même si elle continue de se convaincre du contraire.

Une demi-heure plus tard, c'est un spectacle grandiose et inattendu qui s'offre à eux dans le ciel lapon. Des ondes lumineuses évanescentes jaunes et vertes commencent à danser dans la pénombre, au-dessus des cimes des sapins enneigés. Le souffle quasi coupé, Benjamin et Rebecca s'allongent sur la couverture pour contempler ces aurores boréales qui font rêver le monde entier. Ils sont conscients de la chance inouïe qu'ils ont de se voir offrir ce feu d'artifice par la nature, sans même l'avoir cherché ou espéré. Les vagues éblouissantes semblent à portée de main, et Rebecca ne peut se retenir de tendre le bras, comme si elle était en mesure de toucher la lumière.

Ils restent là, immobiles sur le lac gelé, dans les bras l'un de l'autre, jusqu'à ce que les aurores boréales s'évanouissent finalement et que l'obscurité complète se réinstalle.

— J'ai bientôt terminé mon livre, tu sais, murmure Rebecca au bout d'un moment, le regard toujours fixé sur le ciel opaque.

Le cœur de Benjamin a un loupé. Que doit-il conclure de ces paroles, au juste ? Que… la fin est proche ? Le voyage en Laponie sera bientôt derrière eux, le roman qu'elle s'était promis d'écrire est en cours d'achèvement : tout ce qui tenait Rebecca se clôt. D'ici peu, il n'y aura plus rien pour la retenir, alors ?

Il ne répond pas, ne trouve aucune question à poser, aucune parole pour rebondir. Il se sent impuissant, comme chaque fois. Il se sent lamentable et insuffisant. Lamentable de ne pas être capable de ramener Rebecca du côté lumineux de la vie. Insuffisant de ne pas parvenir à être aimé au point de devenir une raison de continuer.

– Je cherche encore comment le terminer. C'est la conclusion qui fait toute la beauté d'un livre. C'est la fin de l'histoire qui donne sens à tout ce qui s'est passé pendant des centaines de pages. Le dernier chapitre. Les dernières phrases sont les plus importantes…

– Ah. Et y a-t-il la moindre chance que la fin de ton roman puisse être heureuse ? tente Benjamin d'une voix blanche.

Les secondes s'égrènent dans le silence le plus complet.

– Les fins heureuses ne sont jamais grandioses. Les fins heureuses ne restent dans la mémoire de personne. Si Roméo et Juliette n'étaient pas morts, mais avaient vécu ensemble sans qu'il n'y ait plus le moindre obstacle, la pièce de Shakespeare n'aurait pas eu le moindre intérêt.

Benjamin voudrait rétorquer que la vraie vie n'a aucun besoin d'être grandiose, elle a juste besoin d'*être*, tout simplement. Mais à quoi bon, puisque Rebecca persiste à parler de son manuscrit et à éviter le vrai sujet ?

– Je crois que Solal aurait aimé les aurores boréales, bien plus que le village du Père Noël. Ou alors, il aurait râlé parce qu'il faisait trop froid et qu'il était fatigué… Ou peut-être qu'il se serait assis à côté de moi et se serait contenté de manger de la neige discrètement. Parce qu'il adorait avaler des flocons. Le dernier hiver, il a neigé, et on est sortis tous les deux à 6 heures du matin dans la rue, pour aller faire un bonhomme de neige. Louis a pesté qu'il n'y avait pas le feu, que c'était idiot de se lever si tôt, mais Solal et moi n'en avions rien à faire… Je pense qu'il aurait vraiment aimé ce voyage, il l'aurait gardé en mémoire toute sa vie, déclare Rebecca, à moitié perdue dans ses pensées et ses souvenirs.

— Comment tu te sens, là, maintenant ? demande Benjamin avec douceur, dans l'espoir de ramener la jeune femme dans le présent.

— Ça pourrait être pire.

Toujours franche, rarement diplomate, constate Benjamin avec une pointe de tristesse. Que croyait-il ? Qu'elle allait déclarer qu'elle passait le plus beau jour de sa vie ? Le plus beau Noël, peut-être même ? Ça n'avait déjà rien eu de facile de la convaincre de faire ce voyage au moment du réveillon, alors même qu'elle s'était promis de ne pas passer un second Noël sans Solal. Mais Benjamin avait fini par lui dire : « Ce Noël à mes côtés, c'est la seule chose que je te demande, alors accorde-moi ça, je t'en prie... » Et Rebecca avait cédé, sans doute parce qu'elle se disait au fond d'elle qu'elle lui devait au moins ça, avant de l'abandonner définitivement.

— J'ai trouvé le titre de mon roman, reprend-elle. Ça faisait des semaines que je cherchais sans avoir la moindre idée, et il a fini par apparaître au moment où je m'y attendais le moins... Ce sera *Le Jour où.*

— Et quand tu auras mis le point final, tu l'enverras à ton éditeur, poursuit Benjamin, le cœur lourd.

— C'est ça.

Il aurait soudain envie d'attaquer. De lancer d'un ton mordant : « Et tu comptes attendre son retour de lecture, avant d'aller te jeter sous un train, ou même pas ? »

Rebecca se redresserait, se rassoirait sur la couverture – qui commence à être humide malgré l'épaisseur de plastique. D'une main, elle jouerait avec la neige au sol, insensible au froid. Benjamin resterait allongé et fermerait les yeux pour empêcher les larmes de monter. Soudain, il se sentirait épuisé, vidé comme jamais.

« Je ne sais pas », avouerait sans doute la jeune femme sans oser se tourner vers lui. « Je vois. J'espère au moins que tu me préviendras, *le jour où* », commenterait peut-être Benjamin, cynique à dessein.

Mais il n'a pas envie de faire souffrir davantage la jeune femme, même s'il ressent le besoin de savoir ce que leur réserve l'avenir proche, même si la perspective de devoir la laisser partir le hante. Alors, il se contente de murmurer :

— Et après, il va se passer quoi ?

Rebecca hausse les épaules.

— S'il aime mon texte, il le publiera, je suppose.

— Je veux dire... Pour nous, il va se passer quoi ?

La jeune femme se tourne vers lui pour le dévisager et il soutient son regard. Longuement. En silence, il lui dit intérieurement tout ce qu'il sait depuis des mois et qu'il a tu parce qu'il ignorait quoi en faire.

Les épaules de Rebecca s'affaissent brusquement, elle semble désespérée de ne pas trouver les mots, ou peut-être de ne plus savoir où elle en est à présent, de ne plus avoir aucune certitude alors que la seule qu'elle avait depuis plus d'un an et demi, c'était de vouloir en finir. Alors, Benjamin se redresse lui aussi, prend la jeune femme contre lui pour tenter de l'apaiser.

— Peut-être que ça vaut le coup de continuer... avec toi... Peut-être que j'en ai le droit, souffle-t-elle avant de fondre en larmes.

Benjamin la serre un peu plus fort.

Sans rien dire.

Sans rien oser penser.

Sans pouvoir s'empêcher, pourtant, d'espérer.

Lorsque Rebecca se dégage de son étreinte pour sécher ses larmes, Benjamin murmure d'un ton solennel :

— Je suis soulagé pour le chat.

Rebecca lui jette un regard perplexe, et il se contente de hausser les épaules en souriant.

— Quoi ? Je sais à quel point tu tiens à lui, c'est tout…

53

Samedi 11 janvier 2020
244 jours avant *le-jour-d'après*

Rebecca a glissé ses jambes sur celles de Benjamin, s'est lovée contre lui en nichant sa tête contre sa clavicule et en passant son bras autour de sa taille. Il lui caresse les genoux avec douceur, le regard rivé sur le grand écran. Ils sont les seuls à être si proches l'un de l'autre dans la salle plongée dans l'obscurité, et Benjamin songe à quel point il adore aller au cinéma avec la jeune femme, peu importe le film.

Peu importe le film, puisque ce qui compte, c'est d'être ensemble, enlacés jusqu'à atteindre ce saisissant sentiment de plénitude. Et il sait que Rebecca ressent exactement la même chose, même si elle ne formule jamais ce qu'elle éprouve de façon aussi brute et limpide que lui. Mais elle prononce souvent – de plus en plus souvent, d'ailleurs – ces mots tout simples et qui lui suffisent : « Je suis bien, là. Avec toi. »

Il y a toujours une sorte d'intonation légèrement étonnée, quand elle se confie à lui. Comme si elle était chaque fois surprise de se sentir de nouveau bien, de nouveau heureuse, quand bien même elle n'oserait jamais aller jusqu'à choisir ce terme-là.

Depuis le voyage en Laponie, ils ne sont jamais revenus sur l'échange qu'ils ont eu sur le lac gelé. Benjamin ne s'est pas risqué à lui demander ce qu'elle avait décidé, ce qu'elle envisageait – ou non – de faire. Mais certains détails ne trompent pas, et il la teste régulièrement en lui parlant de voyages futurs, de destinations qui lui plairaient, de pièces de théâtre ou concerts auxquels il aimerait aller avec elle. Ce peut être pour le mois prochain, pour l'été qui arrive, pour l'année suivante, même. Elle n'a plus cet air plein de commisération quand il évoque un avenir plus ou moins proche. Chaque fois, elle hoche la tête, et il s'accroche à l'espoir.

Elle a changé d'avis. Pour lui.

Il se réveille encore souvent la boule au ventre, il est obligé de l'admettre, même s'il n'en parle jamais à la jeune femme. Il ne peut s'empêcher de craindre qu'elle ne prenne une décision radicale sur un coup de tête, dans un moment de cafard. Quand elle part faire des courses ou va à un rendez-vous, une partie de lui est toujours terrorisée à l'idée qu'elle puisse, peut-être, ne jamais revenir. Quand elle se lève en pleine nuit, il se réveille aussitôt, et lui demande systématiquement d'un ton plus paniqué qu'il ne le voudrait :

— Tu vas où ?

— Aux toilettes, rétorque-t-elle, amusée.

Mais il ne se rendort complètement que lorsqu'il la sent se rallonger à côté de lui et qu'il peut poser la main sur son ventre chaud. Un contact. Une connexion dont il ne peut se passer.

Pas de long discours, donc.

Il choisit la confiance malgré l'angoisse qui l'étreint. La confiance en Rebecca. La confiance en un univers clément et bienveillant. La confiance en l'idée que le malheur est comme la foudre, qu'il ne frappe jamais deux fois au même endroit. La confiance en lui, aussi, en la conviction qu'il peut être suffisant au point qu'un autre être ait envie de rester à ses côtés.

Tout à l'heure, à la caisse du cinéma, la vendeuse leur a proposé de prendre un abonnement à l'année.

— Ça vous donne la possibilité de voir tous les films que vous souhaitez en illimité, pour seulement 22,90 euros par mois. Et ce week-end, les frais d'adhésion sont offerts ! a-t-elle récité d'un air faussement enthousiaste.

Benjamin allait répondre un « Non, merci » à la va-vite, sans même y réfléchir, quand Rebecca a posé la main sur son poignet.

— Ce serait sympa, non ? a-t-elle murmuré en le regardant. On va souvent au cinéma, alors je pense que ça vaut le coup…

Benjamin a haussé les sourcils, étonné.

— C'est un engagement d'un an, a précisé la vendeuse, tout en observant d'un air morne la file de clients s'allonger derrière eux.

Rebecca a acquiescé, s'est à nouveau tournée vers Benjamin pour le sonder du regard.

— Si tu veux, oui, bien sûr, a-t-il bredouillé.

La caissière a édité deux cartes en plastique doré à leurs noms, sous les yeux ravis de la jeune femme. Il aurait voulu se pencher vers elle et lui demander à l'oreille : « Un abonnement d'un an, tu es sûre de toi ? »

Mais il s'est abstenu, s'est contenté de l'embrasser sur la tempe avec bonheur, tandis que la vendeuse leur tendait leurs cartes en lançant à la volée :

— Salle 2, premier étage à gauche. Bonne séance !

À présent que le film défile sous leurs yeux, il sent ses muscles se relâcher, son cœur s'apaiser. Quand il était petit, sa mère avait l'habitude de l'emmener au cinéma le mercredi matin, à la première séance, pour voir le dernier dessin animé sorti. Elle râlait quand il s'agitait un peu trop dans son fauteuil ou qu'il donnait sans le faire exprès des coups de pied dans le siège de devant ; elle ne voulait jamais lui acheter de bonbons ou de pop-corn. Mais ces séances étaient chaque fois, pour Benjamin, un moment magique, une parenthèse hors de la réalité, dans un cocon imaginaire. Le cinéma lui a toujours procuré une impression de sérénité, toujours.

Et avec Rebecca serrée contre lui au point qu'il puisse humer l'odeur de sa peau et de ses cheveux sans même faire le moindre mouvement, il retrouve toute cette émotion de son enfance, qui s'était ternie au fil des années.

Quand le générique de fin commence à défiler sur l'écran, aucun des deux n'esquisse le moindre geste. La salle se vide rapidement, et bientôt, il ne reste qu'eux, toujours enlacés.

— Tu es très important, tu sais, murmure Rebecca sans le regarder, la tête toujours enfouie au creux de son cou.

Benjamin sourit pour lui-même, lui caresse les cheveux avec tendresse.

— Non, reprend-elle après quelques secondes. Je n'ai pas choisi le bon mot, ce n'est pas ça que je voulais dire.

Les doigts du jeune homme s'immobilisent dans les mèches brunes.

— Tu es devenu… essentiel, précise-t-elle. Essentiel. C'est le mot approprié, je crois.

54

Lundi 3 février 2020
221 jours avant *le-jour-d'après*

— Solal aurait dû avoir six ans aujourd'hui. Mais ce n'est pas la première chose à laquelle j'ai pensé en ouvrant les yeux ce matin.

La psychiatre, comme à son habitude, patiente quelques instants afin que Rebecca poursuive, qu'elle trouve les mots, des mots qu'elle prend toujours grand soin de choisir pour qu'ils soient les plus proches possible de sa pensée. Mais la jeune femme n'a pas l'intention d'en dire davantage.

— Et qu'avez-vous ressenti ? De la culpabilité, peut-être ? tente Sophie de Leyret.

Rebecca est surprise.

— Bien sûr que je me suis sentie coupable, rétorque-t-elle d'un ton plus sec qu'elle ne l'aurait voulu.

La question lui paraît tellement stupide, en un sens. Comment pourrait-elle ne pas avoir le sentiment d'être une mauvaise mère ? Dès que Solal se fait moins présent dans son cœur, c'est comme si elle l'abandonnait une seconde fois.

Devant l'air buté de sa patiente, la psychiatre retient un soupir et finit par aller là où Rebecca souhaite visiblement l'emmener depuis le début de la séance.

— Avez-vous envie de me dire ce à quoi vous avez pensé dès votre réveil, alors ?

La jeune femme hoche la tête lentement, rougit même malgré elle. Soudain, elle se sent mal à l'aise, comme si elle craignait d'être jugée. Jugée ou incomprise. Elle ne sait plus comment présenter les choses. Elle attrape son sac à main posé sur la deuxième chaise du cabinet ; elle s'est toujours demandé pourquoi il y avait deux chaises : est-ce que parfois des couples venaient consulter ? Pour tenter de se réconcilier, d'enfin se comprendre, de sauver les meubles, de cesser de se déchirer à longueur de journée ?

La psychiatre l'observe fouiller dans sa besace en cuir rouge, Rebecca s'affaire, soudain fébrile. Elle ne parvient pas à mettre la main sur ce qu'elle cherche ; il y a trop de choses dans son sac, comme toujours. Enfin, son regard tombe sur ce qu'elle veut montrer à Sophie de Leyret.

Un objet qui vaut mieux que tous les mots qu'elle ne trouve pas et qui, de toute façon, resteraient coincés dans sa gorge. Rebecca le pose sur le bureau, délicatement. Juste devant elle. La psychiatre ne bouge pas ; elle jette un coup d'œil à l'objet, mais ne se penche pas pour mieux voir ce dont il s'agit. Alors Rebecca va jusqu'à le pousser pour le mettre sous ses yeux.

Pour qu'il n'y ait pas d'ambiguïté.

Les deux femmes échangent un long regard, sans un mot. Pour une fois, c'est la psychiatre qui finit par couper le lien visuel, pour contempler le bâtonnet blanc et bleu posé devant elle, juste à côté de son carnet grand ouvert.

Rebecca espère qu'elle va enfin ouvrir la bouche et briser un silence qui devient sinon gênant, du moins lourd. Mais la psychiatre ne cède pas. Elle prend le bâtonnet entre son index et son pouce, et le replace en douceur juste devant Rebecca, comme pour le lui rendre. Elle hausse les sourcils pour lui enjoindre de parler. Cette fois-ci, elle ne l'aidera pas.

— J'ai… plusieurs semaines de retard. J'ignore combien exactement, mes cycles n'ont jamais été très réguliers, et depuis la mort de Solal, je n'ai plus prêté attention à tout ça... Je... Je m'étais dit le week-end dernier que si mes règles n'arrivaient pas d'ici aujourd'hui, je ferais un test. J'ai espéré tous les jours les avoir. Ce... n'était pas prévu. Je prends la pilule, je ne l'oublie jamais. Je... ne comprends pas. Je ne sais pas ce que je dois faire. Ce n'était pas prévu. Ce n'était pas *prévu*, murmure Rebecca les yeux baissés, sans même oser regarder la femme qui la suit depuis près de deux ans maintenant.

— Au fond, rien n'est jamais prévu, dans la vie, vous savez, commente Sophie de Leyret avec une sollicitude sincère.

— Je le sais bien ; épargnez-moi vos dictons tout faits, s'il vous plaît, rétorque Rebecca d'un ton dépité.

— Pourquoi avez-vous ressenti le besoin d'apporter votre test de grossesse ?

— Je ne savais pas où le mettre. Je ne voulais pas que Benjamin tombe dessus, et je m'imaginais mal le jeter dans une poubelle à l'extérieur ; alors, je l'ai rangé au fond de mon sac à main. En attendant...

— En attendant quoi ?

— En attendant... de digérer l'information. En attendant de ne plus me sentir complètement prise au piège.

— C'est le sentiment que vous avez, depuis ce matin ? D'être « prise au piège » ?

— Évidemment. Comment est-ce que je pourrais me sentir autrement ? Je suis enceinte et ce n'était pas du tout au programme.

— Il y a beaucoup de femmes, tous les jours, qui découvrent une grossesse imprévue et qui ont un tout autre sentiment que le vôtre, commente la psychiatre avec le plus de diplomatie possible.

— Ces femmes n'ont probablement pas eu à affronter la mort de leur unique enfant, tacle Rebecca, le regard dur.

Sophie de Leyret se mord la lèvre avant de choisir une autre approche.

— Pourquoi vous sentez-vous piégée ? Parce que vous ne voulez pas de cet enfant ?

— Parce que je suis obligée de vivre, à présent. Je n'ai plus d'autre option, répond Rebecca d'une voix blanche.

— Je ne comprends pas. Quand vous êtes rentrée de votre voyage en Laponie, vous m'avez confié avoir eu un déclic. Vous avez choisi de changer le projet que vous aviez forgé depuis la mort de Solal, vous avez choisi d'avancer. Je sais que c'était une véritable décision, pour vous, une décision qu'il vous a été extrêmement difficile de prendre ; nous en avons longuement parlé le mois dernier. Aujourd'hui, vous êtes enceinte, et je comprends que ce soit un cataclysme, je le comprends parfaitement. Mais en quoi cette grossesse vient interférer en quoi que ce soit, puisque vous aviez déjà fait le choix de continuer à vivre ?

Le regard de la psychiatre se fait inquisiteur, sérieux, comme chaque fois qu'elle souhaite que sa patiente joue cartes sur table et cesse de se défiler devant un obstacle. Rebecca soupire.

— La différence, c'est qu'aujourd'hui, je n'ai plus la possibilité de revenir en arrière et de changer d'avis. Je ne peux plus *flancher*.

— Je suis désolée d'être abrupte, mais on a toujours le choix, dans la vie. C'est Jean-Paul Sartre, je crois, qui a dit que nous n'avions jamais été aussi libres que sous l'occupation allemande. Parce que la vie est faite de choix, même lorsque tout nous paraît contraint ; c'est justement dans ces moments-là qu'on peut faire les choix les plus importants. En d'autres termes : si vous ne voulez pas de cet enfant, si vous voulez conserver la possibilité de mettre votre projet initial à exécution, il y a des solutions.

— Avorter, c'est de ça dont vous parlez ? s'offusque aussitôt Rebecca, visiblement choquée.

La psychiatre hausse les épaules sans répondre.

— Il est hors de question que j'avorte, déclare la jeune femme d'un ton buté.

— Pourquoi êtes-vous aussi déterminée à garder un enfant qui vous fait vous sentir prise au piège ? questionne la psychiatre pour la pousser dans ses retranchements.

— Parce que... parce qu'il n'a rien demandé, lui. Parce qu'il a le droit d'avoir une chance. Parce qu'il est... innocent.

— D'accord. *Vous* faites le choix de le garder et de mener cette grossesse, donc, commente la psychiatre du ton le plus neutre et factuel possible.

Rebecca se tortille dans son fauteuil, agacée du chemin que prend la conversation. Agacée et démunie.

— Je suppose que oui... Je vais faire avec... Même si j'ai le sentiment de trahir Solal, en le *remplaçant* de cette manière..., murmure Rebecca en se triturant les mains nerveusement.

Sophie de Leyret se redresse et se penche vers la jeune femme pour être certaine d'accrocher son regard.

— Voilà. On y est. C'est exactement ce que je pensais que vous diriez, et c'est sur ça qu'on va travailler à partir de maintenant.

55

Mardi 4 février 2020
220 jours avant *le-jour-d'après*

— Tu sais que toute ma vie sera rythmée par les souvenirs de Solal, qu'il sera toujours présent, quoi qu'il puisse arriver ?

La façon dont s'exprime Rebecca paraît très cérémonieuse, et Benjamin a du mal à comprendre pourquoi elle semble si sérieuse ce soir.

— Oui. Tu n'as pas à t'inquiéter, déclare-t-il avec tendresse.

— Notre vie sera rythmée par les souvenirs de Solal, mais aussi par les souvenirs qu'on va se forger ensemble, et qui vont prendre une place essentielle, eux aussi, poursuit Rebecca sans vraiment avoir l'air de prêter attention à la réponse de Benjamin.

Il décide donc de la laisser continuer sur sa lancée, même si elle paraît si concentrée qu'elle en oublie de manger de la glace du pot de Ben & Jerry's que Benjamin a apporté sur le canapé. Vanille-pécan est pourtant son parfum préféré, et il prend toujours soin de lui laisser les gros morceaux de noix.

Rebecca se lève pour aller chercher une enveloppe rangée dans le tiroir de son bureau. Avant de se rasseoir aux côtés de Benjamin, elle la dépose sans un mot sur ses genoux.

— Qu'est-ce que c'est ? demande-t-il, interloqué.

— Ouvre, tu verras, répond Rebecca d'un air énigmatique.

Il sort une feuille A4 de l'enveloppe, la déplie pour en découvrir le contenu. Les sourcils froncés, il comprend qu'il s'agit d'un bilan sanguin que Rebecca a fait la veille.

– Tu as un souci de santé ? questionne-t-il, aussitôt inquiet, même s'il s'efforce d'avoir un ton dégagé.

Rebecca ne répond rien, se contente de lui indiquer la feuille pour qu'il la déchiffre avec attention. Le jeune homme lit à voix haute l'unique résultat, qui lui paraît totalement obscur :

– Dosage des bêta-HCG : 15 489 UI/L. Positif. Ça veut dire quoi ?

Il n'a pas la moindre idée de ce qu'il est censé comprendre à tout ce charabia médical. Est-ce que Rebecca est malade ?

La jeune femme sourit, et le soupçon de tristesse et de mélancolie dans ses yeux n'échappe pas à Benjamin.

– Je suis enceinte. D'environ quatre ou cinq semaines, je pense.

Il regarde la jeune femme fixement, comme si elle parlait une langue étrangère et qu'il attendait qu'elle lui traduise son message. Pris individuellement, tous les mots qu'elle prononce ont un sens, mais mis bout à bout, ils paraissent complètement absurdes.

Alors Rebecca répète les trois premiers mots. Lentement. En articulant et en détachant chaque syllabe.

– Je. Suis. Enceinte.

Il plisse les yeux, pour réfléchir.

– Comment c'est possible ? finit-il par demander, abasourdi.

Contre toute attente, Rebecca éclate de rire, sans doute pour relâcher la tension qui l'oppresse depuis la veille.

– Je ne vais pas te faire un dessin, quand même ? dit-elle en secouant la tête.

— Non, non, bien sûr, murmure Benjamin, toujours sous le choc.

— On va avoir un bébé, reformule-t-elle, dans l'espoir qu'il finisse par percuter.

— Un bébé…, répète-t-il comme pour lui-même. Un bébé ?

Au bout de quelques minutes, Benjamin lève le regard vers Rebecca, maintenant tranquillement occupée à manger de la glace, alors que lui serait bien incapable de savoir ce qu'il a fait de sa cuillère.

Un enfant ? Une partie de lui est en panique. Il n'a aucune des qualités requises pour devenir père, c'est une évidence. S'il fallait passer un permis pour devenir parent, il n'aurait pas la moindre chance de le décrocher, c'est clair et net. Il n'y a qu'à se rappeler le comportement minable qu'il a eu avec Axel au moment de l'accident de grand huit. Il n'a pas réussi à protéger son neveu. La seule chose qu'il soit parvenu à faire ce jour-là, c'est vomir sur les baskets du garçon. Des baskets toutes neuves, en plus, le genre d'Adidas blanches que tout le monde porte depuis plusieurs années. Le seul moment où il aurait dû se montrer fort et responsable, il s'est défilé au point que c'est un gamin d'à peine dix ans qui a dû le tirer par la main pour qu'il se ressaisisse enfin. Alors devenir père… Être responsable d'un petit être sans défense qui s'en remettrait totalement à lui ? Rien que d'y penser, ça lui donne le vertige, et s'il n'était pas assis sur le canapé, il devrait sans doute s'appuyer sur le premier meuble à sa portée. Il devrait probablement sauter de joie et prendre Rebecca dans ses bras en étant au comble du bonheur, mais il en est incapable. Il a prouvé qu'il n'était pas quelqu'un de fort, et elle… Elle est si fragile, tellement à fleur de peau, elle semble à peine reprendre pied et trouver un semblant d'équilibre à ses côtés… Une grossesse, là, maintenant, ce n'était pas prévu, et il se sent submergé d'une telle angoisse qu'il en aurait presque le sentiment d'être coincé, d'être enfermé, d'être comme *pris au piège*. Pris au piège, oui, ce doit être ça, au fond. Pas par Rebecca, mais pris au piège par la vie, qui réserve des surprises pour lesquelles on est incapable de se sentir à la hauteur.

Rebecca repose le pot de Ben & Jerry's qu'elle vient de terminer, et le tintement de la cuillère contre la table basse du salon fait revenir Benjamin à la réalité. S'il est comme liquéfié à l'intérieur, il s'efforce de ne rien laisser paraître. Surtout, ne pas faire de peine à Rebecca, ne pas la blesser, ne pas la fâcher. Il sait combien les mots qu'il va prononcer, les gestes qu'il va avoir, vont être essentiels. Le moindre faux pas et tout pourrait s'effondrer.

— Et… tu es OK avec ça ? Avec l'idée d'avoir un bébé ? demande-t-il tout bas, incapable de parler à voix haute tant il a l'impression de trembler comme une feuille.

Évidemment qu'elle ne doit pas être « OK », comme il dit. Elle doit être catastrophée, déboussolée, terrifiée. Ce n'est pas du tout comme ça qu'elle devait imaginer la suite de leur histoire et de sa vie, elle qui n'envisageait déjà même pas d'être encore sur terre en 2020… Comment vont-ils surmonter cela, comment leur couple va-t-il tenir ?

La jeune femme referme le pot de glace en carton avant de se renfoncer dans le canapé. Elle pose ses jambes sur celles de Benjamin, l'embrasse sur la tempe en fermant les yeux.

— Je crois que oui. Juste… il faudra aller racheter de la glace. J'ai envie de glace.

Elle sourit, avec un air qui paraît étrangement timide, et Benjamin a la sensation fugace de revoir la jeune femme qu'il avait croisée, le premier jour, au cimetière. Comme elle était belle… Comme elle *est* belle…

C'est à ce moment-là, alors qu'il caresse ses jambes moulées dans son jean bleu foncé, qu'il se dit que tout va bien se passer.

Tout va bien se passer.

Il ira acheter des dizaines de pots de Ben & Jerry's vanille-pécan si ça peut aider.

56

Samedi 7 mars 2020
188 jours avant *le-jour-d'après*

C'est la première fois depuis son déménagement – sa fuite – que Rebecca retourne à la plage de Fécamp, celle qui l'a vue grandir, celle qui a accueilli Solal de si nombreuses journées. La jeune femme ignore si elle croit vraiment à la portée symbolique des choses ; tout ce qu'elle sait, c'est qu'elle avait besoin de revenir ici, aujourd'hui, avec Benjamin à ses côtés.

Il n'y avait pas de lieu plus chargé de sens et de souvenirs, pour elle.

Il n'y avait pas de moment plus approprié que ce jour précis. Pile un an après leur première rencontre dans ce cimetière paisible.

Un an… Le temps passe si vite, et pourtant, elle a également l'impression de connaître Benjamin depuis toujours. La certitude un peu folle que tout ce qui a pu arriver dans sa vie n'avait pour unique but que de la mener jusqu'à lui. Rien ne pourra jamais donner de sens à la mort de Solal, évidemment, mais Rebecca a malgré tout le sentiment que l'Univers a tout orchestré, et que Benjamin a toujours été la personne qu'il lui fallait. Celle qu'elle aurait dû rencontrer au tout départ, bien avant la naissance de Solal. Ou peut-être que s'ils s'étaient connus sur les bancs du lycée, ils n'auraient rien eu à se dire, à l'époque. Ils auraient été trop différents, l'alchimie n'aurait pas fonctionné comme maintenant. Qui peut le savoir ?

Peu importe, sans doute. L'essentiel, c'est d'être là, ce matin, sur cette plage. Main dans la main et silencieux, comme si Benjamin comprenait, sans qu'il y ait besoin de prononcer le moindre mot, à quel point l'instant est solennel et important aux yeux de Rebecca.

Tous deux s'assoient sur le sable, à une dizaine de mètres de la mer sombre qui va et vient. Le vent est glacial, et Benjamin sent sa nuque commencer à se raidir sous l'effet du froid. Il passe son bras autour des épaules de Rebecca, la rapproche instinctivement de lui.

— Solal réclamait toujours un château de sable ; il fallait que je lui en construise un qui soit le plus grand et le plus haut possible, avec des douves, des tunnels, des remparts. Lui se contentait d'aller ramasser quelques coquillages et quelques algues pour décorer la construction. Mais son plaisir absolu, c'était d'attendre patiemment que le château soit achevé pour sauter dessus à pieds joints en hurlant de joie..., se souvient Rebecca en laissant filer une poignée de sable entre ses doigts fins.

— Moi, quand j'étais petit et qu'on partait en vacances à la mer, j'adorais que mon père me construise un circuit pour jouer aux billes. On faisait des courses tous les deux tout l'après-midi, pendant que ma mère en profitait pour aller nager, déclare Benjamin, qui a envie de partager des bribes de son passé avec sa compagne.

— C'est Louis qui emmenait Solal dans l'eau, le plus souvent. Je me contentais de suivre des yeux les brassards orange fluo, et j'étais toujours un peu inquiète malgré moi. J'avais peur qu'il lâche Solal, qu'il le perde de vue quelques secondes à peine et qu'une vague l'emporte. C'était stupide, je le savais, mais cette boule d'anxiété ne me quittait jamais quand ils étaient dans l'eau. Solal me semblait tellement petit face à l'immensité de la mer. Tellement sans défense...

La plage est déserte, il n'y a guère qu'un homme, au loin, qui marche le long du rivage en promenant son chien, un labrador couleur miel au pelage trempé à force de sauter dans les vagues. Régulièrement, l'homme envoie un bâton que l'animal s'empresse d'aller chercher et de rapporter, la queue frétillante. Rebecca les suit du regard quelques minutes, jusqu'à ce qu'ils ne soient plus que deux points minuscules à l'horizon.

Alors, elle se lève et commence à marcher vers l'eau. Ses pas sont mesurés, comme si elle craignait de se tordre la cheville ou de s'enfoncer un peu trop. Benjamin esquisse un geste pour se remettre debout, mais se ravise aussitôt, devine que la jeune femme a besoin de ce temps seule avec elle-même. Il la regarde cheminer jusqu'aux vagues, s'immobiliser à l'endroit exact où l'eau s'arrête. Elle croise les bras autour d'elle, probablement frigorifiée, et reste là sans bouger. Ses longues mèches brunes volent au gré du vent, et Benjamin songe aussitôt que la scène ferait une magnifique photo. Il sort son portable pour immortaliser la silhouette de Rebecca face à la mer, même s'il sait qu'elle déteste être prise en photo. Mais à cette distance, elle ne sera même pas reconnaissable sur le cliché ; on distinguera à peine une femme aux cheveux sombres qui se tient devant les vagues, en dessous d'un ciel cotonneux à perte de vue.

Au bout de plusieurs longues minutes, elle s'agenouille pour toucher le sable mouillé, en y posant simplement sa paume, comme pour se connecter aux éléments. Benjamin est certain, sans vraiment savoir pourquoi, qu'à cet instant précis, la jeune femme a fermé les yeux. Pour mieux sentir, pour mieux *ressentir*. Il range son portable dans la poche de son manteau, tout doucement, comme s'il risquait de faire du bruit et de gâcher la solennité du moment.

Lorsqu'elle remonte jusqu'à Benjamin pour se rasseoir à ses côtés, il remarque ses yeux rougis malgré le sourire sincère qu'elle lui adresse. Il décide cependant de ne pas poser de question inutile, se contente de lui caresser la joue avec son pouce, tendrement.

— J'ai... parlé à Solal, murmure la jeune femme.

Elle craint que Benjamin ne comprenne pas, qu'il trouve sa démarche stupide et vide de sens. Elle-même considérerait cette déclaration étrange, si elle n'en était pas à l'origine. Elle ne croit même pas qu'il y ait quoi que ce soit après la mort, en plus. Elle est convaincue que Solal n'existe plus, et que les êtres humains ne sont rien de plus qu'un amas d'organes, de sang et de cellules qui, un jour, cesse de fonctionner. Mais voilà, elle avait le besoin impérieux de parler à son fils, de lui parler ici, sur cette plage où son rire a tant de fois résonné.

Benjamin contemple les vagues au loin, l'écume qui se retire à intervalles réguliers. Le vent est si fort que des grains de sable tourbillonnent et lui picotent les mains.

— Je lui ai annoncé qu'il allait être grand frère dans quelques mois..., ajoute Rebecca d'une voix si basse que Benjamin est obligé de se pencher vers elle pour être sûr de comprendre ses paroles. Je lui ai dit qu'il me manquait, chaque jour, à chaque instant, mais qu'à présent, il y avait aussi de la place dans mon cœur pour accueillir un peu de bonheur.

Benjamin hoche la tête sans savoir quoi répondre.

— Je suis gelée, on y va ? demande-t-elle soudain en réprimant un frisson.

Elle époussette le sable sur son manteau de laine pendant que Benjamin se relève, puis ils s'éloignent tous les deux, marchent lovés l'un contre l'autre.

Juste avant de quitter la plage et de rejoindre la voiture garée quelques rues plus loin, Benjamin se retourne pour jeter un dernier coup d'œil aux vagues. Lui non plus ne croit pas en Dieu, ni en un univers clément, ni en un destin tout tracé. Mais il croit à l'espoir.

Alors il chuchote, le plus discrètement possible pour ne pas que Rebecca s'en aperçoive, un mot à l'intention de cet enfant disparu qu'il a l'impression de connaître comme son fils, un mot à l'intention de cet enfant à venir qu'il a déjà le sentiment d'aimer de façon inconditionnelle.

— Merci.

ÉPILOGUE

Vendredi 11 septembre 2020
Le-jour-d'après

Rebecca a accouché dans la nuit de jeudi, et ce dont elle se souviendra sans doute toujours, c'est de la main de Benjamin qui n'a pas quitté la sienne durant les heures de travail. Sa main qui n'a pas quitté la sienne pendant tout le temps où la sage-femme lui intimait de continuer à pousser, vous y êtes presque, madame, encore quelques efforts, tenez bon ! Sa main qui n'a pas quitté la sienne alors que Rebecca s'y cramponnait de toutes ses forces, la broyant sans ménagement, sans se soucier de la douleur qu'elle pouvait occasionner.

Cette fois, elle n'était pas toute seule.

Benjamin a vu naître leur enfant dans la nuit de jeudi, et ce dont il se souviendra sans doute toujours, c'est de ce moment incroyable où la sage-femme a sorti le bébé du ventre de Rebecca, et où elle s'est exclamée, visiblement émue elle-même : « C'est une petite fille ! » Ils avaient gardé jusqu'au bout la surprise, et Benjamin n'oubliera jamais la vague d'amour qui l'a instantanément submergé lorsqu'il s'est retrouvé, un peu maladroit, à serrer contre lui ce tout petit être aux grands yeux bleu foncé.

Cette fois, ils étaient une famille.

La sage-femme a demandé s'ils avaient choisi un prénom, et ils se sont regardés tous les deux en souriant d'un air probablement un peu niais parce que heureux. « Isma », a répondu Rebecca, et la sage-femme a noté les quatre lettres sur le bracelet de plastique rose en déclarant que c'était un bien joli prénom pour une bien jolie petite fille. Benjamin a songé qu'elle devait dire ça à tous les jeunes parents, mais ça n'a rien enlevé à la fierté qui lui gonflait le cœur.

En fin d'après-midi, Selim frappe tout doucement à la porte de la chambre de la maternité, et il entre presque sur la pointe des pieds, avec un immense ours en peluche dans les bras.

— Je ne reste pas longtemps, promis. Je sais combien vous devez être fatigués ! murmure-t-il en embrassant Rebecca sur la joue.

Il s'approche du berceau vitré et contemple quelques instants le bébé qui est sagement endormi, la bouche en cœur.

— On oublie vite à quel point c'est tout petit à la naissance… Le mien me paraît un géant, en comparaison, et il n'a pourtant que treize mois !

Selim se tourne vers Benjamin, qui est à moitié endormi dans le fauteuil de la chambre, l'observe d'un air narquois.

— Eh bien, on croirait que c'est toi qui as accouché, ma parole !

— La nuit a été longue, rétorque Benjamin pour se dédouaner.

— Et les prochaines vont être très courtes, si tu veux mon avis ! sourit Selim. D'ailleurs, je t'ai apporté un petit cadeau pour l'occasion. Un cadeau utile, précise-t-il en tendant un paquet à son ami.

Benjamin, un peu méfiant, déballe le présent en se demandant ce que Selim a bien pu trouver à lui offrir. Il sourit quand il découvre un bâton d'anticernes.

— « Stylo rayonnant jeunesse » ? lit-il d'un ton sceptique.

— C'est pile ce dont tu vas avoir besoin pour ne pas ressembler à un zombie durant les prochaines semaines. Les prochains mois, même, si tu veux que je sois honnête avec toi. Oublie définitivement les nuits paisibles et les grasses matinées ! déclare Selim avec une moue de désespoir exagérée.

À côté d'eux, Isma s'agite dans son sommeil et sa minuscule bouche commence à téter, signe qu'elle va bientôt se réveiller pour être allaitée. Selim se lève aussitôt et déguerpit, malgré son ami qui affirme qu'il ne dérange absolument pas. La porte se referme en silence, et Rebecca dévisage Benjamin avec attendrissement.

— Qu'est-ce qu'il y a ? J'ai une tache ? demande-t-il d'un air étonné, en se frottant l'arête du nez.

— Pas du tout… Je me disais juste qu'on était bien, là, tous les trois…, murmure la jeune femme d'un ton plus ému qu'elle ne le voudrait.

Benjamin se lève pour aller chercher quelque chose dans le sac de voyage qu'il a emporté la veille. Il fouille quelques instants à l'intérieur, avant d'en sortir une boîte en forme de cube qu'il tend à la jeune femme.

— Je suis désolé, je n'ai pas eu le temps de l'emballer, c'est pour Isma, mais je crois qu'elle ne m'en voudra pas…

Rebecca découvre une boîte à musique en bois, avec deux petits personnages aimantés conçus pour virevolter au son de la mélodie.

— C'est presque la même que celle de Solal, murmure-t-elle tout en remontant le mécanisme de plusieurs tours.

Benjamin acquiesce sans répondre.

Un air des Beatles reconnaissable entre tous envahit la chambre.

— *Let It Be*, chuchote Rebecca en tournant la tête vers leur petite fille.

Il y a

Il y a la façon dont il dort collé, lové tout contre moi,
Comme si nos deux corps ne faisaient plus qu'un.
La façon dont ses genoux s'emboîtent à la perfection contre mes jambes,
Dont son ventre se plaque contre mes reins,
Dont ses mains se referment sur ma poitrine,
Ses doigts entremêlés aux miens.

Il y a sa façon, parfois, de douter, d'être effrayé,
Sa façon de demander tout bas :
Tu ne te lasseras jamais de moi, dis ?
Tu ne me quitteras jamais ?
Tu es heureuse avec moi ?
Sa façon de craindre que tout s'arrête,
Que tout soit trop beau pour être vrai.
Sa façon de se souvenir de ce qu'il s'était promis
On ne m'y reprendra pas.
Jamais plus je ne ferai confiance,
Jamais plus je n'aimerai,
Jamais plus je ne donnerai.

Il y a la façon dont il pose sa main droite
Sur ma cuisse gauche en voiture,
Sans y penser, comme si c'était sa place logique,
Comme s'il ne pouvait pas être déconnecté de moi.
La façon dont sa paume imprime sa chaleur à travers l'étoffe de mon jean,

La façon dont sa paume infuse en moi un sentiment intense de sérénité,
Comme si, avant lui, rien n'avait pu mériter le nom d'amour,
Comme si j'avais fait fausse route, longtemps, si longtemps,
Trop longtemps, avant d'enfin le trouver.

Il y a sa façon de se livrer, toujours,
Sans avoir peur d'être jugé, sans avoir peur de paraître fragile.
Sa façon de déclarer
Je ne pourrais plus vivre sans toi.
J'ai beaucoup de chance de t'avoir, je m'en rends compte, tu sais.
Sa façon d'affirmer
J'ai besoin de toi, et uniquement de toi.
Ce n'est peut-être pas bien de dire ça,
mais tu es en train de devenir mon monde.
Sa façon d'avouer
Je t'ai aimée dès les premiers instants,
j'aurais pu t'attendre longtemps s'il avait fallu, très longtemps.
Parce que je savais.
Je savais que c'était toi.

Il y a ma façon de tout bouleverser, pour lui.
De croire en des choses en lesquelles je m'étais juré
De ne plus jamais croire.
Ma façon d'accepter que les fleurs repoussent sur ce qui n'était plus
Qu'un champ de ruines.
De tout recommencer et d'être persuadée que c'est lui,
Lui que j'aurais dû rencontrer
Bien avant.

Il y a la façon dont l'espoir et la foi peuvent revenir
Et reprendre racine
Alors qu'on était convaincu
Que la nuit s'était installée à jamais.

La façon dont l'amour
Peut laver combler éroder panser
La douleur les failles les aspérités les blessures.

La façon dont l'amour
Peut ramener,
Toujours,
À la vie.

REMERCIEMENTS

À la vie, pour avoir repris le dessus.

À Nicolas, évidemment. À ta façon si particulière de manger une pizza, entre autres. Aux discussions qu'on peut avoir sur mon prochain roman, dès que je suis coincée dans l'intrigue. L'écriture est moins solitaire, avec toi pour partager l'univers que j'essaye de créer.

Aux six enfants qui peuplent mon quotidien ; j'espère que cette drôle de vie vous rendra les plus heureux du monde.

À mon père, comme toujours. Le premier à avoir lu ce manuscrit.

À Carène et Karine, si vous saviez comme je tiens à vous deux malgré la distance.

À Bernard Fixot, pour m'avoir demandé un roman *lumineux* au moment le plus sombre. J'ignore encore si écrire la lumière a contribué à la faire revenir dans ma vie ou si c'est l'inverse qui s'est produit. Peu importe, après tout.

À Renaud et Édith Leblond, pour vos encouragements et votre enthousiasme.

À Gwenaëlle Le Goff, pour m'avoir aidée à transformer un premier jet écrit en apnée en la meilleure version possible de cette histoire.

À toute l'équipe de XO qui a à cœur de défendre mes romans.

Et, comme toujours, à vous, qui tenez ce livre entre vos mains.

Vous êtes arrivés au bout, merci d'avoir accompagné Benjamin et Rebecca dans leur périple.

(Ou alors vous commencez tous les romans par la dernière page, auquel cas je ne vous félicite pas.)

Merci de m'avoir lue, j'espère vous avoir convaincu

Qu'au bout du compte,

Rien n'est jamais perdu.

Retrouvez-moi ici :
www.amelie-antoine.com
Et sur ma page Facebook :
https://www.facebook.com/AmelieAtn
Pour me contacter :
amelie.antoine.auteur@gmail.com

Composition et mise en pages
Nord Compo à Villeneuve-d'Ascq

Achevé d'imprimer sur Roto-Page
par l'Imprimerie Floch à Mayenne
en août 2020

N° d'édition : 4269/01 – N° d'impression : 96563
Dépôt légal : septembre 2020

Imprimé en France